放扬
我们谈恋爱吧

末光

七子华 著

中国言实出版社

图书在版编目(CIP)数据

夺光 / 七子华著 . -- 北京 : 中国言实出版社，
2023.8
ISBN 978-7-5171-4563-9

Ⅰ . ①夺… Ⅱ . ①七… Ⅲ . ①长篇小说 – 中国 – 当代
Ⅳ . ① I247.5

中国国家版本馆 CIP 数据核字（2023）第 152886 号

夺光

责任编辑：张国旗
责任校对：宫媛媛

出版发行　中国言实出版社
　　　地　　址：北京市朝阳区北苑路180号加利大厦5号楼105室
　　　邮　　编：100101
　　　编辑部：北京市海淀区花园路6号院B座6层
　　　邮　　编：100088
　　　电　　话：010-64924853（总编室）　010-64924716（发行部）
　　　网　　址：www.zgyscbs.cn　电子邮箱：zgyscbs@263.net

经　　销：新华书店
印　　刷：三河市兴国印务有限公司
版　　次：2023年9月第1版　2023年9月第1次印刷
规　　格：710毫米×1000毫米　1/16　18.5印张
字　　数：248千字

定　　价：55.00元
书　　号：ISBN 978-7-5171-4563-9

Rob，夺光，射击类游戏，

玩家五人组队，

每场游戏一百人，

进入一片漆黑的地图，

向中心的光源靠近，

最后夺得光源的队伍获胜。

姓　　名：乔予扬
游戏 ID：Wakely
标　　签：冠军队长

姓　　名：宁珩
游戏 ID：Loper
标　　签：天才少年

目　录

在昏睡的一天一夜中，

他做了一个梦，

他隐约记得梦中有轮船起锚和破浪的声音，

这艘名为 DAR 的舰船

终于扬帆起航，

开启了征服世界的旅程。

月探的暴躁主播

第一章

"各位观众朋友们晚上好……哎，不对，国内应该是白天吧。"解说员 A 尴尬地笑了笑，"下午好，这里是 Rob 世界总决赛的现场，十五分钟后即将开启第一轮的比赛。比赛采用的是积分制，可以看到前九名里，有三支队伍都是咱们国家的。今年咱们夺冠的概率很大啊。"

Rob，夺光，射击类游戏，玩家五人组队，每场游戏一百人，进入一片漆黑的地图，向中心的光源靠近。玩家的视线范围仅不足十米，只能通过听音辨别是否有敌人，并开枪淘汰，最后夺得光源的队伍获胜。

进入游戏后系统会随机给玩家分配基本的装备，若想获得心仪的武器必须淘汰别人，从而提高自身经验值。经验值达到一定的数额后可在武器库换取武器。地图内也会随机刷新武器投放点，投放的是武器库里没有的高伤害武器。

现场观众的呐喊声不断。

直播室的解说员面前是透明的玻璃，他们在赛场的最高点，镜头扫过下方的职业选手们，他们正检查外设，和队友交头接耳，并未见面对大赛的紧张。

解说员 B："咱们三支队伍进入决赛，这可是从未有过的盛况。我们要不要赌一赌，谁有机会进前五？"

此问题一出，弹幕变得密密麻麻的，几乎令人看不清具体内容——

DAR！DAR 必胜！DAR 的实力完全能冲前三！
GN！GN 冲呀！国外的打法已经是咱们国内预选赛玩剩下的。
论实力，DAR 明明在 KIK 之上，希望这次能打赢。

可笑，去年 DAR 就输给了 KIK，得了第三，难道 KIK 不如 DAR？

电子竞技只有第一，没有第二，国际大赛上 DAR 遇上 KIK 就没赢过，还好意思说 DAR 必胜？乔予扬长得帅又怎么了？国内比赛成绩好算什么？拿过世界冠军了？没实力就是没实力。

KIK 必胜！KIK 无敌！

直播间的人数太多了，弹幕铺满了屏幕，让电脑都变得有些卡顿，解说员的话断断续续地听不清，搞得像听密语一样。

"啧。"宁珩不耐烦地撕开桌上棒棒糖的包装，将糖叼在嘴里。

凌乱的桌子上有两台电脑，一台播放着 Rob 的决赛直播，另一台也放着同样的比赛画面，只是页面上闪着花花绿绿的文字："Loper 直播间。"

直播间的在线人数只有零零散散几千人，大部分的游戏粉丝都去看决赛了，这种时候开播本身就没什么流量，更要命的是主播还不露脸。

每日一问，Loper 什么时候能露脸？

官方直播间太卡了，还是你这儿好，能聊聊天。

一看就是来混时长的，你非得在月底补时长？平时老老实实多播会儿不好吗？

以你的技术完全可以去打职业，为什么不去？

刚刚是什么声音？好像是糖纸？Loper 在吃糖？

"你听错了。"宁珩说。

草莓糖果的味道在嘴里扩散，口腔内壁生出麻木的触感。

我能证明，刚刚确实是糖纸的声音

糖纸怎么了？还不允许主播吃糖吗？

终于知道自己是个三岁小孩了吗？

阴阳怪气的人可以出去了，不喜欢可以不看。

这年头，网络直播已经不是什么新鲜的事物。

宁珩，Rob 游戏主播，实力强劲，曾经凭借辉煌战绩在游戏圈里声名鹊起，以他游戏账号的排名和打游戏的表现来说，其个人实力在国内排得上前十，在全亚洲排得上前十五。

国内某些职业选手都未必能达到他的水平，关键是，他现在年纪轻轻，正是成为电子竞技职业选手的黄金时期。

宁珩瞧着这群网友起哄的模样就来气："别找事儿啊，我这号前天才解禁，瞎闹什么。吃个东西都能吵起来？你们管我吃什么？"

看比赛？其他主播都在讲解，热热闹闹的，就你这儿安静得像是催眠直播间。不打算给我们讲解一下吗？没有声音好歹露个脸啊。

真无语，不开镜头都有几十万人观看，刷的流量吧！这种事还作假，欺骗自己吗？

宁珩把双腿盘在座椅上，纤瘦的身子被宽大的粉色 T 恤笼罩着，他皮肤白皙，五官精致，紫粉色的头发减轻了他眉眼的凌厉感。他静静盯着电脑屏幕的样子颇为乖巧，可开口却是："镜头在我手里，我想开就开，需要你在这儿叫嚣？别在我这儿找存在感。想骂人去 Rob 官方直播间骂。有些队打得那叫什么玩意儿？我用脚都比他们强。就这水平还进了总决赛？给主办方塞钱塞人了吧？"

他要是个逆来顺受的人，就不会被直播平台锁账号十多次了，"最辉煌"的战绩是曾经和"杠精"网友在网上连着吵了三小时，对方全程打字，他全程说话，其间不带一句重复的。

最后这件事以网友被他骂走，Loper 账号被禁七十二小时、宁珩本人被平台约谈宣告结束。

从此以后，他是管理员的重点监察对象。

这次不是他不想开镜头，而是前段时间和网友吵架上了热搜，平台为了保护他，把他的镜头权限给关了，还没解封。

前面那是新来的吧？Loper 不开镜头是因为前几天和网友吵得太厉害，所以被处罚，管理员禁了他的镜头。哈哈哈哈哈！

哈哈哈哈哈，那也管不住 Loper 的嘴啊，管他是谁，先骂回去再说。

第一次来，这主播声音不错，长得应该不难看吧？打游戏这么厉害，什么时候露个脸看看？

求露脸！求露脸！

"镜头还有几天，快了。"宁珩在看比赛的空当扫了一眼自己直播间的弹幕，又挑了一个比较有意义的问题回答，"觉得谁能夺冠？这个不好说，这次的队伍都很强，积分较低的也不是没有后来居上的可能……"

说到这儿，转播的视角给到了 KIK，五人小队正与其他队争抢投放点的物资，队长冉芃和队员打了个完美配合，直接淘汰了一支国外知名战队。

"漂亮！"解说员 A 说，"不得不说 KIK 对局势的掌握非常精准啊，这局打到中后期，这个投放点肯定会有人抢的，他们战术很好，没有恋战，甚至连物资都不拿，只为了吸引别人的注意力，趁乱朝光源摸过去。"

解说 B："没错，这个游戏的主要目的是抢夺光源，要分清主次。我记得以前有比分落后的队伍通过夺得光源追赶比分的情况。淘汰对手固然可以得分，但光源才是最大的得分点。"

与此同时，镜头突然给到了冉芃，英俊帅气的脸出现在屏幕里，嘴唇张合，应该正和队友说着什么。

宁珩顿了一下，拿起水杯喝了一口润润嗓子，语气轻了几分，接着刚刚的话说："个人觉得 KIK 进前三的可能性非常大，毕竟他们去年是世界冠军，实力不容……"

"砰——"音响里传出一声突兀的枪响，冉芃应声淘汰，下一秒，屏幕上方一行小字："DAR-Wakely 使用狙击枪淘汰了 KIK-Wolf。"

全场哗然。

解说员 A：“哇，就算我知道乔予扬的实力很强，可每次看还是会被惊艳。”

解说员 B：“你可别忘了，Wakely 不止狙击打得好，近战也是相当优秀，听声辨位和预判的水平已经到了登峰造极的境界。DAR 战队绝对是夺冠大热门！”

弹幕又开始快速刷新了。

别了吧，每次都这么说。DAR 实力再强，也就在国内打打，上次他们不就在世界赛上输给 KIK 了吗？

国内的成绩无人可敌，可偏偏到国际大赛上就掉链子。有点好笑。

就冲刚刚没有光源情况下的一枪盲狙，不说国内战队，全世界又有几个人能做到？承认别人优秀那么难？拿世界第二是一件很耻辱的事情？

去年 DAR 是第一次参加全球比赛吧？有失误不是很正常吗？你厉害你去打啊！

游戏中越靠近光源，光线会越亮，观众们是上帝视角，看得非常清楚，但当时 DAR 的位置离光源有很大一段距离，在游戏里的可见度不超过十米。

在这种情况下居然能用狙击枪打中敌人……

宁珩的话卡在嗓子眼儿，眼看“KIK-Wolf”的 ID 变成了灰色，冉芇微微蹙起的眉头让他的心一沉。

乔予扬非常厉害，论个人实力绝对是国内顶尖，放眼亚洲能和他单挑取胜的人不超过三个。

DAR 除了没有拿过世界冠军，其他赛事的荣誉也没少拿，知名度不低。

KIK 如果想夺冠，DAR 是最大的阻碍。

宁珩心里有些烦躁，把 Rob 官方直播间的弹幕关了。

Loper 怎么不说话了？其他主播都在解说刚才乔予扬的操作，看不到你的脸，总得出点儿声啊？

宁珩冷言道："没人求着你看我。"

呵，国服第八选手生气了？难道是看到偶像被淘汰了，心情不好？

哈哈，肯定是了，谁不知道他是冉芄的粉丝啊，这情绪也太真实了。

前一秒说 KIK 能进前三，话还没说完冉芄就被淘汰了，太搞笑了，哈哈哈哈哈。

冉芄自己实力不行呗，刚刚明显是他失误，他们猜到前面会有队伍了，还不知道找掩体，直愣愣地往前跑，给人当靶子呢？

咋不说是乔予扬实力太强？看来这次 DAR 对冠军志在必得了！

当年乔予扬和冉芄在同一个战队的时候就经常被人拉出来比，现在比得更厉害，论个人实力，冉芄注定赢不了乔予扬了。

宁珩呼吸重了些，情绪被弹幕挑起来，忍不住道："这才第一局呢，能见什么真章？这游戏又不是比单打独斗，KIK 去年打败 DAR 得的世界冠军，怎么就不如乔予扬了？知道冉芄是我偶像就别在这儿嘲讽，我看 DAR 的配合一般，未必能得冠军。"

屋内昏暗，窗帘隔绝了日光，在黑暗的笼罩下，床上的人忘却了时间，睡得很熟。

"嗡嗡嗡——嗡嗡嗡——"

放在床头的手机不停地响着，在这幽静的空间里格外明显。

宁珩不想理会，他睡到半夜不太舒服，在床上翻来覆去滚了一晚上。现在好不容易睡着了一会儿，却被手机吵醒了，他把被子往上拉了拉，想继续睡，可打电话的人过于执着，坚持不懈地要把人叫起来。

宁珩心里冒出一团火，猛地把被子掀开，接通电话破口大骂："有什么破事儿这么急？大清早地赶着去投胎啊？"

对方静了几秒，用比他更洪亮的语气吼回来："大清早？这都下午五点了！电话不接，微信不回，你跟我说说你在干什么？"

宁珩被这么一吼，脑子清明了些，清了清嗓子，掀起衣服擦了擦额头上的汗："赵哥。"

赵哥是他在月探直播平台的管理人，平时基本不会主动找他，除非出了什么大事儿，上次联系他，是不久前他和网友互骂上热搜的事情。

"我该说你什么好？"赵哥语气颇为严肃，有些恨铁不成钢，"你嘴上没个把门儿的，能不能少说话？你迟早要被自己的嘴给害死！"

宁珩觉得莫名其妙，起床打算倒杯水。

谁知一下地竟然腿软没站起来，背上湿漉漉的，汗水把睡衣打湿了，连带着呼吸也有些不畅。

"喂？怎么没声了？！你有没有听我说话！"

"听着呢，"宁珩倚着床喘了口气，"我怎么了？"

赵哥冷哼一声："怎么了？你昨晚看直播是不是说 DAR 夺不了冠？这下好了，有人把你昨天的音频剪了出来，嘲讽 DAR 又是第二，现在公司官博被 DAR 的粉丝们攻击，你又上热搜了！"

宁珩无语，去客厅倒了一杯冰水："至于吗？昨晚最后那局 DAR 打得确实不好，没有配合，张澜安更是直接给对方送人头。我说这句话也不假啊。"

"祖宗，关键是你说这话的时候还没到最后一局啊。"赵哥恨不得顺着电话线爬过去敲这小子的头，"而且你还强调自己是冉芃的粉丝。你再这么一说，不是让 KIK 和 DAR 的粉丝掐架吗？这会儿网上简直是血雨腥风，有骂 DAR 的，有骂你的，还有 DAR 粉丝去骂 KIK 的……我们公司被骂得最惨！总之你这回捅大娄子了！"

宁珩被他吵得头疼："您别那么多废话了，直接说要我怎么做吧？"

"当然是发个微博澄清一下啊！"赵哥说，"你是拥有百万粉丝的大主播！你的一言一行被多少人看着啊？本来之前就因为你和人吵架上热搜的事儿，口碑一落千丈，可不能再因为这种事儿栽跟头了。"

宁珩觉得心烦，身体传来的疲惫感不是一个好的信号。

"我跟你说话呢！你听到没有！"赵哥吼道。

"知道了。"宁珩没工夫应付他，打开了手机的扬声器，翻箱倒柜地找药。

赵哥语气缓和了一些："今晚公司周年庆，你可别迟到了。打扮好点儿，虽然你总惹事，但内部都清楚，以后你是咱们公司的门面了。"

宁珩对"以后"这俩字未置一词。

"你的合约下个月到期，我把合同准备了，今晚咱们签一下。"

"赵哥，我想……"

"行了，有什么事儿晚上再说，你赶紧去澄清一下，我等着转发啊！"

宁珩坐在地上，有些烦躁地揉了揉头发。

算了，晚上当面去说也行。

他点开社交平台，私信、评论多到看不过来，热搜榜上"GYU夺冠""三支国内战队全军覆没""DAR又是第二""DAR张澜安发挥失误""Loper预言成真"等词条让他心烦意乱，Loper的名字频繁出现在评论和营销号的视频里，拿着昨晚直播间的话挑事儿。

夏夜晚风：不是吧！DAR又是第二，真绝了啊！前面打得挺好的，把KIK都淘汰了，我以为稳了呢，可最后一局打的什么啊！开局就乱走位，被人发现。乔神都带不动的人！其他四个烂泥扶不上墙！

普卡普卡溜溜：丢脸啊，国内打得再精彩又怎样？一群人把他们吹得神乎其神，结果呢？人外有人，天外有天，打得可真差，我都不好意思说之前喜欢过DAR。

是崇不是宗：电子竞技用实力说话，第二已经很努力了？请问谁不努力啊？比赛不都冲着第一去的吗？连续两年得第二，年年陪跑，真搞笑。果然还是KIK稳定，至少人家得过一次冠军啊！

伟大的神：最搞笑的是，被月探那个小主播一语成谶。

皆是凡人：人家可不是小主播，是拥有几百万粉丝的大主播，而且是冉芃的粉丝，为了 KIK 硬是说 DAR 不好。呵。

　　小晓笑肖萧：好歹都是我们国家的战队啊，谁能赢都好，干吗非得说 DAR 的不是？亏我以前还喜欢他的打法，现在真的对他没好感了，再见。

　　DAR 的粉丝咽不下这口气，乔予扬的操作没有任何问题，其他四位也足够努力了，凭什么要被一个小小的主播指指点点？

　　所以宁珩的私信里全是 DAR 粉丝以及一些"路人"的谩骂，他发的最近一条动态，评论里也被骂声占满。

　　对于这事，宁珩真不觉得自己哪里做错了。

　　就事论事，昨晚 DAR 确实打得有问题，不知道乔予扬怎么想的，明明队友状态不好，可一直不换人，首发五人从头打到尾。

　　赵哥让他澄清，这事儿有什么好澄清的？但凡懂游戏的，都能看出问题，乔予扬实力够硬，摆明是被队友拖了后腿。

　　这能怪他说错话吗？看出这点的不止他一个，他只是说了实话而已。

　　宁珩坐在地板上，烦躁地揉了一把头发，终于找到药，对着自己喷了两下，缓解了喘不上气的窒息感。

　　他患有哮喘，这是外界无人知道的秘密。

　　这个病说大不大，只要不接触过敏原，包里随时装着以备不时之需的药，便不会影响生活和工作。

　　可这个病说小也不小，他一感冒就一定会诱发症状，他对花粉过敏，室内有花也会诱发哮喘。

　　宁珩前几天被平台惩罚，本来就心情不好，酒量不佳的他还喝了几罐啤酒，睡觉时忘了关空调，被十八度的冷气吹了一晚上，昨天说话嗓子还有点儿哑。

　　药效起了作用，宁珩觉得好了一些后，又去桌上拿感冒药吃。他身上汗津津的，衣服黏在身体上很不舒服。

　　想到今晚的公司周年庆，他去浴室洗了个澡，洗完出来从衣柜里拿出一件睡衣裹在身上，吹干了头发，拿起手机准备编辑一条解释的微博。

这些年月探待他不薄，宁珩虽然不屑做这种事，但愿意为公司尽最后一点力。

尽管这么想着，该怎么解释却还是个问题，毕竟宁珩觉得自己没错。

他点进社交平台首页打算先随便逛逛，构思一下语言，然而这一刷新，却把月探官方刷出来了，那是乔予扬五分钟前转发的动态。

月探直播：为国出征，已是荣誉傍身！

DAR-Wakely：结果不如意，任何批评我们都接受，我作为DAR的队长更应该承担责任。昨晚我们配合有问题，月探主播说的没问题，希望大家能理智判断是非。明年我们会再接再厉。谢谢。

宁珩脑子发蒙，不太理解乔予扬的意思。

这……这是在替自己解释吗？

他俩从未有过交集，大名鼎鼎的乔予扬怎么会为了自己特意发声呢？

宁珩百思不得其解。

罢了，这条微博算是解了燃眉之急，管他什么目的呢，反正自己用不着解释了。

考虑再三，宁珩决定转发一下，明星选手屈尊降贵亲自出来解释了，他也得表示一下。

月探Loper：DAR一直很强，祝明年夺冠。

网络这个是非之地，不论解不解释，网友们总能挑出你的不对。

宁珩转发了乔予扬的微博后，网友又找到话题抨击他，觉得他是趁机嘲讽DAR没有夺冠，还讽刺明年仍然只能获得亚军。

看着微博下面的评论，宁珩很无语，他年轻气盛，也不是忍辱负重的性格，直接挑了几个骂得难听的评论开始吵架。

本来要平息下去的风波，又一次被挑起来，宁珩的社交平台因此少了好几万关注。

不过宁珩不在乎，他不是为了那些素未谋面、只会阴阳怪气的人打游戏、做直播的，他很清楚自己要什么。

赵哥看他又和别人吵架，好不容易平复下去的血压又上来了，一连打了好几个电话让他删评论。

宁珩不删，该吃吃、该喝喝，甚至一如既往地直播，只不过他把弹幕关了，和平时没有半点区别，看起来完全没有受网络影响。

月探的周年庆是晚上八点，宁珩今天把赵哥气得不轻，也暗暗觉得愧疚。他想到这是最后一次参加公司的集体活动，少有地听了一次话，依赵哥所言，把自己打扮得光鲜亮丽。

白衬衫配粉西装，挺阔笔直的裤子将他的腿长展现得淋漓尽致，耳朵上的一枚红宝石耳钉在宴会厅的熠熠灯光下散发着细碎的光，衬得他皮肤更白皙了。那头张扬的紫粉色头发没做造型，刘海乖顺地垂在额间，减轻了几分眉眼间的凌厉和淡漠。

宁珩太好看了，一出现就吸引了全场的目光，已经到场的几位高层领导不约而同地看向他。

"宁哥！你怎么才来？我等你好久了！"同为月探游戏主播的小丁不知从哪儿冒出来，捧着糕点，兴奋地说，"这次公司下血本了！准备的东西可比上次好吃多了！你快尝尝！"

小丁比宁珩小两岁，特点是一碰书就想睡觉。他也是玩 Rob 的，实力不错，却比不上宁珩，直播间人气不是很高，在公司里算个中下层的小主播。

宁珩见他年纪比自己小，平时挺照顾他，直播时会拉着他一起打游戏，帮他涨涨人气。

"你就知道吃。"宁珩伸手去拿他盘子里的糕点。

小丁难掩兴奋："宁哥，我有个好消息要告诉你！"

宁珩问："什么？"

"我弟弟心脏病手术成功了！"小丁激动地说。

宁珩眼里闪过一丝意外，嘴角勾起一抹漂亮的弧度："恭喜啊。"

小丁喋喋不休："真的吓死我了，我在手术室门口等着的时候特别揪心。幸好手术成功了，有了健康的身体以后做什么都事半功倍……"

宁珩越听笑容越淡，到最后嘴唇抿成一条线。

"健康的身体"对他来说是一个敏感的点，轻而易举就能戳中他心里最脆弱的地方。

哮喘并不是什么大病，可终究不是健康的，他以前上学的时候不能上体育课，春夏花朵繁盛的时期都需要戴口罩，不管走到哪儿在别人心里都会留下"娇气"的印象。

宁珩生性好强，最不喜欢被人看不起，他受够了"关切的语气""关怀的目光"，他虽然摆脱不了疾病，却可以隐于人群中做强者。

加入电竞圈除了因为自己喜欢之外，还有一个最吸引他的点：在这里实力至上。

不论你姓甚名谁，你的后台有多牛，只要没有打出漂亮的成绩，就只有被骂的份儿。唯有实力才是在这里站稳脚跟的资本。

电竞圈对身体素质的要求同样高，长时间的直播、训练，经常昼夜颠倒，如果没有一副健康的身体，根本不能支撑这么高强度的练习。

但宁珩做到了，这些年他的付出只多不少，从未到月探直播平台前被人评价为一匹黑马，到后来以强劲的实力和强烈的个人色彩杀出重围，足以证明他经得住电竞圈中高强度的练习。

没有人知道他有哮喘病，圈内谈起宁珩的名字，不会想到这是一个需要格外呵护的对象。

大家只会不约而同地感慨：那是一个有实力、嘴很硬的 Rob 主播。

宴会厅里灯红酒绿，觥筹交错，开场由月探老板王辉讲话，他照例感谢了在座的各位对公司的支持，表示让大家今晚吃好、玩好，一切费用算公司的。

宁珩性子比较冷淡，也不喜欢人际交往，只和关系不错的两三个主播打了招呼，然后一直在寻找赵哥的身影。

今晚的宴会是为了庆祝公司成立五周年，也是管理人带着刚签的新人主播和领导以及各大主播熟络的一个机会。

宁珩进场没多久，有五六个新人主播来找他套近乎。

他年龄不大，却是月探公司名下最红的主播，以强劲的游戏实力著称，毫不夸张地说，月探能有今天的地位和实力，有一半是因为宁珩在电竞圈火了之后带来的流量。

在月探，他是名副其实的前辈。

宁珩一心想找赵哥谈解约的事情，没精力应付这些应酬，草草寒暄之后，他想去洗手间给赵哥打电话。

还没溜走呢，他就被公司总监悦姐给叫住了："小珩，哪儿去啊？"

"上厕所。"

悦姐笑道："你这小孩儿，年纪不大脾气不小，白天在网上闹的那一番，可让我们忙了好一阵，以后可不许这样了啊，要听公司安排。"

宁珩没说话。

"我记得你的合约下个月到期是吧？"悦姐问。

"嗯。"

"正好咱们趁着今天把合约签一签，"悦姐给了他一张房卡，"你去这个房间找王总吧，他要和你谈续约待遇。"

宁珩觉得奇怪："以往不都是赵哥和我谈吗？"

"你现在身价不一样了呀，乖乖，"悦姐宠溺地笑了笑，揉了揉他的头发，"况且今晚小赵忙着带新人呢，你可是咱们月探的大红人，王总自然得亲自和你谈呀。"

当年宁珩只是个游戏打得还可以的毛头小子，是王总主动找上他，领他入行，这些年给他的福利也不错，算得上是他的伯乐。

以他现在的身价，王总亲自找他谈合约也正常，宁珩接过了房卡。

这次周年庆活动是在五星级酒店举办的，酒店装潢华丽，电梯里金碧辉煌，透亮得能照清人影。

宁珩摁下了最高的楼层键，根据房卡的号码找过去。

走廊幽静无声，墙壁两侧挂着欧美风格的油画，地毯厚重花纹繁杂，空气里萦绕着淡淡的香味。

宁珩在总统套房外停下，出于礼貌，没有直接进去而是摁了门铃等里面的人来开门。

很快，房门被打开，月探的老板王辉站在门口，朝宁珩微微一笑："来得这么快。"

宁珩没有第一时间进去："王总，悦姐说您找我谈合约。"

"是啊，"王辉温和一笑，"进来吧。"

宁珩走进去，套房非常宽敞，有单独的客厅和卧室，茶几上放着两份续约合同。

"要喝点什么吗？"王辉打开冰箱，"饮料和酒水都有。"

宁珩："白水就好。"

王辉将温水递给宁珩，示意他坐下："续约合同看看，签约费我给你提高了十万。月探的电竞主播里你的价位是最高的，奖金也提了，包括打赏分成。你看看，有什么不满意的都可以提出来。"

宁珩喝了一口水，看了一眼桌上的合同没有去拿，而是对王辉说："王总，我有话要说。"

王辉跷着二郎腿，双手放在膝上，静静地注视着他。

单从宁珩没有翻看合同这点就能看出很多东西。果不其然，宁珩开口道："王总，我不打算续约了。"

王辉并不意外，却继续装傻："为什么呢？你是嫌钱少？还是说别的公司找上你了？"

宁珩深呼吸了一下："您放心，就算我不在月探，也不会去其他公司。"

王辉笑了笑："不打算续约，又不去其他公司。你还是想去打职业？"

三年一次的转会期到了，选手可以和俱乐部解约，换战队，而俱乐部提拔青训生的同时也会招入一些有即战力的选手。

各大平台的主播就是非常好的人选，他们在游戏圈的名声不输某些职业选手，实力强，且长期在网络上和网友交流，心理素质过硬，比刚刚选上来的青训生成熟多了。

所以很多战队会在转会期间举办一场招募选拔赛，给想打职业赛的主播一个机会。

宁珩就属于这类人，他梦想加入KIK，这一点从入行开始就没掩饰过。

"是，"宁珩看着王辉，眼神明亮，"您知道冉芫是我的偶像，当初没有加入KIK是因为年纪不够。您找上我的时候我们已经说得很明确了，日后如果有机会要放我离开。现在这个机会到了，我不会续约，请您理解。"

王辉看着宁珩神采奕奕的模样，不由得想到当年那个专心磨炼技术的少年，他看上宁珩的那股冲劲儿和漂亮的脸蛋。尽管那时宁珩还非常青涩，但五官精致，在人群中显得很出众。

主播需要露脸，长得好看是有优势的。再加上宁珩卓越的游戏天赋，前途不可限量。

所以王辉亲自找上门，邀请少年加入月探当一名游戏主播，并许以高额的签约费。

那会儿青涩的少年一脸戒备，好似在看骗子一般："我不要当主播，我要加入KIK。"

王辉说："可是你的年纪不够，你连青训队都进不了，怎么加入KIK？"

少年宁珩眉心紧蹙，思量着他的话。

王辉继续商量着："这样好不好？你先加入月探来当主播，这样既可以赚钱，又可以打出名气，都在电竞圈，没准儿你还能和偶像认识。等你的年龄到了，KIK可以收你了，到时候你再去KIK怎么样？"

这些话是王辉亲口说的，宁珩一直记着，就为了等这一天，可他得到的却不是王辉的同意。

"你说什么？！"宁珩以为自己听错了，盯着王辉又问了一遍。

王辉再次重复了一遍刚刚的话："我不同意你的离开。"

宁珩呼吸发紧，瞪眼质问："为什么？这是你当初答应我的！"

"当初是当初，现在是现在，"王辉说，"说实话，小宁，我当初看到你，就知道你一定会火。这些年月探发展得很好，当然，没有你就没有现在的月探。为了月探，我不可能放你走。"

宁珩看着他这副冠冕堂皇的样子气冲脑门儿，情绪的波动加重了他的呼吸，咬着牙说："这明明是你答应我的！王辉，你怎么可以出尔反尔？！"

"那只是口头答应，这一条有写进合同里吗？"王辉反问，"小宁，咱们都直白一点，你现在是月探的王牌主播，你如果走了，月探会损失多少流量？如果你是我，你会眼睁睁地看着摇钱树离开吗？为了让你留下，我可以提供很高的续约条件，平台资源都向你倾斜，前途一片光明啊，何必去职业队从头开始呢？我们双赢嘛。"

宁珩气得牙都要咬碎了，脑袋一阵一阵地发晕。

他崇拜了冉芄整整四年，当初加入月探也是为了能够打出成绩被KIK看到，好进入战队。

可王辉一开始就没打算放他走，一切都是为了安抚他的骗局。

一个人二十岁出头的梦想有多珍贵？

"你浑蛋！"宁珩一把摔了杯子，清水洒在地毯上，留下一片水痕，他呼吸越来越急，眼眶发红，漂亮的脸上出现狰狞的表情，"王辉你这个骗子！我当初瞎了眼才会相信你！我一定会走的！合约我不会再续！我不会计较你骗我的事，你也别来挡我的路。我们之间恩断……"

话没说完，宁珩突然眼前一黑，强烈的眩晕感让他的身体不受控地往后倒去，突兀的睡意砸得他天旋地转，眼前的东西全在飘。

"你……"他跌坐在地毯上，阵阵冷汗涌来，缺氧似的大口呼吸，嘴唇已经开始发紫，咬牙问，"你……的水里……有什么？"

"普通的安眠药而已。"王辉站起来，不紧不慢朝他走来，顺手拿起桌上的合同，在宁珩面前蹲下，"你的性格这么烈，不上点儿手段怎么行？别担心，睡一觉就好了，等你醒过来的时候，你依旧是月探的大主播。"

宁珩浑身是汗，指尖发抖，眼皮沉重，只觉得天旋地转。他用指甲在掌心掐出血痕，疼痛让他强迫自己保持清醒。

"我知道你想说什么，"王辉对上宁珩愤恨的眼神，"我不怕你醒过来发声明，你没证据，而且你的社交账号被我们管理起来了。我也不怕你醒来不播，这是你目前唯一的出路。小宁啊，我真的不是在害你呀，你能想明白吗？"

宁珩的脸色苍白，嘴唇变紫，唇瓣被咬出血迹，他眼中王辉的脸已经模糊不清。

"去死。"他声如蚊蚋地咒骂，试图反抗。

王辉无视宁珩的抵抗，拉着他的手蘸了印泥，把通红的指尖往合同上放。

就在这时，宁珩的气管痉挛，爆发出惊天动地的咳嗽，惊得王辉手一松，蹙眉看着他。

宁珩咳得太狼狈了，脸色涨得通红，大颗大颗的冷汗从脸颊淌下，他捂着自己的脖子倒在地上，咳得上气不接下气，泪水不自觉地从眼角流下，消失在鬓角中。

王辉被宁珩的模样吓到，认识这么多年他还是第一次看到宁珩这副样子，很明显的病态，看样子非常严重，脸上毫无血色。

"你……你怎么了？"王辉不由得后退一步。

宁珩支气管痉挛，喘不上气来，咳得完全不受控制，蜷缩在地上，因氧气供应不足，好像下一秒就要窒息。

剧烈的咳嗽减轻了几分困倦，宁珩一边咳着，一边在兜里摸索着治哮喘的药，手上全是汗，白皙的手背青筋凸起，细瘦的胳膊跟着颤抖痉挛。

药物进入鼻腔后立马好了一些，宁珩至少能喘上一点儿气，咳嗽依然没有停止。

他缓了一会儿，强撑着沙发站起来，继续对着自己喷药，脸色苍白如纸，瞳孔甚至无法聚焦。

王辉被彻底吓傻了，拿着合同的手指收紧："你……你这是怎么了？"

"我有……咳咳……哮喘……"宁珩的嗓子哑得不成样子，站也站不稳，弓着身子，晃晃悠悠的，"咳咳咳……如果你不想我……死在这……"

话说不完整，可表达的意思很直接。

王辉现在只想赶紧扔掉这个烫手山芋。

王辉僵站在原地，眼看着宁珩跌跌撞撞地离开，手指不由得松开，合同轻飘飘地落在地上。

套房门敞开着，宁珩的咳嗽声渐渐变远，沉闷的脚步声告诉王辉他走得多么艰难。须臾之后，王辉闭了闭眼，拿起桌上的手机，听着远处时急时缓的咳嗽声，拨通了120。

宁珩醒来时觉得浑身酸痛，头疼欲裂，嗓子像被刀割一般疼。

天花板的灯光有些刺眼，他手搭在额头上，意识渐渐恢复，最后的记忆停留在他强撑着走出王辉房间的片刻，之后在哮喘和安眠药的双重刺激下陷入昏迷。

"唔，你醒啦。"护士正在换药瓶，发现床上病人的动静，摁了床头的响铃，让医生过来看。

宁珩的表姐穿着白大褂走进来，护士向她汇报病人的身体情况，高高瘦瘦的女人冷眼瞧着："醒了？"

宁珩是天不怕地不怕的性子，唯独不敢招惹这个学医的表姐，小时候只要他调皮，这位"女魔头"没少拿他做实验，因此一直对她敬而远之。

"姐……"宁珩本想卖个乖，结果开口才惊觉嗓子哑得不行。

他的衣服被换下来了，穿着医院宽大的病号服，小脸儿煞白煞白的。

"宁珩，你究竟怎么想的？"林倾涵气不打一处来，"自己的身体不知道？跟你说过多少次了，不要感冒！你当耳旁风是不是？"

宁珩在网上谁也不怕，可实在不敢在表姐面前造次："我不是故意感冒的。"

"你别给我说这些，每次都这么说，年纪轻轻不懂爱惜身体，空调、啤酒、熬夜，以后上了年纪可有你受的！"林倾涵气得火冒三丈，"你还要在外面漂多久？姨妈和姨父已经各自组建家庭了，你再怎么做也无法改变事实，还不回去？"

宁珩垂眼，指尖拈着粗粝的被子摩挲着，问："我回哪儿？"

林倾涵没话说了。

宁珩闷声问："你都说他们各自组建了家庭，我能回哪儿？"

林倾涵头疼，说到底她是个外人，没法对人家家里的事指手画脚。

她清了清嗓子，转移话题："那行，这个先不说。咱们来说说你这次体内检测出安眠药的事儿。到底怎么回事？你知不知道自己不能乱吃药，好端端的吃安眠药干什么？"

宁珩抿了抿嘴，习惯了什么事都一个人承担，他没有把王辉的事告诉她，说了也没用，还害她徒增担心。

"没什么，是我最近压力太大失眠了，想吃点儿安眠药睡个好觉，结果忘了自己有哮喘这回事。"宁珩靠坐在床上，不动声色地转移话题，"是谁把我送到医院来的？"

林倾涵说："你老板打的急救电话，说你情况非常严重。"

宁珩眼睛半闭，声音冷下来："我老板？"

这时候病房响起了敲门声，西装革履的王辉走进来，手里提着一箱牛奶："小宁，你已经醒了？感觉怎么样？"

宁珩冷冷地看着他，神色戒备。

这人还有什么脸出现在自己面前？

难道王辉仍然坚持将他留下来？

林倾涵说："王总您好，谢谢您昨天及时打120，我们家小宁多亏您照顾了。"

王辉叹了口气，惭愧道："我关心员工还是太少，连小宁有哮喘这件事都不知道。"

宁珩觉得呼吸又有些发紧，深深地吸了口气，手心攥着被子："表姐，你先出去，我和老板有话说。"

林倾涵走了，病房里只剩他们二人，一时间谁都没有说话，走廊上的脚步声和交谈声传进来，倒显得房间更安静了。

沉默持续蔓延，宁珩到底是年轻人，沉不住气，率先开口。

"我已经说得很清楚了，不会续约。王总，今天的离开是我们当初约好的，你食言在先，又对我行不义之举。我能在这里和你心平气和地说话是念及这些年你对我的照顾。就算你逼我在合同上签上字也没用，酒店所有人都看到我被救护车带走了，我姐姐手里有我的血检报告，里面的安眠药成分是铁证。你把我的账号收回也没事，现在网络这么发达，我大可以注册一个新号，我是 Loper 本人，大家自然会信我。"

宁珩的身体还没恢复过来，说了这么长的话呼吸都变得不畅，咳嗽了两声，哑着嗓子又继续说。

"做事留一线，日后好相见，兔子急了会咬人。王总，真要闹大了，鱼死网破谁不会？"

他每说一个字，声音就冷一分，到最后完全没有任何温度，一双眸子迸射寒光，紧盯着王辉。

王辉一直静静地听着，等宁珩说完之后才不紧不慢地开口："你有哮喘。"

宁珩脸色微变。

"听你表姐说，你是花粉过敏？"王辉说，"月探年年体检都没查出来，你隐瞒得挺好。嗯，不对，其实体验很难查出哮喘，说不上是隐瞒。"

宁珩猜到他要说什么，双手握拳，低声怒斥："我的事用不着你操心！"

王辉没理会他，继续说："当然，这个对主播来说不算病，没有人会对你有强制性的要求，没有人逼你训练，更不会一直给你施加压力，要求你一定得第一。"

宁珩呼吸略重，形状姣好的嘴唇抿成一条线。

"你觉得以你的这种情况，能承受职业队的高强度训练？"王辉说，"你就不怕在比赛途中突然犯病，拖队友后腿？之前我在外面听见你表姐数落你不注意身体，你嘴上答应，转身就往火坑里跳？"

"那不是火坑！是我的梦想！"宁珩情绪激动，从床上坐起来，受到情绪的影响，脸颊涌上淡红色，狠狠地盯着王辉，目光凶狠，争执时脖子上青筋凸起，"王辉，你和我只是合作关系，到了时间就放我走是你当初亲口答应的！我现在只不过要你履行承诺！这不是我求着你，是你应该做的事！至于我离开月探之后去哪儿，是我自己的事！用不着你操心！你现在要做的就是兑现你的承诺，别再缠着我了！"

说完之后，宁珩又开始咳嗽，心脏仿佛要从嗓子眼儿里跳出来一样。熟悉的缺氧感再次袭来，这次因为用过药的关系没有发展得太严重。

王辉平静地注视着宁珩，过了一会儿，开口道："我会放你离开。"

宁珩捂着嘴咳，眼中涌上一片水雾，抬起头看向王辉。

"说实话，在不知道你有哮喘的时候，我确实曾想尽办法留下你，甚至不惜出损招。"王辉笑道，"可是知道你真实情况后，我反而不急了。"

宁珩大口地喘着气，竭力稳住呼吸让自己看起来不太狼狈。

"就让你去试试，"王辉脸上带着笑，"看看哪个战队在得知你有哮喘之后，还会愿意收你。

"在比赛场上，你就是个不定时炸弹，谁知道你会什么时候发病？又或者如果被对手知道了这个弱点，恶意使坏又怎么办？

"小宁，不是谁都会像月探一样纵容你，由着你来。

"这些年是我把你保护得太好了，让你不知道这个社会的冰冷。"

宁珩咬牙切齿："你闭嘴，我的决定还不需要你来指点。"

"所以我放你走，让你去尝试。"王辉从椅子上站起来，扣上西装扣子，依旧是那副稳重友善的模样，居高临下地说，"你放心，我不会告诉别人你患有哮喘这件事。但你决定走职业选手这条路，被别人知晓是早晚的事。月探随时欢迎你回来。"

王辉走的时候顺手带上了门，屋内彻底静下来，风从窗户吹进来，掀起了轻薄的窗帘，带走了宁珩的体温，让他出过汗的身体阵阵发冷。

宁珩保持着坐在床上的姿势，看着门口的方向，身体僵硬。

哮喘不是什么大病，电竞更不需要剧烈运动，只要他保持健康，避开过敏原，就不会因为这个影响队伍和比赛。他已经等了三年，终于有成为职业选手的机会，他不能放弃也不可以放弃。

宁珩不会允许自己的病成为阻碍。

没过多久，月探官博发出了 Loper 合约到期、不续约的声明，并祝他日后发展顺利。

宁珩从进入电竞圈开始就一直在月探直播，这些年下来，称这里一声"家"确实不为过。

只是这个声明引起了电竞圈粉丝们的许多猜测。

国际大赛刚刚结束，各大俱乐部正处于转会期，月探的人气主播在这个节骨眼离开。

宁珩实力这么强，前途绝对不止于此，粉丝们纷纷猜测 Loper 会去哪个俱乐部。

当然，其实没什么可猜的，他是 KIK 队长冉芃的粉丝，这件事情圈内很多人都知道，不是什么秘密。

网友们在网上猜着，宁珩也没闲着，他出院回家后第一件事便是投出了自己的简历，收件人：KIK 俱乐部。

DAR 俱乐部坐落于 A 市市中心的别墅区，环境静谧，治安尤其好，大片的树木立于道路两侧，形成一道天然的屏障。

据说 DAR 俱乐部是被某位富豪资助的，尤为财大气粗，两栋临近的别墅被打通，一共四层，带有宽敞的小院儿，隐蔽而私密。

一楼是餐厅、会客厅以及选手们休息娱乐的地方，二楼是二队、三队的训练室，三楼是员工集体宿舍，四楼是 Rob 一队的所有相关人员专属宿舍以及他们的专属训练室。

暗夜初降，俱乐部里灯火通明，四楼的会议室里坐着三个人，低头翻阅着资料，寂静无声，与楼下二队、三队的喧闹形成了鲜明的对比。

教练老邹耐不住性子，率先开口："这次的事情我们谁都没料到，予扬，你别有心理压力。"

坐在中间的男人神色淡然，眉眼深邃英俊，干净利落的下颌线勾勒出锋利的面容，红蓝配色的队服被他穿得帅气有型，宽肩窄腰长腿，刘海儿垂在额间缓冲了眼神的凌厉，看得出来年纪并不是很大。

他翻阅着手里的资料，开口道："我知道张澜安有问题。"

战队经理尤帆皱着眉问他："你什么时候知道的？"

"比赛的不久前，"乔予扬的目光扫过文件上的字，"不仅如此，我还知道替补队员也出了问题，大战在即，换人也来不及了。"

尤帆骂道："真是不要脸！为了点儿钱，连电竞精神都不要了！你打算怎么办？"

"这种事情需要考量怎么办吗？"乔予扬干脆地说道，"把张澜安开了，理由是打假赛。有问题的那几个替补，按照我给你的名单统统上报电竞委员会，队内全部彻查。"

尤帆和老邹惊讶于他的直白强硬，不约而同地对视一眼。

此声明一发，张澜安的未来算是彻底毁了，他正是巅峰状态。

还有那些熬了好多年终于升上一队的替补们，一朝踏错，辉煌的职业生涯才刚刚开始就彻底结束。

老邹有些于心不忍，毕竟这孩子当初是他选中的："万一张澜安是有苦衷呢？要不放过他这一次……"

"放过？"乔予扬终于抬眼，冷漠地反问，"我们错失的两次世界冠军，在你心里比不上张澜安的前程？你对他心软，他是怎么对我们的？我们待他不好吗？知道他家里有困难，我把自己每个月的奖金拨出一半打他卡里，他又是怎么对我的？去年大赛结束，我把金粤揪出来秘而不宣，内部处理。所以他今年就想学金粤？认为我还会留情？"

老邹没说话，无奈地叹了口气。

气氛一时凝重，尤帆岔开话题："这个月探的主播也是你的候选人？他好像是冉芃的粉丝啊。"

乔予扬说："那又如何？总不能一朝被蛇咬，十年怕井绳。DAR 以后只能在 KIK 的阴影之下了？没这道理，我只看实力，选人的时候提前查清楚就是了。"

老邹犹豫道："去年我们招人的时候也查了底细的，可还是出了张澜安这个叛徒……"

乔予扬说："所以今年要查得更清楚一点，这个宁珩，我看过他的直播，打法和操作是职业选手级别的，国内没几个人比得上他。这个人如果去了 KIK，对我们会更不利。"

尤帆赞同道："没错，虽然国际赛事结束了，可是后面的比赛仍有很多，我们现在缺人，青训生里，短短一年就能上大赛场的几乎没有，只能找现成的。我们连续两年错失世界冠军，网友们对此怨气特别大，如果不赶紧拿几个有含金量的冠军，我怕他们要找到训练基地发泄怒火……"

乔予扬盯着资料上宁珩的照片若有所思，那头紫粉色的头发特别亮眼。

尤帆说："哎，月初的娱乐赛你去吗？Rob 官方组织回馈粉丝的，也邀请了许多有实力的主播，这份名单上的人都会去，但我不清楚宁珩去不去。"

乔予扬："KIK 去吗？"

"去啊。"

乔予扬看了他一眼。

尤帆懂了。

乔予扬合上文件夹，说："最近是转会期，既然他是冉芇的粉丝，很可能已经去 KIK 自荐了。你可以先联系一下他，待遇什么的……别心疼钱。"

尤帆打了个响指："明白。"

尤帆推了推眼镜，笃定地说："他去不了 KIK 的。"

乔予扬看着他，静待下文。

尤帆继续说："前几天我听到一条内部消息，在月探公司的周年庆上，他把王辉得罪了，据说闹得很不愉快，还进了医院，救护车都来了。"

"啊？这么严重？"老邹问，"可是这和宁珩去不了 KIK 有什么关系？"

尤帆指尖转着笔，勾了勾唇："你在这个圈子这么些年了，只知道王辉是月探直播的老板吧？"

乔予扬眯了眯眼，俊眉一挑，说："难不成……"

"不错，王辉是 KIK 俱乐部的董事之一。"尤帆说，"而且他近两年和KIK 俱乐部的老板方昭闹得很不愉快，似乎是利益上的冲突。不然为什么王辉是 KIK 的董事之一，却没有一个 KIK 的队员在月探直播？王辉和方昭虽然是一家人，可明里暗里不对付，他怎么能眼睁睁地看着月探的王牌顺利进 KIK 呢？说不定王辉还想着怎么把人捞回去呢。"

乔予扬笑了笑："狗咬狗，挺有趣。"

欢迎加入DAR

第二章

国际赛事结束后，官方举办了一场粉丝见面会，邀请了各大战队的队员和实力很强的主播，现场组队打娱乐赛，算是给粉丝们的福利。

宁珩的实力在国内排得上号，自然在邀请之列。

他和月探的合约到期，许多大平台的公司和俱乐部纷纷联系他，想把这尊大佛挖到手。这段时间宁珩的邮箱都快爆了，可他唯一心系的KIK却全无反应。

宁珩纳闷儿，觉得以自己的实力，他们没理由拒绝才对，竟然迟迟没有反应，他想借着这次的见面会私下找KIK的人谈一谈。

不过他不打算以Loper的名义在镜头面前露脸，这件事八字没一撇，如果被营销号传到网上说Loper要进KIK，岂不是变相给KIK施压？而且国内的主流战队都在现场，好多俱乐部给他发了邀请，当天肯定会被各种人缠着。

他不想应付那些人，心里只想去KIK。

小丁运气不错，虽然没有因为实力被邀请出席，却被官方选中，收到了见面会的入场函。本是件高兴的事，可他父亲摔断了腿，身边需要人照顾，弟弟又刚做完手术，小丁只能被迫放弃这个机会。

宁珩得知后让小丁把名额让给他，随便扯了个谎说自己的朋友想去。

见面会当天宁珩打扮得特别低调，普普通通的短袖和牛仔裤，鸭舌帽遮住了张扬的紫粉色头发。进场时拿了两个KIK应援的小旗子，混在KIK的粉丝之间。

场地选在了A市某家五星级酒店，老板不知怎地特别有先见之明，装修时把地下一层到三层装修成了比赛的会场，可容纳几百人的观众席、宽敞的舞台和大型的 LED 屏幕。

国内不少的游戏赛事都在这里举办，楼上就能提供住宿，还提供餐饮，非常方便。

DAR 因为比赛的事情来过这儿好几次了，二队却是第一次来，跟着一队的前辈们见世面，刚踏进现场就被惊呆了。

休息室里，秦北神气地说："怎么样？小毛孩儿们？是不是被乔队长家的产业惊呆了？"

五个刚满十八的小孩儿愣愣地点头，过了三秒才后知后觉地反应过来，异口同声地问："乔神的？！"

乔予扬扫了一眼秦北，言简意赅地说："不是我的。"

"反正也是你家的嘛。"秦北笑嘻嘻地给那群小孩儿八卦，"跟你说啊，队长家可特别有钱，咱们基地也是乔神家里资助的。我跟着队长刚开始征战的时候特别艰难，各种曲折就不说了，幸好天降神兵，乔老大的爸爸施以援手，战队才能走到今天！"

虽说三个队在同一训练基地，但一队是站在顶峰的战队，神一般的存在，二三队平时都不敢上四楼，这种八卦更是第一次听说了，顿时对乔予扬的崇拜又高了一些。

乔予扬没理他们，躺在沙发上仰头玩手机，并问身边的尤帆："你刚出去瞧见候选名单上的主播了吗？"

尤帆："我正想跟你说这事儿呢，基本都来了，和他们聊了聊，都很乐意加入，已经告诉了他们进队选拔赛的时间。"

乔予扬抓住了关键词："基本？"

尤帆如实交代："我没看见宁珩，他的位置一直是空的。"

主办方在观众席划分了区域，职业战队为一部分，主播们为一部分，方便娱乐赛的时候给到镜头，邀请抽到名字的主播上台。

每个凳子上都贴了受邀嘉宾的名字，所有人按照自己的名字落座。这次主办方特意将 KIK 和 DAR 隔得比较远，避免粉丝们出现不必要的纷争。

"他肯定来了。"乔予扬淡淡说道。

尤帆问："你这么笃定他来了？"

乔予扬说："就冲他决赛那天维护 KIK 的样子。"

尤帆顾虑道："如果以后他真加入战队了，你能放心？他这么喜欢 KIK，如果又像张澜安和金粤那样，可是连收买都用不着，是最佳的间谍。"

乔予扬盯着手里的手机沉默了几秒："我不信所有人的心都这么脏，也不信 KIK 能一手遮天。"

这句话出乎尤帆的意料："行吧。既然你都这么说了，我没异议。这次就劳烦你把进队的人员背景调查清楚。"

乔予扬颔首："这是肯定的。"

KIK 摆明了不会收宁珩，这么大的便宜，不占白不占。

"队长，你们聊什么呢？这么开心。"秦北凑过来，"说出来让我和江姜也乐和乐和。"

"没什么，讨论一些新人入队后的安排。"尤帆说。

一直在旁边安静看手机的江姜问："已经确定候选名单了？什么时候开始入队选拔？"

尤帆："就这几天，正好你们几个趁着选新人的时候好好休息一下，光亚杯的赛事时间很近，届时得和新人磨合，后面的安排会很紧凑，调整好状态。"

"今天澜安怎么没来啊？"秦北拿起桌上主办方为他们准备的水果开吃，不忘分给初次参加活动的二队队员们，"打比赛的时候就觉得他状态不好，回国后也没怎么见他。"

江姜看了一眼乔予扬和尤帆，没接话。

乔予扬淡然说道："随他去。"

秦北奇怪："可是……"

这时主办方的人敲门，提醒各位队员快要出场了，请他们前去候场。

话题就此终止，他们起身跟上工作人员的步伐进入赛场。

尽管这次中国遗憾地与全球冠军失之交臂，但 DAR 是第二，KIK 是第三，说起来成绩也不差，粉丝们依旧很支持。随着各大战队陆续上场，观众席的呐喊声一波高于一波。

乔予扬全程没什么表情，队友与他交头接耳时神色也淡淡的，被主持人提问才说一两句，目光时不时扫过观众席，没有看到亮眼的紫粉色。

见面会安排得很紧凑。战队和战队之间二对二的比赛，把现场的气氛再次炒热。紧接着是每队选出三位代表参加三人模式的比赛。

三人模式比起五人模式更为简单，人员少，配合方便，节奏快速，全地图只有几十个人，范围缩小，基本转个角就会遇见敌人，更加考验选手的应变能力。

一共打四场，前两场由每队的首发选手比拼，各大明星选手齐上阵，不论是遭遇战还是阻击战，乔予扬都一枝独秀。

两局仅用时半小时，乔予扬就带着 DAR 二队的选手们快速地取得胜利，第一局淘汰了十四个人，第二局淘汰了十七个人，拿到了全场最佳成绩。

KIK 战队的表现也很出色，队长冉芃的战绩比乔予扬差不了多少，最后他俩一对一时，反应速度慢了一点，被乔予扬逮到机会干净利落地淘汰了。

这次的见面会采用了网络直播的方式，这一幕落在粉丝们的眼里，直播间的弹幕直接炸开了锅。

乔神太强了！你能永远相信 Wakely！入行以来几乎零失误！

认真的男人最帅，乔神是真正的全能选手啊！

感觉今天 Wakely 的心情不太好？还在为没有得到总冠军懊恼吗？

乔予扬全程冷脸给谁看呢？一个娱乐赛打得这么认真干吗？这种场合自然是友谊第一、比赛第二啊！

乔神最帅！谁说 DAR 不如 KIK 的？就冲这实力，足以甩 KIK 好几条街了！

呜呜呜，打比赛的乔予扬太帅了！呜呜呜……

乔神和冉神以前是同一个俱乐部的啊，后来分开了。可惜，要是两个人能一直在一支队伍里，世界冠军早就收入囊中了！强强联合啊！

快开始第三局！我要看他们争高低！

让网友们失望了，第三局换了人，乔予扬下场了，换成了队内其他人。

乔予扬今天来有别的目的，只是象征性地玩两局，不能在表演赛上耽误时间。

"我没有看到宁珩。"下场后，他对尤帆说。

尤帆蹙起眉心："我也没有看到，他会不会没来？可是不应该啊，他是冉芫的粉丝，又在转会期这样敏感的时间段，按理说肯定会来找 KIK 的。"

"有事耽搁了？"乔予扬问，"之前你说他和王辉闹矛盾进了医院，受伤了？"

尤帆纳闷儿："不会吧，听我朋友说宁珩没有外伤啊，王辉也是跟着救护车去医院的。再说这都多久了，就算是真的有问题，应该也好了吧，不至于来不了吧？"

"我偏向于认为他已经来了，现在正是转会期，他的实力是多少战队抢着想要的，估计他不想应付除了 KIK 以外的人，所以乔装打扮，混在粉丝中间，没准儿现在正和 KIK 的人谈呢。"

尤帆傻眼了："那怎么办？"

乔予扬朝外走："我先去看看监控视频，你在这儿注意 KIK 的经理和冉芫的动向，有事电话联系。"

尤帆："好！"

场地是自己家的就是方便，去哪儿都没人拦着。

乔予扬步伐匆匆，走过后台长长的走廊往监控室去。

DAR连续两年错失冠军，问题都出在内部，如果在后面的比赛中再拿不到亮眼的成绩，就快把粉丝的热情消耗尽了。

电子竞技只认第一，第二就是第二，没赢就是没赢。

他们现在缺人，急需一个技术成熟的队友和他们一起夺冠。

虽然王辉不会让宁珩进入KIK，可前提得是王辉真的能阻止。王辉毕竟只是董事，如果宁珩找上冉芄或者KIK的经理，真较起真儿来，王辉未必能有话语权。

宁珩若去了KIK，对DAR来说非常不妙。

乔予扬不清楚自己能否改变宁珩的想法，但至少他要试试。

他去监控室的路上并不顺利，好些粉丝找了工作人员的关系进了后台，看到Wakely穿着队服走过来，一窝蜂地扑上去，将准备好的花儿递过去，缠着乔予扬求拍照签名。

乔予扬心里忍不住着急，有些焦躁，可好歹算个公众人物，不能黑脸面对粉丝。

他打发走了这拨人就把队服脱了，穿着简约的黑T恤，用口罩挡脸，顺路去更衣室里拿出秦北的帽子戴上。

尤帆发信息问他监控视频看得怎么样了。

手里的花不方便扔，被看到了要被说不珍惜粉丝礼物，乔予扬只好单手拿花，没好气地回复："中途遇到粉丝，还没进电梯。"

尤帆："啊？乔队长，你的效率太低了吧！"

乔予扬低头看手机："KIK和冉芄怎么样？"

尤帆："盯着呢，没有人找过来。冉芄还在台上打比赛，他快下场了，战队经理一直在和赞助商谈合作的事。"

乔予扬继续打字："行，等我这边……"

后面的字没打完，拐角那头突然跑出来一个人，对方冲得急，乔予扬又在低头看手机，二人撞个满怀。

乔予扬的胸口被撞得生疼，手机和花都掉在了地上，黑色的 T 恤蹭上了黄色的花粉。

他脸色一沉，心里暗骂了一句，觉得今天出师不利，只不过去查下监控视频，一路上怎么就这么不顺？

不过对方也没好到哪儿去，细胳膊细腿儿的，直接被撞倒在地，还咳嗽了两声。

"你没事吧？"出于礼貌，乔予扬问了一句。

地上那人同样是帽子加口罩全副武装的样子，还把卫衣帽子拉起来戴着，生怕别人认出他，从身形上来看应该是个清瘦高挑的男人。

"没长眼？"他抬起头，一双漂亮的眸子狠狠地瞪着乔予扬，没有歉意和愧疚，态度恶劣，"走路还看手机，我这么大个人你看不到？"

粉色的衣服、粉色的帽子，张牙舞爪的态度，不是宁珩是谁。

他一直混在 KIK 粉丝中间，想找机会混进后台，和冉芃搭话，或者和战队经理联系上也行。

可这次的安保非常严密，把观众席和后台休息室隔得很远，在观众席前往后台的必经之路上安排了很多保安，没有工作证根本就进不去。

好在结束前有留出明星队员和粉丝们近距离接触、谈话的时间，宁珩只能等着那时候，看能不能接近。

他看了表演赛的赛况，不得不承认乔予扬的实力真的非常强，绝对是站在巅峰的王者，哪怕是自己的偶像冉芃也要逊色一筹。

若不是 KIK 先入为主，DAR 一定会是他第一考虑的战队。

宁珩的运气不太好，他周围坐的全是姑娘，看到精彩的地方扯着嗓子尖叫，挥舞着手上的条幅，成了大型追星现场。

他正喝着奶茶呢，旁边的姑娘撞到他，胳膊一抖，大半杯洒了出来浇自己一脸，满脸狼狈，还打湿了领口的衣服。

宁珩想发脾气又没处使，只能自认倒霉，起身去洗手间处理。

好巧不巧，这时候迟到的 YREW 战队的人正在后台口出示证件进入休息室，有人进有人出，场面有些混乱，宁珩看准这个时机趁乱进了后台。

他知道冉芃下场的时间，溜进了就近的洗手间赶紧把自己收拾干净，外场粉丝的尖叫声此起彼伏，"冉芃""乔神"，欢呼声越来越高。

宁珩看了眼时间，这时候冉芃应该已经下场了，他看向镜子里的自己，除了脸色苍白和唇色略显苍白之外，还算得体，只要不摘帽子口罩就不会被人看到脆弱的神色。

他担心错过冉芃，跑得又急又快，谁能想到运气这么背，偏偏就撞到人了。

对方的胸膛跟铁壁似的，宁珩本来身体就没完全恢复，这一下撞得他眼冒金星，直接倒在地上，不知道被什么东西砸了满脸，喘不上气，脚踝还阵阵疼痛，似乎扭到了。

也难怪宁珩态度差。

乔予扬盯着他的眉眼，莫名觉得在哪儿见过，可他相识的人中可没有这么没礼貌的人，语气当即冷下来："到底谁没长眼？走廊就这么窄还用跑的？"

宁珩唇舌反击："好狗不挡道，怪你自己眼瞎。"

平时已经被网友骂得够多了，还不能反击，更别说乔予扬最近的糟心事一个接一个。

"你是从哪儿混进来的？你这打扮我猜也不是工作人员，谁给你胆子跑到这里来叫嚣？"乔予扬拎着宁珩的领口，仗着比对方高半个头的优势，拽着人往安保室走，"什么人都敢往后台放，我倒要看看保安是怎么工作的。"

"你放手！"宁珩奋力挣扎，"我进来有正事！你别随便拽我！你放手！你放……咳咳咳咳咳……"

他突然剧烈地咳嗽起来，咳得惊天动地、身体颤抖，吸引了周围所有人的视线。

乔予扬一惊，下意识地松手："你怎么回事？"

宁珩弓着腰咳嗽，宽松的袖口露出了一截手腕，白皙的皮肤蔓上红意，类似某种过敏。

他戴着口罩呼吸不畅，幸好卫衣的帽子足够大，将他的脸藏住，能够将口罩往下拉，露出鼻尖吸着新鲜空气，余光一瞥，视线凝滞在地上的那束花上。

刚刚撞上时没看清是什么，他只知道自己的脸埋入了一簇冰凉的物件中，谁能想到是花。

偏偏是花。

宁珩对花粉严重过敏，别说碰不得，就连共处一室都不行，花粉进入呼吸道会引发哮喘，严重时会窒息休克。

身体的反应是诚实的，这会儿他已经有反应了，皮肤泛红发痒，呼吸急促，明显喘不上气。

之前感冒加安眠药的刺激没有彻底养好，更别说现在碰到了过敏原。

宁珩当即腿软坐在地上，从兜里拿出药喷了喷还是不见好，又担心被人认出来暴露自己，不敢摘帽子口罩。

几秒前想奋力挣脱的人成了唯一的救命稻草，细长的手指死死拽着乔予扬的胳膊，指甲掐进肉里的程度，试图缓解窒息般的痛苦。

乔予扬眉心紧蹙，这人状态差得让他根本不敢放任不管，他掐自己的手越来越凉，皮肤像渗血一样红。

不论是停不下来的咳嗽还是几秒就泛红的皮肤都显得太不正常了。

乔予扬蹲下问道："你怎么了？"

宁珩低着头，汗水流进眼睛里，刺激得生疼，阵阵咳嗽牵扯到肺部，难以撑起身体。

哪儿都好，但不能是这里。

这里太多见过他脸的人，只要掀开帽子口罩，他的狼狈和不堪会被所有人看见，包括他的偶像冉芃。

那样的话一切都会如王辉所料，他的梦想刚有机会发芽就被扼杀。

恐惧和后怕擒住宁珩的心脏，他坐不住，脑袋抵在乔予扬的肩上，向来桀骜的人头一次朝人示弱，还是素未谋面的陌生人。

"咳咳……带我……去医院……咳咳……"宁珩哑着嗓子，字不成句，颤抖着指尖拉着男人的胳膊，生理的泪水聚在眼眶，无助道，"拜托……"

乔予扬在酒店门口接到尤帆的电话时，他站在街边，看着扬长而去的出租车，一时间竟然找不到合适的词来形容此刻的心情。

人是自己撞上来的，也是主动拜托他送去医院的，他见对方太过狼狈，就好人做到底，把选队友的事情都暂且放下了，打算送人去医院。

对方比他矮半个头，却轻了不止一半，细胳膊细腿的，他怕自己稍微用点力就把他掰折了，扶着青年的胳膊都不敢用力。

乔予扬见青年一直在咳，好像要把肺咳出来一样，走路直不起身子，只能被迫弯着腰，还好心问他要不要喝点儿水。

对方哑着嗓子说"不要"，简单的两个字都吐词不清，步伐虚浮，乔予扬觉得自己一松手这人就会直接躺地上。

乔予扬知道外面粉丝多，守株待兔，等着要合照签名，特意找保安安排走后门，刚把出租车叫到，青年像是恢复力气了一般，猛然挣脱，草草说了一句下次谢你，就让司机师傅启动车子急忙离去。

车子走得急，轮胎摩擦地面，尾气浓重，激起一地灰尘。

乔予扬的手还保持着搀扶的动作来不及收回，掌心空落落的，就这样被抛弃在路边。

他难得做件积德的好事，没想到人家还不领情。

这个人戴着帽子口罩担心被人认出来，似乎咖位比他还大，咳成那个样子都不摘口罩。

乔予扬开始有些好奇那人的身份，不过答案显而易见，这人混进后台又不敢露脸，态度还如此恶劣，肯定是某个战队的"私生饭"。

不知道是哪个战队烧香积福，让那人半途发病不得不去医院，否则今天没准儿还有得闹。

兜里的手机一直响，乔予扬按了按眉心，转身往回走，拿出手机接通电话。

"喂？你在哪儿呢？查得怎么样？"尤帆问。

"还没开始。"

"什么？"尤帆震惊，切换连番轰炸模式，"你到底在干什么？队长，你知不知道这件事的重要性？你今天怎么一直在浪费时间？还是说你根本就想让宁珩去KIK？我们每年都下大功夫查内奸，你可别让我觉得内奸就在身边！"

"你要不要听听自己在说什么？"乔予扬从后门再次进入酒店，"我和KIK什么恩怨你不知道？我是内奸？"

"好啦，开玩笑。"尤帆笑了笑，"和你说一下，我在这里一直观察着，宁珩从头到尾就没有出现过。"

"你确定？"

尤帆："百分之百确定，冉芄下场后一直在休息室里，没有出来过，他们经理也是如此，进出的都是工作人员，连一个戴着口罩的可疑人员都没有。"

如果真如尤帆所说，那宁珩今天确实没有来。

这种情况有两个原因：一个是宁珩有比这个更重要的事，是真的没有来；还有一个是宁珩已经被KIK收进战队了，那么今天这种场合确实没必要出现。

不过尤帆的话让乔予扬思绪一顿，特别是"戴口罩"三个字，戳中了他的第六感。

要真说后台一个可疑的人都没有也不尽然，刚刚那位不敢露脸的病秧子不就是一位？

乔予扬思忖片刻，觉得这个可能性不大，便没有再细想。

电话里尤帆继续说："既然后台没有人，那监控视频还看吗？"

"看，"乔予扬说，"不排除宁珩提前和他们见面的可能。"

有王辉的阻挠，宁珩进不了 KIK，今天是他唯一的机会。

宁珩没有出现，就代表他去不了 KIK 已经成了定局，更方便 DAR 出手。

表演赛结束，尤帆让老邹带着队伍先回去，他担心乔予扬又掉链子，这次一起跟着。

他们调出了观众入场前后、战队入场前后的所有监控视频，重点看了和 KIK 有关的画面，正如尤帆所说，自始至终没有一个可疑人员出现过，在 KIK 身边的全是他们内部人员。

看来今天宁珩真的没有来。

尤帆松了口气，却又更疑惑："你说他为什么不来？"

乔予扬没回答，因为这也是他好奇的。

Loper 明明那么喜欢冉芃，就算他对自己的实力过于自信，可加入偶像战队这种事当然得当面谈才比较好。

又或者情况比他们预料的糟糕，王辉没有阻止宁珩加入 KIK，他们在这里忙前忙后机关算尽，都是无用功。

尤帆等不到乔予扬的回答，自顾自地说："我觉得咱们得做好最坏的打算，也就是宁珩已经加入 KIK 了，我们低估了王辉的气度。"

他翻着手里的人员资料，长叹一口气："唉，也不一定非得要宁珩嘛，国内的主播多得是，没了他还有别人呢。"

没了宁珩确实还有别人，可宁珩是所有主播里最厉害的，也是乔予扬最想要的。

乔予扬心绪烦躁，接过尤帆递过来的主播名单翻着。名单上所有人的游戏实操视频他都看过，Loper 是最优秀的。

乔予扬一直认为选队友这种事宁缺毋滥，电竞讲究的只有实力。

要么不要，要么就要最好的。

乔予扬将名单翻到底，文件一合，又回到了第一页。

宁珩的照片贴在左上角，抢眼的发色永远那么吸睛。

乔予扬再次扫了一眼宁珩的资料，视线瞥向照片时顿时黏在上面，微微眯起眼。

他定定地看了一会儿照片上的宁珩，然后伸出手指挡住了宁珩的脸和头发，视线里只留下了一双乌黑的眼睛。

蓦地，乔予扬勾起唇角，笃定道："宁珩今天的确来过这里。"

尤帆茫然："你怎么知道？"

乔予扬没有回答，而是继续说："他确实没办法加入KIK了。"

宁珩接触了过敏原在医院昏睡了两天，之前感冒和安眠药那一场病就没完全好，他的身体相比于其他人本来就更弱一些，身体状况不好还不注意的下场就是受到比以前更猛烈的反扑。

他发着烧，脸色苍白，青色的血管透着冷意，正常人穿的病号服在他身上偏大，躺在病床上的样子像一朵随时都会凋谢的花。

林倾涵见他这次病得太重，不敢再瞒着，通知了宁珩的父母。

可宁珩的父母都被公司派出去出差，短时间内赶不回来，一时间竟连个照顾他的人都没有。

林倾涵只能一边上班一边拜托医院值班同事多照顾着点儿，得知宁珩醒过来的时候她刚值完晚班回家睡了三小时，接到电话后立刻赶回医院。

她看到宁珩穿着病号服坐在床上的样子，安静乖顺，酝酿了两天责怪的话都说不出来了，特别是在这种父母都不在身边的情况下。

"感觉怎么样？"林倾涵站在床边，习惯性地伸手摸了摸宁珩的额头，"嗯，不烧了。"

宁珩如实回答："还行。"

林倾涵指尖蹭过宁珩刘海儿的发梢，静了一会儿才问道："你究竟知不知道自己的过敏原？"

宁珩点头："我知道。"

"那为什么还要碰花？"

宁珩想到那天的事就恨得牙痒痒，忍不住咳嗽两声："那是个意外。"

林倾涵懒得跟他计较究竟是不是意外，现在说这些也没用，只能叮嘱他好好休息，这次必须将身体彻底养好才能出院。

宁珩没有逞强，听从表姐的安排，林倾涵说什么他就听什么，完全没有以前唱反调的劲头。

林倾涵当他是不舒服，没有继续啰唆影响他休息。

宁珩等她走后，强撑的笑脸一寸寸收敛回去，静静地坐在床上，低头盯着手背上的针管，半晌之后，抬起手捂住了脸。

两天了，KIK 的选拔赛已经结束了，他投出的个人简历也石沉大海，在林倾涵来的不久前，他在 KIK 的官方频道里看到了一小时前刚出炉的新消息。

他们发布了新的阵容名单，并且说明接下来会马不停蹄地进入新的训练和磨合，为接下来的日本的光亚杯做准备。

这可不只是错过，而是彻底没戏了。

宁珩有些崩溃，从月探出来后一直紧绷的弦骤然放松。

他明明那么渴望进入 KIK 与冉苨同队，可老天爷偏偏不让他如意，各种阴差阳错的事儿聚在一堆。

没有错，也无人可怪。

结果就是他错过了 KIK 的选拔，错过了等了三年的机会。

真被王辉说中了。

不，比王辉说的情况更丢人，他甚至连展示自己的机会都没有。

照这样下去，至少得等到明年的转会期，可职业选手的职业生涯，有几个一年？

他喜欢 KIK，想站在更高的地方用自己的技术征服更多的人，更想和偶像比肩……

宁珩的双腿屈在胸前，把脸埋在膝盖上用手臂抱着自己。

那是一个无助的姿势。

一向骄傲张扬的人，在失去目标后变得沉默少言，宁珩失去了前进的动力和意义。

"叮——"桌上的手机振动起来，是收到新邮件的声音。

宁珩的手指动了动，慢吞吞地抬起头，转头看向屏幕发亮的手机。

短短几秒，屏幕再次变黑，宁珩伸手去拿，点亮锁屏后，页面上是一条以"DAR 俱乐部"开头的邮件。

手机的屏幕光照进宁珩暗淡的瞳孔，好像黑暗中点亮的一束光。

DAR 俱乐部，国内另一家顶尖俱乐部，与 KIK 齐名。

就算宁珩钦慕冉芃，也不得不承认，乔予扬是国内实力第一的选手，这是毋庸置疑的。

宁珩读完邮件，垂下的嘴角缓慢上扬，意识到这件事并非没有转机。

转会期年年都有，大不了明年再来。

当前最重要的，是要以职业选手的身份出现在大家的面前。

宁珩有自己的骄傲，反正都进不了 KIK，既然要选，那得选除了 KIK 之外最好的。

DAR 新人选拔赛安排在上午，这群选手的作息一直是黑白颠倒，所有人都知道今天会来新人，却没有一个人起得来，哪怕是战队的队长。

尤帆和老邹坐在椅子上喝咖啡，瞧着基地里冷清的样子颇为无奈。

"你说说他们，二队、三队的就算了呗。一队那几个小浑蛋，"尤帆翻阅着候选人资料，骂骂咧咧的，"明知道今天会有新人加入，一个个都不起来，合着咱俩在这儿忙前忙后是给我们选队友啊！"

老邹说："他们昨晚训练得晚，我凌晨四点起来倒水的时候看见训练室的灯还亮着，乔予扬还在练呢。"

"这次错失冠军对他有不小的影响吧。"老邹叹了口气，"他曾经和冉芃关系那么好，现在 KIK 那边却一而再地使阴招。他本性好强，一直憋着气呢。"

尤帆愤恨不已："KIK 这千刀万剐的缺德队伍！就该去臭水沟！"

他俩正聊着，外面陆陆续续来了十多个人，全是背景清白且实力不输职业选手的主播。

光亚杯安排的时间太紧了，青训生的比赛经验太少，二队、三队是有好苗子，但实力不足以打首发。

出于对种种因素的综合考虑，从主播里挑选实力强的人是最好的选择。

尤帆笑脸相迎，按照候选名单一一对应人员，老邹带着他们去二楼训练室，先登录账号熟悉外设。

选拔的时间是十点，九点半的时候差不多人都到齐了，老邹询问比赛是不是可以提前开始。

尤帆："还差一个，再等等吧。"

时间一分一秒地过去，九点五十五了还不见动静。

有些主播沉不住气了，问："什么时候开始啊？怎么游戏里也不让我们进场？"

尤帆看了看表，安慰道："少安毋躁，这不是还差一个吗？"

"他要是不来，我们所有人都这么一直等吗？我下午还有事儿呢。"

"对啊，这不是已经十点了吗？"

尤帆没辙，估摸着那位应该不会来了，冲各位说："麻烦大家登进服务器，然后……"

"不好意思，打扰一下——"

时针和秒针重合，刚到十点整，顶着一头张扬、吸睛的紫粉色头发的宁珩，掐着表似的走进训练室。

他嘴里嚼着口香糖，神色淡漠，目光扫过室内众人的脸，最后停在穿着 DAR 队服外套的老邹脸上："DAR 选拔赛是这儿吧？"

所有人愣住，被这位漂亮的脸蛋吸引。

尤帆率先反应过来，上前一步说："是，请问你是……"

少年吹出一个泡泡，冷淡地说："Loper，宁珩。"

乔予扬睡得正香，被一阵急促的敲门声吵醒，外面那人把门敲得砰砰响，整个四楼都有回音。

"你有毛病啊？"乔予扬头发凌乱，没好气地说。

尤帆无视他的起床气："宁珩来了！你判断得真没错！"

乔予扬困得不行，被搅了瞌睡后像一头暴躁的狮子，头发凌乱地支棱着："知道了。"

"他技术真的太牛了！老邹都赞不绝口。"尤帆很激动，"我为了这个选拔赛约了其他战队的主力和替补，含金量很高。你知道宁珩多强吗？他没有经过系统训练，在第一场就淘汰了十个对手，第二场淘汰了十五个，总分第一。"

闻言，乔予扬困意散了些，来了点精神。

尤帆："我让老邹把他们比赛现场的画面切上来了，你去训练室就能看。"

乔予扬打了个哈欠，往嘴里扔了两颗薄荷糖提神，跟着尤帆走进训练室，秦北和江姜已经看上了。

"队长，赶紧来看看，这个叫宁珩的打得可真不错啊！"秦北嘴里吃着鸡肉卷，眼下乌青，也是一副没醒透的样子。

乔予扬靠在桌边，顺手拿了瓶酸奶："难为你起这么早。"

秦北："嘻，我起来上厕所，江姜跟我说来个特别厉害的主播，技术快赶上我了。我这一听肯定不行啊！我这么起早贪黑地训练，居然被一个小主播比下去了？所以爬起来看看。"

比赛进入后半程的阶段，目前场内留有二十一人，训练室屏幕的上帝视角可看出还有六队，其他五队谨慎地朝光源中心靠近，另外有一队却去了就近的武器投放点。

乔予扬盯着去投放点的那个队伍："这是宁珩？"

"嗯，他们队剩三人。"江姜回答。

"是系统安排的随机自动组队吗？"乔予扬又问。

"是啊，你还怕作假啊？"尤帆翻了个白眼，"这里边儿有职业选手，二线的居多，所以实力都挺平均的，他们用我提供的账号，不知道彼此是谁。目前来说只有宁珩的表现最为突出。这是五人局的最后一局了，后面他们要再打三场两人组队的和单人赛。"

正说着，唯一一个满编队三人淘汰，系统提示：

N 使用加特林机枪淘汰了 Fe。

N 使用加特林机枪淘汰了 Mo。

N 使用加特林机枪淘汰了 Bo。

"这……"秦北着实惊到了。

加特林是物资枪，五百发子弹，是游戏里火力最强的武器，没有之一。最大的缺点是后坐力强，不好控制，而且焰火很亮，容易暴露自己的位置。所以成了赛场上的冷门枪，很少有职业选手会选择。

乔予扬的睡意消减："把视角给到宁珩。"

宁珩利落地解决掉三人后，直接把枪扔掉，没有带走，移到安全的地方购买能源补充体力。

队友一："你不带走加特林吗？我看你用得挺好的，子弹应该还有很多吧。"

宁珩神色冷静，盯着电脑屏幕未见一丝情绪起伏："不要，扔了。"

队友二："啊？这也太浪费了吧，这可是物资枪。"

宁珩没解释，只是冷冷地扯了扯嘴角，嘴唇张合，无声地说了两个字：愚蠢。

尤帆看不懂宁珩的操作："他为什么扔枪啊？加特林是投放点的枪，不好吗？"

秦北解释："加特林的火焰太强了，枪声也很大，很容易暴露位置。他直接淘汰了对面三人，剩下的队伍都知道他们有一把加特林了，会成为众矢之的。因为之后的队伍肯定会先想着找加特林的位置，他们会不约而同地率先攻击战斗力强的。"

尤帆似懂非懂："所以他把枪扔了，神不知鬼不觉地换回步枪，隐藏身份的同时，趁机突袭别队？"

秦北打了个响指："尤哥，孺子可教。"

"大部分玩家，甚至有些职业选手都会下意识地认为物资枪比普通枪械高级，会尽可能地选择物资枪。其实适用于赛场的才是好枪，"江姜莞尔，"他意识挺好的。"

尤帆在乔予扬耳边说："不出意外，他肯定是稳了，我现在去准备合同？"

乔予扬没接茬，知道他还有后话。

"你觉得他值多少钱啊？"尤帆抛出关键问题，压低声音，"这实力……不下点血本怕是拿不下来。秦北在战队这么多年了，总不能比老人高了吧？"

乔予扬未置可否，淡淡地说："自己决定。"

尤帆一阵无语。

虽说尤帆是战队经理，可这种事儿怎么能自己决定啊？

尤帆出去给俱乐部老板打了个电话，老板说专业上的事问乔予扬，自己只负责出钱。

尤帆欲哭无泪，只能去找老邹商量。

宁珩在众主播和职业选手中杀出重围，总分稳稳当当排第一，其他战队的队长纷纷给乔予扬发消息，询问 N 是不是他们签的新人，为什么还藏着不官宣。

虎头战队一直和 DAR 的关系很好，队长狮子和乔予扬的私交也不错，一个劲儿地短信轰炸，问是不是还没签，他要来挖墙脚。

乔予扬冷漠地回了一句："一边去。"

"一会儿他们是不是要打单人赛？"乔予扬问。

尤帆："是啊，一共三局，双人赛马上开始。吃了午饭之后开始打单人赛。"

乔予扬冲旁边两人说："准备一下，单人赛你俩也上。"

江姜没有异议，秦北却哀号："为啥啊？"

"你不是为宁珩的签约费发愁吗？"乔予扬没理秦北，转而对尤帆说，"那就用实力说话。"

尤帆眼睛一亮，忙不迭地点头。

江姜抿嘴一笑，拍了拍秦北的肩："秦前辈可要努力，别被新人比下去啊。"

秦北趾高气扬地哼了一声："看我今天给他上一课。"

DAR 提供了午餐，十多位主播和二队、三队的孩子们聚在一起吃饭，众人的目光总是往宁珩那边瞥。

这个男孩看起来很高冷，从头到尾只进门的时候说了两句话，其他主播跟他搭话也冷冷淡淡的。

上午的比赛二队、三队看了，他们小声讨论着，觉得尤帆找来一位天纵奇才，和他们差不多的年纪，技术可以媲美一队的人。

午休时间转瞬即逝，二队、三队那群刚成年的小孩儿快速地吃了饭回去训练，二楼训练室里的单人赛也正式开始。

乔予扬坐在自己的位子上，用小号登录，观战秦北。

第一局节奏很快，第一个投放点刷新时，爆发了一小波团战，N 的名字出现频率很高。

N 使用汤姆逊冲锋枪淘汰了 Oeali。

N 使用汤姆逊冲锋枪淘汰了小华。

N 使用 MP5 冲锋枪淘汰了 YU。

淘汰人能获得经验值，换取更多的子弹和装备，宁珩凭借灵敏的耳朵，在一片漆黑的环境中准确无误地淘汰三人，经验值一路飙升。

不过他没有换枪，而是购买了闪光弹和手榴弹。

周围的脚步声太多了，枪声此起彼伏，没有视野会处于非常被动的状态。

宁珩在投放点的室内，趁着枪响，在进门的必经之路扔了一颗手雷，几秒之后，随着"轰"的一声，他淘汰了五人，直接灭掉一大半对手。

宁珩得意地勾了勾唇角，继而快速地将物资洗劫一空，准备朝中心前进。

他抢物资不论是进去还是出来都不会走正门，宁珩背着狙击枪，刚翻出窗外，耳机里传出一声爆炸，紧接着系统提示"BEI 使用手榴弹淘汰了 N"，屏幕显示出"Game over"的字样。

宁珩脸色一变，瞪着屏幕发呆。

下一场他一定要淘汰这个人。

四楼训练室传出秦北嚣张的笑："哈哈哈哈哈——跟你北哥斗，那小子估计纳闷儿我怎么会知道他要走窗户。"

江姜敏捷地淘汰了一人，分心回答："其实你并不知道，只是在门口和窗户各扔一颗手雷试运气而已。"

秦北得意道："试也是一种预判，运气是实力的一部分。"

接下来的几局宁珩打得很激进。

他没有去物资点争夺资源，在黑暗中化身为影子，不急着靠近光源，而是摸索着满地图找人。

宁珩近战非常厉害，玩家在游戏里通常看不到彼此，只能通过枪口的火焰判断对方的位置。他走位灵活，且弹无虚发，第三局赛点宁珩已经有二十一个人头，江姜也成了他手下败将。

全图只剩宁珩和秦北两人。

宁珩的胜负欲很强，秦北也不愿意输给新人，最后夺取光源的时候二人都十分谨慎，宁珩收起了前半程的冲劲儿，躲在掩体后面等待时机。

一旦只剩三支以下的队伍且队伍靠近光源二十米以内，游戏会进入十分钟倒计时阶段，如十分钟内没有分出输赢，则本局段位积分失效——相当于白打了。

宁珩不想耗着，他使了个阴招，仗着自己经验值多，买了一百多颗手榴弹。

宁珩以光源为中心，二十米为半径，满地图扔手雷，光源附近像轰炸区一样，让人无处躲藏。

秦北被逼得没辙，被炸弹炸伤了好几次，躲在石头后面打绷带："这小子……就不能堂堂正正出来比一下？！"

乔予扬讥诮："你以为他前面为什么一直找人淘汰？只为了好玩儿？"

"我哪儿知道他居然来这招！有没有点武德……"秦北话还没说完，两三颗手雷同时落在他身边，跑都没时间跑，就这样狼狈地结束了游戏。

秦北猛地一拍桌子："我一世英名，在赛场可从没被手榴弹炸到过，不行，我要找他单挑！"

江姜忍着笑："没事儿，以后有得是机会，北哥喝点水，别气，气大伤身。"

比赛结束，尤帆也让法务拟好了合同，乐颠颠地说："那，秦北，如果新人的签约费比你高，你别生气哦。"

"我不服！"

"有什么不服的？"乔予扬轻飘飘地扫了他一眼，"什么时候规定了决赛圈不能用手榴弹轰炸了？"

秦北："可他那……"

"人家经验多，你管得着吗？"

秦北有一肚子话被堵着说不出来。

职业赛场上淘汰一个人特别困难，需要用经验值不断地购买子弹、急救包，保持作战能力，经验值常常出现不够的情况。

秦北第一次见宁珩这种豪气的打法，把经验值全用来购买手榴弹轰炸……

真是开眼了。

不对，也不是第一次。

秦北对乔予扬说："队长，他是不是你亲戚啊？为什么他的打法和你当初那么像？"

江姜失笑："队长还有这么张狂的时候呢？"

乔予扬不以为然，哼笑道："谁没有过？"

"那我现在把人领上来详谈。"尤帆问乔予扬，"你和我一起去呗，你作为队长，总得和新队友见个面。"

乔予扬颔首，去会议室等着尤帆把人带上来。

会议室保持着上次开会后的样子，桌上还放着候选人的名单。

乔予扬把文件夹拿起来，翻开第一页就是宁珩的资料，明明已经看过很多次了，可还是忍不住再看一遍。

他露出一个嘲讽的笑，他想知道如果宁珩发现冉芃并没有想象中的那么好，会是什么样的表情。

会议室的门被推开，尤帆的声音传进来："来，进来坐。"

同一时间，乔予扬抬起头，那紫粉色头发率先进入眼帘，视线微微下移，他注视着那双乌黑的眼眸，与记忆完美重叠，只是缺少了一点愤怒和倔强。

宁珩在看到乔予扬时下意识地眯了眯眼，他超人的记忆力，让他觉得这双眼睛好像在哪儿见过。

尤帆帮宁珩倒了杯水："我介绍一下，这是宁珩。这位是 DAR 的队长乔予扬，大家都在一个圈子的，没见过也听过对方的名字吧？"

宁珩嗯了一声，正要坐下时，听见乔予扬开口。

"见过的。"

宁珩一顿，再次抬眼看过去，眉心微蹙，迅速在脑中搜寻着记忆。

尤帆也挺意外："见过？什么时候？"

乔予扬唇角扬起弧度，慢条斯理地开口："一周前，表演赛后台。"

宁珩瞪大眼，难掩惊愕。

"Loper，"乔予扬好整以暇地说，"你撞了我还没道歉呢。"

尤帆诧异地看着他们："你们见过？"

"见过，"乔予扬心情大好，"那天在后台，Loper 撞在了我身上。"

宁珩想到当时发生的事，眼中的漠然转为愤恨，特别是乔予扬手里那束花。

若不是倒霉撞上乔予扬，他完全有机会去 KIK 的，结果就是眼前这个人害得他哮喘发作，在医院里躺了几天，不仅错过了和 KIK 面谈的机会，还错过了 KIK 的选拔赛。

宁珩手心收紧，磨了磨后槽牙，几乎咬牙切齿道："我也没想到，竟然是你。"

乔予扬想到当时宁珩的状态，意味深长道："你也让我意外。"

宁珩自然懂他说的是什么，眼神更冷了，嘴唇紧闭，一副非常戒备的状态。

尤帆察觉到他们的气氛有点儿不对，不清楚为什么，却还是缓解道："既然二位见过，那一切都好说了吧？咱们要不要先聊聊进队的事？"

"宁珩，要不你先坐，"他给宁珩倒了杯水，"刚刚打了那么久，肯定累了吧？"

宁珩顺从地坐下，没有喝水，依旧一脸冷漠地看着乔予扬。

乔予扬开口："尤帆，你出去。我和他谈。"

这次战队要招募两个主播，第二名还在楼下，尤帆得去聊聊。

"行，那你们先聊。"尤帆对宁珩说，"合约我放这儿，不懂的就问乔予扬，法务也在楼下，你有什么条件可以提出来，一切都能谈。"

乔予扬瞧着这漂亮的男孩儿一脸戒备的样子，像只炸毛的小猫似的，他突然有些愉悦，做好事却被扔在街边的憋屈终于扳回来了。

"你想加入 DAR？"乔予扬开口。

宁珩在心里竖中指，冷冷地说："现在不想了。"

"为什么？"乔予扬问，"因为那天我影响你进KIK？"

尽管不清楚宁珩那天是怎么了，可以确定一点，是撞上他之后才身体不适去医院的。

这一点不难猜。

宁珩一口气堵在胸口，拳头攥紧，脸色难看得不行。

这人怎么敢提这件事的？

他是冉芃的粉丝，是众人皆知的事情，如果换别人影响了一个人加入偶像的战队，应该是想着怎么撇清才对，这人怎么还凑上前承认？

宁珩熬了三年，终于等到了年纪足够可以打职业，又正逢转会期，加入KIK是顺理成章的事，却被眼前这浑蛋给搅黄了。

这人凭什么这么气定神闲还颇为高傲？

"乔予扬，你以为你是谁？"宁珩真想拿手里的水泼他脸上，"你影响我和KIK会面的事情我都没找你算账，你在我面前神气什么？你觉得让我去不了KIK很得意？国内的优秀俱乐部可不止你这一家，真以为我没地方可去？！"

乔予扬耐心等他说完后，才不紧不慢地开口，诓人的话张口就来："其实那天没有我，你也注定加入不了KIK。"

宁珩拧眉："为什么？"

"看来有个消息你不知道，"乔予扬嘴角扬起，"你的前东家——月探直播的老板王辉，是KIK的董事之一。"

宁珩愣住。

"据说你解约的事和他闹得不愉快？周年酒会的时候还去了医院？"乔予扬将宁珩的反应尽收眼底，"你是月探的台柱子，是他的摇钱树，你去KIK之后不但带走他平台的流量，还把属于他的钱装进了对头的口袋，你觉得他甘心？"

宁珩不解，瞪着乌黑的眸子问："对头？"

"他和KIK的老板不和，这些年一直在暗地里较劲，"乔予扬不紧不慢地说，"这点去圈子里稍稍打听就会知道。"

宁珩沉思片刻，蹙眉问："KIK 老板是不是叫什么昭？"

"方昭。"乔予扬挑眉，"看来你对他们的恩怨并非全无了解。"

之前宁珩在某次聚餐的时候听他的管理人赵哥喝醉了说过一嘴，说老板不止月探这一个公司，在外面还有其他业务，就是合作人不好相处，一个叫什么昭的一天到晚和老板唱反调，明明什么都不懂，就知道瞎指挥。

那会儿宁珩两耳不闻窗外事，从来不管这些弯弯绕绕，也基本不和公司的其他主播联系，整天把自己关在房间里直播、冲分。

没想到随耳听的八卦在这会儿派上了用场。

所以说，不管以后还有没有转会期，他都不可能再进 KIK 了。

宁珩意识到这点，胸口酸胀，端起杯子喝水，掩饰情绪低落。

他到底是年纪小，没经过社会的淬炼敲打，性格又直，情绪根本藏不住，直接写在了脸上。

乔予扬凝视他凌厉的眉眼："我很欣赏你。"

宁珩一顿，抬眸对上乔予扬的视线，对方的眼神很平静，很真诚。

"最近是转会期，各大战队都在重新洗牌，我承认 DAR 缺人，可任何战队都缺优秀的同伴。光亚杯在即，只有 DAR 拉长了选拔时间，牺牲了训练的时间在等你。"乔予扬一字一顿道，"这是我们的诚意。"

宁珩抿了抿湿润的唇："我喜欢冉芃，而你们和 KIK 的关系一向不好，就这么放心让对方的粉丝进队？"

乔予扬没有弯弯绕绕，直接说："只要你愿意进来，我就放心。"

"忠于团队，是一个电竞人的基本素养。"乔予扬问宁珩，"你的梦想是电竞还是冉芃？"

宁珩心绪一震，喉结无意识地一滚。

"电竞人"三个字犹如一把钥匙，准确无误地插入他的心房。

是，他喜欢冉芃，但冉芃只能算个引路人。

让他坚持了三年还依旧保持动力的，是热爱。

宁珩没有说话，灯光落在他眼里，像坠落的星星。

他坐在椅子上盯着合同，随后又抬眼看向乔予扬。

宁珩突然意识到，自己以前的目光总是停留在冉芃身上，却忽略了眼前这位从技术层面来说更强的人。

仔细观察乔予扬就能发现，他懒散的状态下流露出一种令人信服的安宁，眉宇的冷淡展现出掌控一切的自信。

乔予扬也没有催促，而是静静地在一旁等他抉择。

时间一分一秒地走过，在绝对的安静中，每一分钟都被无限拉长。

半晌，宁珩开口："怎么没有笔？"

乔予扬勾唇，紧绷的面容因为笑意变得柔和，他将自己手里的笔递过去。

合同没什么太大的毛病，满篇的专业术语看得宁珩头疼，再三确认过关键的信息后，宁珩突然问："我的签约费八百万？"

乔予扬："低了还是高了？"

宁珩没表态，轻哼道："多少我都受得起。"

他在需要签名的地方依次写上了自己的大名。

这时候会议室的门突然打开，尤帆笑容满面地走进来："你们聊得怎么样？合同签好了吗？"

他后面还跟着一个人，给他俩介绍："我介绍一下，这是赵焱，刚刚的比赛总积分只差宁珩一分，他的合约已经签了。"

赵焱看上去挺阳光的，皮肤是小麦色，一笑就露出洁白的牙齿："队长好，以后请多指教！"

乔予扬点了点头，算是打招呼了，把宁珩的合约扔给尤帆："这位也签好了，后续的事宜你跟进吧。"

尤帆心满意足，对俩人说："后面有几份和直播平台的合同，还有你们加入俱乐部后的一些资料需要填写，今天也辛苦了，你们先回去休息吧，三天后正式搬进基地，房间都为你们准备好了。如果行李搬不过来的话直接告诉我，基地有车的。"

赵焱性格开朗，笑盈盈地对尤帆说谢谢，相较之下，宁珩就有些冷淡了。

"我的行李早上就带过来放楼下了，"宁珩问，"今天能住进来吗？"

乔予扬道："你对自己挺有自信。"

宁珩傲然地反问："不应该吗？"

乔予扬鼻子里哼出一个意味不明的轻笑。

宁珩看向尤帆，又问："能吗？"

"能啊，正好今天收拾出一间屋子，"尤帆笑道，"看来宁珩很期待尽快融入我们呢。"

宁珩："是房租到期了。"

尤帆被噎了一下，不知说什么好。

合约的事聊得差不多了，尤帆去送赵焱下楼，宁珩跟着去拿自己的行李，然后拖着两个大箱子坐电梯回到四楼。

电梯门口站着江姜和秦北，见他上来，江姜迎上去接过其中一个箱子，笑着打招呼："你好宁珩，欢迎加入 DAR，我是江姜，这位是秦北。"

宁珩颔首："我知道。"

秦北皮笑肉不笑地说："小孩儿，你扔雷那招挺损啊，让人始料不及，和队长当年有得一拼。"

"我成年了。"宁珩面无表情，"说我损不如反省你自己为什么弱。"

"菜？"秦北撸起袖子，"马上去单挑敢不敢！"

宁珩冷冷道："谁输了学狗叫。"

"我绝对不会输给你这个小屁孩儿！"

江姜站出来当和事佬，无奈道："别这样……"

这第一天见面就结下梁子真的好吗？

秦北："你没瞧见？是他先挑衅我的！"

江姜头疼："我只听见你叫人家单挑。"

旁边的房门突然打开，乔予扬冷漠地盯着张牙舞爪的秦北。

秦北看见乔予扬仿佛找到了主心骨，指着宁珩，开启了"猛男告状"模式："队长，你瞧这人，一来就给我个下马威！"

宁珩眼神复杂，像瞧白痴似的，问江姜："他有没有脑袋被猛烈撞击的历史？"

"你什么意思啊？"秦北炸毛了，"你可以侮辱我的人格，但不能侮辱我的智商！"

乔予扬蹙眉，不耐烦地说："滚去训练。"

秦北泪眼婆娑地说："队长，应该还我个公道。"

"赢了比赛才有公道，"乔予扬走出房间，顺手接过宁珩手里的另一个行李箱，"你再号一句，就加练一小时。"

"凭什么！"秦北瞪大双眼，像受了天大的委屈，"队长，还是不是我的亲队长啊？你咋向着一刚来的外人呢？"

乔予扬停下脚步："俩小时了。"

"我……"

江姜捂住秦北的嘴："你今晚还想不想睡觉了？"

秦北泄了气，盯着宁珩，又指了指训练室，发出一串哼哼唧唧的声音，眼神中充满挑衅的意味，很明显，他想训练的时候见真章。

宁珩"哧"了一声，不屑回应。

江姜拉着秦北进了训练室，喧闹的走廊安静下来。

"还不进来？"乔予扬拖着箱子，推开房门。

宁珩跟着进去，闻到了一股淡淡的柠檬香。

房间挺宽敞的，布置简约明了，装修也很精致，有一扇很大的落地窗，床很大，足够宁珩在上面打滚、翻跟头，除此之外，还有书桌、书柜、衣柜、一个小型的沙发和一张茶几，配置很齐全，连烧水壶这些细枝末节的东西都有。

乔予扬把行李靠墙放："需要什么直接说，基地有专门负责饮食的后厨，也有帮我们打扫卫生的阿姨，别怕麻烦。你刚来，合约生效时间是三天后，这几天可以在基地逛逛，熟悉环境。当然，你想参加训练也行。另外，只有不训练时可以出基地，要向我或者老邹打报告，告知回来的时间。"

他倚着墙，把能想到的都嘱咐了一遍："知道你性格火暴，但进了战队也算是有编制的人了，动手什么的是高压线，碰都不能碰的。战队直播的时候不能骂人，骂一句罚两万充公。"

听到这，宁珩终于有了反应："交给你？"

"交给尤帆，他是战队经理，也是财务。"乔予扬解释，"准确来说，是DAR的大管家。"

宁珩没话说了。

"行了，你先休息吧。"乔予扬觉得嘱咐得差不多了，直起身子离开，"哦对了，还有个事儿。"

宁珩看着他。

乔予扬问："那天在后台，你为什么突然会那样？你有隐疾？"

宁珩脸色微变，心知瞒不过，半坦白半隐瞒道："我对花粉过敏。"

虽然签了合同，直接进了一队，可他仍然担心他们介意他的病。

他受够了被看轻，更担心因此被调离一队，上不了场，打不了首发，那他进战队还有什么意义？

乔予扬点了点头，却又觉得奇怪："过敏让你咳得那么厉害？"

"月探周年会的时候我进了医院，"宁珩攥着衣摆，尽可能让自己看上去自然，"发烧导致肺炎，没好利索。"

乔予扬想到他那天的状态，蹙眉问："现在呢？"

"好得差不多了。"

"你是完全不能碰花粉？"

宁珩点头，怎么严重怎么说："完全不能碰，也不能闻，共处一室都不行。"

"行，知道了。"乔予扬走出去，顺手带上门，"先休息。"

等人走后，宁珩松了口气，紧绷的身体放松下来，掌心生出了湿润。

他倒在柔软的床上盯着天花板，柔和的白光洒在他的身上，大脑放空，这段时间的种种在眼前飞速地闪过。

KIK 去不成，却阴差阳错地到了 KIK 的死敌战队。

真的不得不感叹一句，天意弄人。

尤帆送走赵炎回来后看见乔予扬在茶水间倒咖啡，走进去问："哎，你怎么和宁珩谈的？所有的问题都提前说清楚了吧？比如比赛奖金、直播平台分成之类的，还有加入战队后的一些注意事项，还有高压线。"

"嗯。"

尤帆乐开了花："咱们这次可是捡到宝了啊，幸好他把王辉得罪了，不然这么优秀的选手就跑 KIK 去了。如果以后他知道了王辉和 KIK 的这层关系，会是什么反应？"

乔予扬端着咖啡往训练室走："他已经知道了。"

"你说的？"尤帆瞪大了眼。

"既然是一个队伍那就得一条心，总想着别的战队算什么事儿？我不断了他的念想，后面 KIK 勾个手指头他就走了，你找谁哭去？"乔予扬说。

尤帆乐呵："也是，他可是我花了一千万签来的，可不能被别人挖走了。"

"八百万。"乔予扬说。

"啊？"

乔予扬淡淡说道："我把金额改了一下，刚来的新人身价不宜太高，都赶得上江姜和秦北了，总得顾及老人的心情。"

尤帆点头："还是你细心，不过下次你得提前和我商量一下啊。幸亏我给赵焱也开了八百万，不然到时候多尴尬？"

乔予扬漫不经心地点头。

尤帆得准备新人的其他合同和资料，去了资料室与合作的直播平台沟通相关事宜。

乔予扬推开训练室的门，见宁珩背着外设装备站在那里，打量着空余的机位。

秦北和江姜正在训练，没多余的工夫搭理他。

宁珩回头，面无表情地问："我坐哪儿？"

乔予扬喝了口咖啡，反问："你想坐哪儿？"

宁珩指着背靠墙、面对着窗和门口的位置。

乔予扬眉角微挑："没人，坐吧。"

宁珩把自己的键盘、鼠标、桌垫一一放好，坐下来开机准备熟悉熟悉电脑，紧接着，右边坐下来一位。

乔予扬轻轻动了动鼠标，电脑屏幕立马亮了，桌面上出现了 Rob 的页面，游戏账号自动登录。

宁珩动作一顿，神色复杂且戒备非常："你坐这儿？"

"嗯，"乔予扬察觉到他的目光，头也没回，点了单人赛进入匹配，"你自己挑的位置，怎么？不满意？"

宁珩没说话，心想坐就坐呗，谁怕谁啊！

尤帆瞪了秦北一眼，随后拿着几份需要签的资料和合同走到宁珩面前说："这是直播公司要签的东西，你看看。和我们合作的平台是远星TV，相信你也熟悉，它是国内最大的直播平台，流量、福利什么的都没得说。"

宁珩点头，他之前在月探，自然对远星有所耳闻，国内最大的直播平台，龙头老大，很多一线明星、艺人直播带货都在远星 TV。

尤帆见宁珩一目十行地看合同，忍不住嘱咐："你仔细看看条件，有疑问的，或是觉得不妥的都可以提出来，比如一个月直播六十个小时没问题吧？平均每天播两小时就好。"

"没问题。"宁珩低头唰唰签字。

他以前在月探每个月要求的时间更长，既然现在来都来了，像某人说的，如今是有编制的人了，能比在月探差？他和战队的荣辱是一体的，总不能故意坑他、把他卖了吧？

宁珩也说不清自己的这份安心源于哪里，反正下意识觉得 DAR 不会使见不得人的阴招。

秦北翻白眼，嚷嚷道："尤经理，你这区别对待啊，我和江姜签合同的时候，怎么没见你这么温柔过？赶着杀猪一样着急。"

尤帆站在宁珩旁边，看着他蓬松的头发，伸手揉了揉，说："你们要是十八，我也这么温柔。"

秦北做出一个吐血状。

"扎心了啊，尤经理。"江姜笑道，"怎么还攻击年龄呢？我们也就比小珩大两岁。"

宁珩没理会他们插科打诨，认真地填写资料。

电竞圈发生了两件大事，一个是 DAR 俱乐部正式官宣，亚洲服排名第八的 Loper 宁珩和第十的 Fire 赵焱加入了战队，并且确定将会以首发队员的身份参加两个月后的光亚杯。

而真正轰动的是另一件事，DAR 发公告开除成员张澜安，原因是他在国际赛场上打假赛，影响了俱乐部的荣誉，并配图他在赛场上故意犯下低级错误的场面，以及账户明细里突然出现的五千万元巨款。

此消息一出，电竞圈直接炸了，短短两小时内，转发、评论、点赞纷纷破百万，"张澜安打假赛""张澜安五千万"的话题爆了，社交平台卡了半小时才能正常运营。

这件事太过恶劣，不仅仅是输了比赛这么简单。

张澜安被警察带走，DAR 也需要配合警察上门调查取证。

网友们从未如此一条心过，把张澜安骂得狗血淋头。

每日一杯奶茶：一颗老鼠屎坏了一锅汤！比赛的时候我就觉得张澜安表现不对，配合得什么啊？第二把故意送死，还拖江姜一起送，真够恶心了。Wakely 在这种情况下还能夺得第二，说明什么？还有人骂 Wakely 不行吗？

想不到名字就这么着吧：太可气了！这消息一出，外国那些战队不知道怎么嘲笑我们呢！该一致对外的时候居然搞内讧。查！狠狠地查！究竟是谁蛇鼠一窝，必须查得明明白白！

乔神天下第一：DAR 其他人也太倒霉了吧，今年明明可以夺冠的啊，气死了，之前有"杠精"说 DAR 实力不行，遇到这种败类，天王老子来也没辙吧！

卡卡_kaka：突然想到，去年 DAR 打完国际大赛后，就把金粤给换下来了，然后到现在也没见他再出场过，会不会上次也是这种情况啊？如果真是这样的话，DAR 太惨了吧！得罪谁了！

爱黄色的皮卡丘回复卡卡_kaka：你估计发现真相了……金粤真的再也没出来过了，也没见他转会去其他战队。

小爱同学已罢工回复卡卡_kaka：这可不兴细想啊……背后肯定有资本运作，不想让 DAR 拿冠军。

警察在 DAR 基地调查了一上午，宁珩和赵焱是新人，与这件事无关，所以一直待在房间里。

宁珩没想到刚进战队就遇上了这种事，虽然比赛那天张澜安确实发挥失常，但没人会往打假赛上想，毕竟这是一条毁了自己的绝路。

实力越强的选手签约费越高，像 DAR 这种明星战队，签约费都是百万起步。虽然张澜安的商业价值比不上乔予扬，但各种奖金、直播收入也非常高了，完全没有必要冒这么大的风险打假赛。

宁珩实在想不通，毁了自己的前程不说，丢脸丢大了。

社交平台里简直热闹得像茶话会，有不少网友都提起 DAR 去年错失冠军以及不见踪影的金粤。

金粤是 DAR 俱乐部的选手，去年国际比赛之后再也没见他参加任何赛事，也没了他的消息。

宁珩想到自己来战队两三天了，也没有见到金粤，网上提到他的人也很少。明明 DAR 没有公布金粤退出或者转会的消息，可大家好像已经默认他消失了一样。

外面传来隐隐的交谈声，宁珩猜到调查应该结束了，轻轻地把门开了一条缝，躲在屋内偷听。

一队的三位选手、尤帆、老邹跟着警察走出休息室，尤帆算得上战队里的"交际花"，面对这种场面特别会来事儿。

他先感谢警察同志的关系和细心侦查，然后和老邹一起把二位送下楼。

电梯门一关，秦北终于卸下了紧绷的神经，没骨头似的靠着墙："队长，我真不明白了。你这么大费周折地公开这件事情，警察来调查了你又什么都不说，到底想干吗？"

乔予扬没回答，似乎是大早上被叫醒的起床气还没消完，这会儿懒懒地耷拉着眼皮，神色困倦。

"队长肯定有队长的考虑，"江姜说，"你就别问了。"

秦北是直性子，憋不住话："有什么好怕的啊？KIK 既然敢做，还不敢认吗？之前不是挺嚣张的吗？这会儿要查到它头上了，开始装聋作哑。要我说，就直接把证据公布出来，他们不仁在先，我们凭什么要有义？"

他们站在走廊尽头，宁珩不太听得清具体内容，可"KIK""证据""他们不仁"的字眼钻进耳朵，在他心里产生了剧烈的震动。

KIK……为什么要提 KIK？

宁珩嘴唇紧抿，把门缝又打开了一些，竖起耳朵听，心跳加速，好像在做亏心事一样。

"行了，回去睡会儿回笼觉，下午要训练。"乔予扬的声音懒洋洋的，似乎不想在这件事上做过多的解释。

宁珩听见两道关门声，又等了十多秒，才从门口探出脑袋，目光与正往房间走的乔队长撞了个正着。

乔予扬神色淡淡的，倒是宁珩像做坏事被抓包，觉得有些尴尬。

"有事？"乔予扬问。

"警察没说什么吧？"宁珩问，"对我们有影响吗？"

乔予扬把"我们"二字在心里过了一遍："不会有影响。"

"刚刚我听到你们提到了 KIK，"宁珩问出心里的疑问，"这件事和 KIK 有什么关系？"

乔予扬静静地看着他，眼眸里是宁珩看不懂的深意。

"宁珩，"这是认识以来乔予扬第一次叫他的名字，"你知道什么叫真相吗？"

宁珩一怔，直直地看着他。

"真相之所以叫真相，是因为它与想象大相径庭。"乔予扬上前一步，垂眸看着手足无措的青年，"如果 KIK 没你想得那么好，你还会把它当做玩游戏的意义吗？"

宁珩脑子乱了，神经像生锈的机器，在这一刻无法启动，他听不懂这些话的意思。

是暗暗地承认打假赛的事情，KIK 是主谋吗？

不对……怎么可能呢？

KIK 这么做的意义在哪儿？嫉妒乔予扬的实力？

宁珩下意识地后退一步，思绪搅成了糨糊，大脑里充斥着各种疑问和否定，他不知道自己该听谁的，该信什么。

"好好休息，"乔予扬伸手拍了拍宁珩的肩膀，"下午训练。"

"那金粤呢？"宁珩猛地拉住他的胳膊，力气很大，紧迫地盯着乔予扬的眼睛，迫切地想知道一个答案。

乔予扬沉默几秒："一样。只是我给了他最后的体面。"

走廊的灯光落进宁珩的眼眶，乌黑的瞳孔里闪着光，看起来灵动而漂亮，可此刻里面充斥着信念崩塌般的悲戚："所以DAR错失两次冠军，都是因为KIK？"

"这次其实不算，"乔予扬顿了一下，走进宁珩的房间，把门拉上，"我怀疑过，但因为有金粤的前车之鉴，张澜安这次做得很谨慎，几乎没留下把柄。大战在即，我身为队长自然不能扰乱军心。"

宁珩问："你是什么时候发现的？"

"当然是比赛的时候，张澜安的失误太明显，和他平日的表现截然不符，换人也无济于事，替补队员同样如此。"乔予扬说到这儿顿了顿，问宁珩，"你知道我为什么要把事情闹大吗？"

宁珩摇头，乔予扬眼中的漠然令他有些心惊。

"因为我受够了，"乔予扬脸色一如既往的冷淡，言语间透着戾气，"我和KIK有旧怨，如果不是这种玉石俱焚的方法，他们永远不会消停，俱乐部里会有源源不断的新人。我们可以每个都查，但我不想耗那个精力。与其那样，倒不如把事情闹大，KIK和DAR不和的消息本来就尽人皆知，有人怀疑到他们头上，自然就会消停。"

宁珩张了张嘴，嗓子像被堵住似的，说不出话来，他也不知道该说什么好。

乔予扬说得对，真相之所以叫真相，是因为它的真实面貌与想象大相径庭。

KIK是他憧憬了三年的战队，很大原因是冉芃在那里。

可是冉芃——他钦慕了四年的偶像在其中扮演的是什么角色？

是真的毫不知情，还是默许纵容？

宁珩心乱如麻，不知所措地站在原地。

这件事对他的冲击太大，让他无法接受追随许久的偶像战队竟然会做出这种下三烂的事情。为了夺冠毫无原则底线可言。

乔予扬看着宁珩沉默的样子，漫不经心地说："今天告诉你这些，我是有私心。"

宁珩闻言冷哼一声："我知道，你不就是怕我'身在曹营心在汉'吗？让我知道了KIK的所作所为，好安心为DAR效力，反正现在签了约，我也没有反悔的余地。"

"是。"乔予扬坦然承认。

与其心存疑云，倒不如把一切敞开了说。

"乔予扬，你未免太小瞧我了。"宁珩微微仰头，眉宇间是年少的傲气与自负，"我是喜欢冉芄，想加入KIK。但这份感情并不会影响我的判断和决定。既然现在我加入了DAR，不管知不知道这件事的真相，我都会全力以赴地为战队打出成绩，获得荣誉，这是我拿着八百万的签约费应该做的。"

乔予扬愣了愣，宁珩的话在他的意料之外，心里好像被什么东西击中了，有种难以言说的饱胀感，却是从头到脚的轻松舒畅。

宁珩说得对，自己小瞧他了，他乔予扬凭什么会认为十八岁是个不能明辨是非的年纪？

这个少年能靠实力在大神云集的电竞圈打下自己的地位，靠的绝非运气。

他有他的骄傲。

"我道歉。"乔予扬勾了勾唇，诚恳地说。

少年不屑于他的道歉，露出一抹张扬的笑，那头绚丽的紫粉色头发被笑容衬得黯然失色："既然你们与前两个世界冠军无缘，那么第三个，一定会有我宁珩的名字。DAR的名字会站在世界的最高点，我会成为胜利者中的那五分之一。"

"还有，我玩游戏的意义从不是为了KIK。"宁珩为刚才那句话辩解。

乔予扬的目光与他交会，将青年眼中的桀骜肆意尽收眼底。

他朝宁珩走去，伸出手，以队长的身份正式开口："欢迎加入DAR。"

记忆中的黑衣少年

第三章

网络激烈的言语持续发酵，这并没有影响到 DAR，一队的人员到齐，进入了高强度的训练中。

　　平时的训练时间为下午两点至午夜十二点，每天保持十个小时的时长，其间除了吃饭、上厕所，就只剩下训练了。训练结束后的时间全是自由的，选手们通常会在凌晨直播。

　　电竞人大多数是夜猫子，他们可以睡得比狗晚，但绝对做不到起得比鸡早。凌晨直播委实不是好的时间段，可没办法，直播公司的任务不能不完成。

　　尽管如此，像乔予扬这种高人气的明星选手，不管什么时候开播，都不会影响人气。

　　秦北有时候嫌自己直播间流量少，没人刷礼物，会故意把镜头对着乔予扬，"不经意间""不小心"地让队长出镜帮他涨涨流量。

　　如今快比赛了，训练时间改为下午一点到深夜一点，整整十二个小时，连上厕所都按秒计算，除了吃饭时间能休息一会儿，其余全部时间每个人都坐在电脑前，有时候老邹会约一些战队打训练赛，这对他们来说已经是忙里偷闲的轻松了。

　　这天中午吃饭的时候，尤帆进来直奔宁珩："刚刚直播公司问你什么时候可以播？这是你的首播，他们想好好宣传一下。"

　　宁珩蹙眉，眼下乌青，一看就知道没睡好："过几天再说。"

　　职业队伍的训练强度果然很"变态"，他的生物钟还没调整过来，加上大病初愈，一张小脸儿熬得憔悴。

　　"还过几天？"尤帆不赞同，"因为你们要打比赛，这两个月的直播时长缩短到十个小时了，我知道你们辛苦，但人家也要获利嘛。"

宁珩面无表情，埋头专心吃饭。

"合作是共赢，别人这么体贴，我不好拒绝。反正你们每天训练完也加练到四五点，你就把镜头开着，又不影响你训练。"尤帆絮絮叨叨，在宁珩耳边跟老妈子似的念叨。

秦北在旁边煽风点火："就是，小屁孩儿，你可别身在福中不知福。但凡我要是有你这个脸蛋儿，我二十四小时开直播！那得有多少女粉丝喜欢我啊！"

赵焱忍笑道："北哥，你直播就是为了涨女粉丝啊。"

"可不是嘛，"江姜揶揄道，"他从进战队就是这个想法，如今两三年过去了，一直没什么进步。"

"嘁，那是她们不懂欣赏我的内在！"秦北纳闷儿，"我觉得自己也不丑啊，为什么人气比不上队长？"

秦北确实不丑，可在乔予扬这种大帅哥的衬托下，就让人觉得平平无奇了。好在灵魂有趣，和粉丝们插科打诨的，经常把直播间搞成了相声表演的现场，每次也有十几万粉丝捧场。

可乔予扬每次的直播，观看者都是百万起步，有时候开直播一句话不说，流量只增不减。唯一能让他开金口的是阻止粉丝狂刷礼物，所以粉丝们常常一掷千金就为了听电竞圈大佬的一句："请理智消费。"

赵焱如实说："北哥，如果你和队长比的话，你还是趁早放弃吧……"

"一边去，"秦北瞪了他一眼，"懂不懂尊重前辈。"

他们在旁边闹了多久，尤帆就在宁珩耳边唠叨了多久。

宁珩实在受不了了："后天播。"

"不行，"尤帆一口否决，"明天。"

宁珩脸色比锅底还黑，就差掀桌了，直接站起来吼道："我说后天就后天！"

这一嗓子，让其余的人不约而同地停下来望着他。

通过这几天的相处，大家多多少少了解了宁珩的性格，看起来冷淡，不近人情，可说到训练从来没含糊过，常常训练到凌晨五六点才回房睡，努力程度让江姜和秦北都自愧不如。

平时和秦北斗嘴什么的是小打小闹，从不会动真格，可现在这情况，所有人都感觉到宁珩是真的生气了。

连秦北都噤了声。

尤帆没想到宁珩情绪反应这么大，一时愣住，不知该做何反应。

宁珩意识到自己的失态，深吸一口气压下心里的糟乱，低声道歉："对不起，尤经理。"

尤帆安慰道："没事，你刚来可能有点不习惯，也是我没安排好。"

"后天就后天。"这时乔予扬开口，抽了纸巾擦了擦嘴，对宁珩说，"这两天早点睡，顶着黑眼圈怎么直播？不知道的还以为DAR虐待你。"

"啊对……"尤帆顺着乔予扬的话说，"那就后天，这两天你早点睡，调整一下状态。"

宁珩清了清嗓子，脸色缓和了些："嗯。"

秦北见宁珩走了之后，才开口说："他是不是来战队不习惯啊？晚上失眠？我就没见他凌晨五点前睡过觉。"

江姜："人家那是勤奋，赶紧吃吧，吃完训练。"

尤帆和乔予扬并肩走出餐厅，反思道："是我太急了吧？主要是直播公司那边问我好几天了，一直拖着也不太好……"

"没事，"乔予扬淡淡说道，"他没那么脆弱，一会儿我问问他情况。"

尤帆点头："他一直这么晚睡也不是个事儿，再观察一下吧，如果一直这样，让心理医生帮他看看？"

"应该不用。"

乔予扬先去训练室往里看了一眼，没看到宁珩，打算去房间找他，还没迈出脚步就听到茶水间传来动静。

门虚掩着，乔予扬把门推开，看到宁珩站在柜前冲咖啡，应该是手滑了一下，速溶咖啡洒了一部分在桌上。

宁珩听见脚步声转头看了一眼，没什么表情，去拿纸巾擦桌子。

乔予扬走过去，倚着桌子，不客气地说："帮我冲一杯。"

宁珩干脆拒绝："不。"

"身为队长，还不能享受一杯队友冲的咖啡？"乔予扬问。

宁珩重新拿了两包咖啡撕开倒进杯子里："我冲的难喝。"

乔予扬好笑道："都是一样的速溶，怎么给我冲的就难喝了？"

宁珩没接话，热水没了，他在饮水机前接了一壶水，放在电水壶底座上等着烧开。

乔予扬没说话，宁珩自然不会主动说，茶水间里很安静，只有烧水壶"吱吱"的声音，通气口渐渐冒出热气。

"刚来不习惯？"乔队长开口问。

宁珩垂着眸，盯着杯子里褐色的咖啡粉，强硬又执拗道："没有。"

"有心事？"

宁珩还是说没有。

乔予扬站姿懒散，瞧着宁珩："那为什么脾气这么大？"

"我一直都这样。"

乔予扬静了一会儿才开口："宁珩，费劲猜别人心思是一件很累的事。我是队长，充分了解队友的状态，这是我的责任。我知道你以前单打独斗，没有被管过，头一次融入集体。你以为你的焦虑别人看不出来？"

宁珩负气道："既然你看得出来又何必来问？"

乔予扬："给你一个主动敞开心扉的机会，可惜你不要。"

他确实焦虑，从不要命的训练时长就能看出来。

宁珩第一次融入集体生活，队友都是很优秀的人，二队、三队加起来那么多人，谁都有可能后来居上顶替他的位置。

更何况他还有一个无法言说的秘密。

他想变强，变得无人可替，想迅速在战队里站稳脚跟，让人难以忽视。

他有野心，更有担心，唯有强大的实力才是他无可替换的资本。

水壶发出尖锐的声音，提醒水已沸腾。

乔予扬距离水壶更近，顺手拿起来，将滚烫的热水倒进宁珩的杯子里，嗓音低沉平和："用不着绷得太紧，你是我选中的人，是不是应该相信我的判断？"

咖啡的香气飘出来，宁珩看了他一眼，轻轻"哧"了一声："你的什么判断？"

"我愿意和你做队友，"乔予扬说，"这样的判断够不够？"

宁珩顿了顿，注视着乔予扬，一时间不知道该说什么好。

乔予扬放下水壶，无奈地勾了勾唇，伸手揉了揉宁珩蓬松的头发，带着刻意的力度，把他的头发揉得乱糟糟。

"你干什么！"宁珩恼道。

"你只需要记住一点，"乔予扬收回手，欣赏他炸毛的样子，"现在和以前不同了，你不再是一个人，你有同伴。喝彩也好失误也罢，你有陪伴和后盾，大家是一体的。"

宁珩的情绪沉淀下来，思考着乔予扬的话。

"大家同吃同住，你的情绪瞒不了任何人。"乔予扬拍了拍他的肩，顺势捏了捏他的颈子，"以后的压力只多不少，在强压之下保持绝对的松弛，是每个电竞人必修的一课。"

宁珩听完这番话没说什么，在人前的骄傲不允许他正面承认自己真的焦虑到每天失眠的事。

他喝了口咖啡，很烫，味道很浓郁，不是很甜，浓厚中又有苦涩的回甘。

"队长，"宁珩说，"还喝咖啡吗？味道还行。"

乔予扬莞尔，还是那个懒散的姿态："那就辛苦宁神冲咖啡。"

门口传来脚步声，江姜出现在门口，探头道："邹教练让我叫你们训练。"

乔予扬嗯了一声，朝江姜走过去："我们先下去，你冲好咖啡给我拿来。"

江姜也想喝了，笑着问："有我的份儿吗？"

"你们去吧，"宁珩看在刚刚队长费尽口舌的面子上，好脾气地说道，"冲好给你们端下去。"

江姜笑意温和："辛苦小队友。"

有了午间那场谈话后，宁珩下午的状态明显渐好。他们约了几个战队一起训练，宁珩总能预判敌人的位置，打得对方猝不及防，一下午拿了好几次全场最佳。

Tiger-Lin：DAR的新队员挺厉害啊，要不要来我们这儿？违约金我帮你付，待遇比他们好。

秦北一边打字，一边嘲讽道："宁珩，你现在是个香饽饽啊，每个战队都想挖你。"

DAR-North：喊，你知道我们什么待遇了？就敢说比我们好？洗洗睡吧，这可是队长亲自谈下来的人！

Tiger-Lin：队长谈下来的人怎么了？我不是队长？我不也是亲自挖人？

DAR-North：挖墙脚还这么理直气壮，我都替你丢人！

Tiger-Lin：有什么可丢人的？我骄傲！你们的新队友？怎么不说句话？这么高冷啊！

DAR-Wakely：对，就是高冷，瞧不上你们Tiger。

Tiger-Lin：这就过分了啊……

话题主角一直未发言，他坐在位子上，嘴里叼着棒棒糖，在复盘刚刚那局的失误，如果不是和秦北没配合好，他们是有机会赢的。

他们在游戏世界里聊了一会儿，队长们催着开新一把，都在放狠话这次一定要第一个淘汰对方，还在下赌注哪个战队会第一个被团灭。

训练的时候他们穿梭在各个服务器之间，每个人的游戏账号分段都很高，排名基本都在全服前十，乔予扬的账号更是从未跌下过第一。

高分段里的人意识强，操作好，加之宁珩刚来没多久，队友之间的配合并不默契。宁珩习惯了单人游戏，刚才和秦北的配合失误导致团队得了第三，现在又因为资源的事情有了争执，他俩都带着情绪，争吵就没停过。

"宁珩，你拿我挡枪？！旁边不是有掩体吗！"

"哦，太黑了没看到。"

"什么？"

"秦北，你眼瞎了？人在西南，你往西北扔雷？你想掉分别拉上我！"

"西南明明就有人，要不是我刚刚那个雷做掩护，你能冲上去？"

"你差点把我炸死！"

"江姜和队长都在，怎么就你掉血了？反思一下自己的技术！"

秦北是个暴脾气，越吵越来劲，这又不是正规比赛，不用在乎纪律，管他三七二十一，气势不能输："我的技术不好？！我跟着队长打职业的时候，你还不知道在哪儿吃奶！"

宁珩冷哼，嘴巴不停手上也没闲着，一梭子子弹过去，解决掉了一个敌人，迅速躲在掩体后换弹："哦，年纪大还弱，很骄傲？"

江姜无奈劝架："都少说两句。"

秦北怒道："我看你是新来的不跟你计较，别以为年纪最小就谁都让着你！就你这细胳膊细腿营养不良的样子，你先管好自己！"

这几句话无疑触了宁珩的逆鳞，他"啪"地一下摔了鼠标，站起来狠狠地瞪着秦北："你……"

"干什么？"乔予扬的声音响了起来，不大，却非常冰冷。

乔予扬平时懒懒散散、漫不经心的，可他毕竟是队长，一旦发起脾气来，没有人敢惹他，包括教练老邹。

宁珩和秦北的争吵他一直没有说话，两人都是暴脾气，队友间需要磨合，肯定会有摩擦，这是很正常的。

他脸色越来越冷，宁珩摔鼠标的动作是他不能容忍的。

屋内的气氛剑拔弩张，乔予扬的一句话让空气沉寂下来，无形中的紧迫感压得人喘不过气。

宁珩腿软，强撑着没有坐下，后面的话怎么也说不出来了。

乔予扬看着宁珩，冷冷地问："你想干什么？还想动手？"

宁珩咽了口唾沫，指尖轻微战栗："没有。"

"没有？那你摔鼠标干什么？"乔予扬问。

宁珩没吭声，盯着自己的桌子，抿紧嘴唇。

赵焱见状想帮宁珩说话："队长……"

"我问你了？"乔予扬一反常态，脸色冷得可怕，眼里一层寒霜。

赵焱不敢接话，给了宁珩一个眼神，让他自求多福。

乔予扬再次问宁珩："摔鼠标干什么？"

宁珩咬了咬唇，知道自己确实冲动了，涩声道："我……我没控制住脾气……"

"这是什么大事儿就控制不住？"乔予扬言辞犀利，半点面子没给，"宁珩，我有没有告诉过你进了我们这行，高压线是不能碰的。你知道上一个动手打人的选手是什么下场吗？终身禁赛，回去当主播被网上的攻击逼成了抑郁症，现在住在精神病院。"

宁珩知道乔予扬没骗他，当年这事儿太轰动了，他也略有耳闻。

电竞这行看着轻松好玩儿，每天坐在电脑前打游戏，可为了给青少年树立一种正面的形象，某些规矩特别严厉，一旦触及，未来就葬送了。

在赛场上他们要面对不同的战队、不同的对手，出言挑衅、比赛里玩脏战术是常有的事，如果按照宁珩的脾气，岂不是个个都要摔鼠标、键盘，撸起袖子上去干一架？

乔予扬也是从宁珩这个阶段过来的，自然知道理解他的年少气盛，他当年吃了不少亏，深知有些弯路能不走就不走。

"从你加入DAR那一刻起，你的一言一行都和战队息息相关。"乔予扬冷漠地说道，"现在关着门，大家看你年纪小，不会和你计较什么。可一旦出去，如果犯了事儿，别人不会说你宁珩怎么样，而是说DAR的人如何。你懂这个道理吗？"

宁珩难得一见的温顺，垂着眸，没让别人看到他眼底的难堪，点了点头。

乔予扬催促道："说话。"

宁珩握紧拳头，好似无形之中两道耳光扇在他脸上，脸颊火辣辣的疼，咬牙道："知道……"

秦北主动站起来，同样一副做错事的老实样："队长，我也有错，刚刚不应该逞口舌之快。宁珩新来的不懂规矩，我不应该顺着他瞎闹，我的责任，你别怪他。"

"所以呢？"乔予扬反问，"道歉就完了？"

秦北支吾道："我……训练结束后我跑十圈。"

乔予扬不容置疑道："二十圈。"

秦北不敢讨价还价，痛苦地点头。

乔予扬对宁珩说："念你是初犯，罚跑十圈，长个记性下不为例。"

宁珩抿了抿唇，手指习惯性地抠着掌心，主动道："不用，我愿意接受惩罚，和秦北一样。"

乔予扬看了宁珩一眼，扔下"随便"二字。

他目光回到屏幕上，因为训人的事没有配合，他们队遭到团灭，公屏上全是意外的问号，其他战队纷纷讨论是不是 DAR 在玩什么新的祭天战术。

"下局必须第一，"乔予扬命令道，"否则你和秦北再加十圈。"

宁珩和秦北不约而同地道："好的，队长。"

话落，二人对视一眼，有吵架后的别扭，还有一致对外的齐心。

深夜一点半，他们复盘完最后一局训练赛后，老邹说："明天你们试试三人赛和双人赛，宁珩和乔予扬一组，其他三人一组。宁珩和赵焱之前单人打得比较多，个人能力很强，但和团队之间的配合还有待提高，从今天的训练赛就能看出来，你们有什么问题吗？"

乔予扬站起来动了动僵硬的肩膀，懒懒地说："我没问题。"

其他四人也没有异议。

训练结束后，乔予扬把杯子里最后一口咖啡喝完，拿着杯子回了房间。

宁珩看着他的背影，眸光微闪，有些忐忑。

后面的训练乔予扬没有带情绪，全神贯注地打比赛，他们在游戏里有几次不多的互动。

明明和平时语气一样，语音、语速都没任何变化，可宁珩总觉得乔予扬的气没消，有种淡淡的疏离。

今天这事儿确实是他做错了，他有时候的确有一点骄傲自负，可错了就是错了，是自己的问题绝不推脱辩解。

他知道乔予扬是为了他好，与其在赛场上犯禁，不如私下先被骂醒。

宁珩头疼，拿出手机点开乔予扬的微信，思索着该发个什么。

名为"一队最牛"的微信群消息总是不停，尤帆刚在里面发了一长串图片。

尤老妈子：大家注意点啊，前两天暴雨，咱们四楼的窗户被不知道哪些乱七八糟的东西砸到了，边缘玻璃有些许裂缝，破裂程度轻重不一样，都各自检查一下，我叫了师傅明天来修补。

三火：收到。谢谢尤经理提醒。

北方最帅的男人：收到，谢谢尤老妈子的唠叨。

尤帆发了一个不耐烦的表情。

生姜：OK，OK。

Wakely：那你可得早点叫人来，不然我都怕裂缝自己愈合了。

乔予扬随后发了一张图片。

宁珩把图片点开看，乔予扬拍了他房间的裂痕，打着电筒才看出来有一点痕迹。

宁珩嘴唇扬了扬，也回了个"OK"。

他点开乔予扬的对话框，盯着那几个英文字母看了好几秒，犹豫着在键盘上打字。

Loper：一会儿要不要先练一下双人赛？

宁珩趁自己没反悔之前赶紧发出去，然后把手机扣桌上，避免自己产生撤回的冲动。

这是他第一次主动约别人打游戏……以往全都是别人邀请他，他只需要动动手指点个同意。

一旁的秦北鬼哭狼嚎："命苦啊……还得跑二十圈……整整二十圈呢！"

赵焱露出一个灿烂的笑，真诚地鼓励道："北哥你加油！我去洗澡准备直播了。"

江姜拍了拍秦北的肩："赶紧吧，我陪着你，全程见证你的狼狈时刻。"

"滚，你是不是又想录下来发网上？"秦北戒备地说，"你看着温柔，尽干缺德事儿。"

江姜笑道："算是给粉丝福利嘛。"

"可别。"秦北不情不愿地站起来，脱了外套，又把矛头指向宁珩，"小屁孩儿，你还不出来好好观摩一下？你那暴脾气再不收敛，以后只会比我更惨！"

宁珩一门心思留意手机，没搭理他。

秦北奇怪："这么快改好了？居然没回嘴。"

赵焱回去洗澡，江姜陪着秦北下楼跑步，这一会儿训练室只剩下宁珩一个人。

宁珩等得焦躁，去上了个厕所、倒了杯水，回来后对话框依旧没动静，约双人赛的消息孤零零地挺在那里，特别尴尬。

宁珩有些生气，他看到乔予扬在群里说话才发的消息，现在是故意不回吗？

怎么气性这么大呢？为这个事儿气一整天？

又耐着性子等了五分钟，手机依然安静，他瞪着对话框泄了气。

算了，人家既然不理，眼巴巴地凑上去干吗呢？有没有消气关他屁事，气坏的是自个儿的身体。

宁珩拿着手机回房间洗澡，准备睡个好觉。

他从浴室里出来，些许未擦到的水珠顺着白皙的皮肤滑下，残留着隐隐的水痕。

夏季雨水多，外面又下雨了，电闪雷鸣，狂风呼啸，在倾盆的大雨中能听到树枝击打窗户的声音，乌云密布的凌晨也蛮吓人的。

宁珩想起尤帆的嘱咐，打算去检查窗户，正巧有人敲门，他没有多想就伸手摁下门把手。

看清来人后，宁珩觉得以后开门前至少应该问问是谁。

宁珩实在没想到乔予扬会来，不是还在怄气吗？

乔予扬把一小盒巧克力豆递过去："在国外买的，尝尝。"

刚结束的世界决赛就在国外举办的，宁珩自然反应过来这应该是比赛期间采购的伴手礼。

啧，这么抠门，送人的东西，这么小一盒也太寒酸了吧。

乔予扬又说了一句："这可是限量版，每年出不了多少盒，省着点儿吃。"

宁珩一愣："你……你送我干吗？"

"下午语气重了，"乔予扬倚着墙，淡淡地说，"不是故意让你难堪，你性子好强、容易急躁，如果不收敛，上了赛场要吃亏的。"

"我知道……"宁珩摩挲着盒子上精致的暗纹，嘟囔道，"我又没怪你。"

"秦北嘴是有点儿欠，"乔予扬继续说，"他说话不过脑，没针对你。"

宁珩一直低着头，不太敢看乔予扬的眼睛，闷闷地应了一声："我没生气。"

"轰隆——"外面一道闪电劈过，震耳的雷声紧随其后，石子儿般的雨水敲击着玻璃，每一下都砸在宁珩的耳膜上。

窗户突然传来一声巨大的声响，玻璃碎了一地，雨顺着巨大的缺口灌进来，呼啸的风让屋内一片凌乱。

宁珩受惊地回头，还没反应过来发生了什么，乔予扬已经把他护在身后，走过去查看情况。

"乔予扬……"宁珩想跟上去。

"别过来，"乔予扬很快被雨水淋湿了，厉声说，"把外套穿上，有什么重要东西需要搬走的？"

宁珩随手拿了件外套穿在身上，又扔了件外套给他，"我的手机在床上！"

天色阴暗，时不时几道闪电划破夜空，树枝在惨白的光线下阴森可怕，扭曲狰狞，像极了恶鬼。

宁珩很快镇定下来，这屋今晚铁定睡不成了，利落地收拾了几件随身的衣物，站在玄关处等着乔予扬帮他拿手机。

"还有什么电子产品吗？"乔予扬目光快速地扫了一圈。

雨太大了，夹杂着冰雹落在地板上噼里啪啦的，宁珩喊道："没有了，你赶紧出来！"

"什么情况！"秦北走出卧室冲了过来，"演水漫金山呢？你俩没事儿吧？"

尤帆也被这惨状吓了一跳："幸好没受伤，这玻璃砸下来太危险了！乔予扬，你还站里面儿干吗？赶紧出来！淋雨好玩儿啊？！"

赵焱惊魂未定，心有余悸地说："吓死我了，我正直播呢，粉丝还以为基地爆炸了。"

"这屋睡不了了，"江姜说，"宁珩，你今晚怎么办？"

"对啊……"尤帆有些发愁，"房间是有，但都堆成了杂物间，只能等明天保洁收拾出来。今晚你……"

乔予扬往后捋一把头发，直接下命令："今晚宁珩睡我房间。"

宁珩："那你呢？"

"我在训练室。"

"也行，"尤帆说，"今晚先暂时委屈一下，明天把房间收拾出来就好了。今晚大家都注意一下，小心窗户。"

"不行！"宁珩想拒绝，可乔予扬直接拽着他手腕把人拉进房间。

"放手！"宁珩使劲儿挣扎。

进入房间后，乔予扬头也不回地去了训练室。

宁珩心情很复杂，今天发生的事太多了，和秦北吵架，被队长训斥，再到碎窗户事件。现在他站在乔予扬的房间里，内心五味杂陈。

第二天雨后天晴，阳光明媚而热烈，刺激得宁珩眯起眼，他把窗户打开，外面湿润的泥土混合着青草的芳香，随着夏日的暖风冲进房间。

他深吸一口气，感觉到了久违的舒畅，身体恢复到了最佳状态，心情也出奇地好，仰起头感受着不甚灼热的暖意。

他刚收拾好，尤帆就走到门口了："醒了？吃午餐了吗？"

电竞人都是夜猫子，作息从中午十一点开始，到凌晨结束，一日三餐的顺序也往后延。

"刚起，正准备去。"宁珩把手里的纸巾扔进垃圾桶。

尤帆看着宁珩的精气神不错，笑道："昨晚睡得不错吧？乔队长这十五万的床垫是不是特别舒服？"

"十五万？！"宁珩震惊地看向床垫，又看向打着哈欠从训练室走出来的乔予扬。

是镀金了还是镶钻了？一个睡觉的地方而已，把自己当豌豆公主供着呢？

乔予扬没理他，抓着队服下楼吃饭。

"对了宁珩，你赶紧把屋内的东西搬一下，我约了师傅安窗户，这会儿已经在路上了。"尤帆说。

"哦，好。"

尤帆把他带到乔予扬隔壁的房间说："早上我让保洁把这间房收拾出来了，是有点儿小，你先住着，等装修完再搬回去。"

宁珩动作麻利，三下五除二就把东西搬出来了，一些零零碎碎的东西就堆在走廊上，把大件儿的东西先挪走。

秦北打着哈欠出来时被一地的杂物吓了一跳："不是吧？你已经缺钱到这种地步了？就地摆摊儿？"

宁珩心情不错，浑身干劲儿十足，懒得跟他计较。

秦北见他东西有些多，扬了扬下巴："用不用帮忙啊？"

"不用。"宁珩不咸不淡地说。

秦北倚着墙，双手环胸，嫌弃道："不是我说，你一大男人，怎么东西全是粉色啊？头发粉的，衣服粉的，就连你这杂七杂八的东西也是粉色的。能不能有点儿阳刚之气了？像你北哥这样！"

"你有病吧？"宁珩的好心情被他这三言两语给毁了，"喜欢粉色怎么就不阳刚了？你这什么强盗逻辑？我喜欢粉色和把你打进医院并不冲突。"

秦北撸起短袖："就你这细胳膊细腿儿，今天北哥教你做人！"

乔予扬屋里没咖啡了，他在餐厅吃完饭顺便拿了几袋，出去时正好遇到尤帆带着装修师傅们上楼，众人一起往上走。

快到四楼时，楼上传来秦北的惨叫，一阵鬼哭狼嚎："疼疼疼！你松手！宁珩你这小子不要脸，你玩阴的！你给我放手！"

师傅们面面相觑，不知道是什么情况。

乔予扬快步上楼，只见宁珩把秦北压在地上，跪坐在他腰间，秦北的右手背在后面被禁锢着，左手捶地，神色痛苦。

乔予扬冷声问："你们在干什么？"

秦北仿佛看见了救星，扑腾着喊道："队长！救命！宁珩不是人！力气大就算了，还玩阴招！他掐我！"

江姜和赵焱听到动静也赶上来，看着这一幕笑出声。

赵焱赞叹："宁珩，你真厉害，居然能制得住秦北。"

秦北怒道："是我让着他的！"

宁珩鄙夷道："太弱了。"

秦北被众人看着，脸涨得通红："赶紧给我让开！"

宁珩没动，身子还故意往下压了压："还敢在我面前叫嚣吗？叫宁哥。"

"你休想！"

尤帆："秦北，你也有今天啊。啧啧啧……"

大家都看出来他俩没动真格的，更像是闹着玩，可乔予扬一反常态，上去一把将人拉起来，冷漠地问："好玩儿吗？"

众人收敛了笑容，秦北赶紧起来站好。

"几点了？不训练了？"乔予扬的目光冷冷扫过这俩人，"精力这么好？那下去跑十圈？"

秦北摆手，往楼梯口走："我……我还没吃饭，先吃饭……"

看热闹的江姜和赵焱不约而同地去了训练室，尤帆也带着师傅们去修窗户。

宁珩揉了揉被捏疼的胳膊，清了清嗓子，支吾道："那什么……我和秦北没打架，切磋着玩儿。"

乔予扬依旧冷淡："刚才不是闹得挺欢？"

翌日，一队五人齐齐出现在训练室的时候刚好下午一点，秦北给自己冲了杯咖啡，走到位子上时发现桌上放着一个精致的盒子，像是谁送他的礼物。

"哟，这谁给北哥送的礼啊？"秦北乐开了花儿。

他迫不及待地打开，是款电竞耳机，做工精致，烤漆光亮，红、黑、金的三种配色奢华又大气，暗纹雕刻精美的图案，放在灯光下能看到上面还有细碎的金粉。

这是全球限量款，不是用来戴的，是用来收藏的。

秦北震惊了，捧着盒子的手都在轻微颤抖，语无伦次地问："队长……你……你送我的？你终于大发慈悲赏赐给我了？"

这款耳机乔予扬有一个，秦北眼红得厉害，侧面透露过想要。

乔予扬："我吃饱撑着了？"

赵焱也凑过来看，双目放光："这款我只在图片上看到过，早就绝版

084

了，可真漂亮啊……"

"不是队长，也不可能是我和赵焱，"江姜笑吟吟地转头，"宁珩，你送的吧？"

此言一出，秦北见鬼似的瞪着宁珩，难以置信地问："你……你送我的？"

主角倒是不以为意，又冷又酷，云淡风轻地说："哦，这耳机我戴着不舒服，扔了也是可惜。"

其实这耳机是王辉送他的，当初他的游戏排名上了全服第五，为月探吸引了大量观众。

那会儿月探一直不温不火，就因为宁珩才火了起来，流量快速上涨，许多主播也跳槽过来，王辉作为老板，赚了个盆满钵满，这耳机是奖励给他的礼物。

宁珩自然知道这款耳机多么珍贵。他刚和秦北吵了一架又打了一场，毕竟是队友，他也有错在先，就把这耳机送给秦北了，做个顺水人情。

秦北感动得老泪纵横，冲上去要抱他："宁珩，是北哥错怪你了……真想不到你这么大气，你放心，以后上刀山、下火海，只要有用得着我秦北的地方，我绝不推脱！"

"打住。"宁珩灵活躲开，嫌弃道，"别拖我后腿就行。"

他每次都能准确地戳中秦北的逆鳞，秦北下意识想要回嘴，可手里沉甸甸的分量提醒着他拿人手短，只能挤出一个虚伪的笑："北哥技术，你放心。"

宁珩发出一个轻蔑的冷哼。

这个小插曲耽误了几分钟时间，大家等着秦北郑重其事地把耳机放回房间妥善收好后，正式开始今日的训练。

昨天老邹让他们分开练习，增加配合熟练度，所以宁珩和乔予扬单独开了双人赛的房间。

一开始确实打得不怎么好，宁珩习惯了单打独斗，现在突然进队需要和队友配合，不仅仅要注意自身的安危，还得留意队友的，这让他很不适应。

但他不是普通玩家，和他配合的也不是普通队友。

他们的实力很强，又懂得灵活变通，用了一局练手，从第二局开始，甚至不需要说话，光是从动作就能推断出对方的意图。

这份默契让他俩都有些意外，明明是第一次配合，却能清楚地知道对方接下来打算做什么。

Rob 的比赛项目从单人赛到五人团队赛都有，之前 DAR 一直参加单人和五人项目，这次老邹想拿双人赛和三人赛练练手，于是重新制订了一份训练计划，让他们五人之间轮着配合，熟悉各种战术的运用以及面对突然情况的变通。

训练结束后，宁珩之前承诺的直播也要来了。

这是宁珩加入 DAR 战队成为职业选手后首次在网上露脸，直播公司那边在网上大力宣发，宁珩的粉丝自然不用多说，设好闹铃，爬也要爬起来看 Loper 的凌晨直播。

不得不说十五万的床垫就是舒服，宁珩这两天睡得特别好。年轻人嘛，精力旺盛，哪怕不停歇地训练十二个小时，也神采奕奕的，不见丝毫困倦。

深夜一点训练结束后，他回房间洗了个澡，换上自己心爱的粉色睡衣，穿着人字拖、步伐散漫地走进训练室，在电脑前坐下。

这会儿大家都去休息了，训练室里只有宁珩一人，他刷了会儿社交软件，俱乐部宣传他直播的那条官方消息有几十万点赞，翻了翻评论，发现还有人在翻旧账。

评论区又有网友拿他上次说 DAR 得不了冠军说事，总归不是什么好话，一边嫌弃人家不行，一边又上赶着攀高枝；还有嘲讽期盼他露脸的粉丝们，说他现实中是个很自卑的人，所以才只敢关着镜头针对 DAR；打着喜欢 KIK 的旗号最后却去了 DAR。

好好的评论区吵得乌烟瘴气，不可开交。

宁珩被这些网友发言气笑了，这事儿都过去多久了？

他看了一眼时间，趁着还有十分钟开播的间隙点了外卖，然后给乔予扬发了微信，不紧不慢地进入直播间，麦开着，没开镜头。

粉丝们热情高涨，没一会儿就来了小几万的人，弹幕哗啦啦地刷着：

哎！提前开播了吗？镜头怎么是黑的？今天不是要露脸吗？

啊！坐等 Loper 开镜头！新粉还没见过视频里的真人呢，声音那么好听，长得一定不赖！

关注了你两年了，一路看你从小主播到职业选手，好喜欢 Loper 啊！就爱他那种不可一世的张狂！

时间到了啊，怎么还不开镜头啊！人呢？在不在啊？怎么也不说话。

人呢？没人吗？说好的今天露脸呢？掐着点儿来的，结果镜头怎么还是没开？

播不播啊？这都过去这么久了，不露脸倒是说句话啊。

距离官方发布直播的时间已经过了十分钟，网友们开始不耐烦，宁珩坐在椅子上看着密密麻麻的弹幕，一言未发。

尤帆给他发信息，问他为什么不开镜头也不说话，宁珩没理。

大概又过了五分钟，训练室的门被推开。

乔予扬提着外卖走进来，见他坐在江姜的位子上玩手机，问道："你还没开播？"

"嗯，有点饿了，吃了东西再播。"宁珩接过外卖，道了声谢。

乔予扬声音一出，直播间里的人彻底沸腾了，在本尊不知情的情况下，弹幕上开启了一场无声的狂欢。

在乔予扬的位置，看不到宁珩的电脑屏幕，他冲了杯咖啡，见宁珩吃得挺香，走过去拿了块炸鸡："你刚在微信里说……"

"队长，有事儿我一直想问你。"宁珩打断了他的话。

这是宁珩第一次叫他队长，乔予扬眉毛微挑："什么事？"

"之前我们并不认识，你为什么要在网上帮我说话？"

"那不算帮，是就事论事。"乔予扬说，"没能夺冠是我们的问题，网上的抨击却指向你，这不公平。"

宁珩三下五除二地把炸鸡啃完，将鸡骨头扔进垃圾桶，擦了擦手指的油渍，端着可乐走向自己的电脑桌前。

网友们听着声音由远及近，电竞椅的轮子在地面摩挲了一下，似乎有人在桌前坐下，Loper扬声问："队长，今天我看到有人在网上说我攀了你们的高枝儿，我觉得这话不对。"

宁珩摁了一下键盘，把锁住的电脑屏幕打开，然后动了动鼠标，点开了镜头。

直播间出现了一位漂亮的少年，眉眼凌厉，桀骜不羁写在了脸上，一头绚丽的紫粉色头发张扬夺目，而身上穿着的粉色小熊T恤给人一种可爱的反差萌。

> 是Loper！是Loper！
>
> 啊啊啊啊啊啊啊啊啊！
>
> 救命！这比照片上的好看多了！
>
> 呜呜呜，终于再次见到了，妈妈的好大儿，好想你的脸！
>
> 天哪，我的天，Loper这脸绝了，太帅了。他喜欢粉色吗？

"确实，"乔予扬漫不经心地回答，"是DAR攀了你这个高枝。"

宁珩咧了一下嘴，嚣张地冲着镜头扬了扬下巴："听到没？把这段剪出来，砸在那群人脸上。"

乔予扬一头雾水，见他冲着电脑说话，上前几步，探头看了一眼电脑，之前宁珩在微信上先给他道了个歉，让他很疑惑，现在有了答案。

宁珩懒懒地坐着和粉丝们聊着天，见手机在振动，拿起来看了一眼。

> Wakely：胆子够大，不怕我闲聊说漏嘴？

同一时间，乔予扬这边收到了回复。

　　　　Loper：你不会。

　　乔予扬的唇角勾起一抹淡淡的弧度，挺享受这份信任。

　　他离开训练室时特意绕到宁珩身后，伸手按了按少年瘦弱的肩膀："别播太晚，早点睡。"

　　网友们直接疯了，弹幕在疯狂地滚动。

　　宁珩也没想到，先是愣了一下，等人走了之后，扫了一眼满屏的弹幕，张狂地说："看见队长怎么对我了吗？以后谁再说 DAR 容不下我，直接把这段视频拿给他。"

　　"还有，这不是做戏。"

　　一场直播下来，宁珩火了，电竞圈的粉丝们也疯了。

　　只要是混 Rob 电竞圈的，Loper 的大名多多少少都听过，他虽然年纪小，可实力不输职业选手。

　　当初他在月探迅速出圈，在电竞圈里狠狠地火了一把，但他作为主播很少露脸，影响了一部分的人气。

　　昨晚直播，宁珩一如既往地器张，他借 Wakely 的嘴替自己辩白，打破了网传他们不合的谣言，那句"是 DAR 攀上了你这个高枝儿"更是奠定了宁珩在队内的地位。当他那张漂亮的脸蛋和张扬的头发出现在镜头前，直播间人数激增。

　　所有流言蜚语不攻自破，大家被 Loper 的颜值惊艳的同时，又一次喜欢上了他的直言不讳。

　　直播的片段被网友们迅速剪出来，转发和播放量迅速破万，连带着 DAR 又火了一把。

　　主人公对此毫不知情，昨晚他精神特别好，一边开着播和粉丝聊天，一边冲排名，一不小心打到了凌晨四点。

　　直播结束时，宁珩切回直播主页面，发现堆满了密密麻麻的粉丝礼物，他心安理得地接收，非常有觉悟地冲着镜头笑了一下，叮嘱粉丝们早点睡，然后下了播。

直到中午十二点，宁珩还躺在床上呼呼大睡，在梦里数着钱呢。

尤帆敲了好几次门都没把人叫醒，最后还是乔予扬直接推门而入，把他生生晃醒。

"唔……干吗啊？"宁珩睡得迷迷糊糊，眼都睁不开。

乔予扬把床头的灯打开："一会儿要开始训练了，起床。"

"我昨晚四……四点才睡。"宁珩把脸埋在被子里，困倦地说。

"让你早点睡，把我的话当耳旁风？"乔予扬用力把被子掀开，拿出队长的架势，"起床。你要让所有人都等你训练？"

没睡好的宁珩脾气会很暴躁，他顶着乱糟糟的头发和一张黑如煤炭的脸出现在一楼的餐厅。

二队、三队的人被这阴沉的气场吓得敬而远之，随便拿了点吃的躲回了训练室。

"哟，Loper来了啊？"秦北吊儿郎当地说，"你现在可是咱们DAR的大红人了啊，来来来，赶紧上座。"

宁珩眉宇间浮着一团黑气，完全没心情理他，随便找了个位置坐下，埋头喝粥。

江姜笑道："你少贫，宁珩一看就是没睡醒，小心他又把你打一顿。"

秦北面子挂不住，嘴上不肯服输："打就打。"

乔予扬一道冷冷的视线让他闭了嘴。

"宁珩，你现在的人气很高啊！"尤帆拿着电脑，兴冲冲地走进来，"照这个趋势下去，都能赶上乔予扬了，果然人得靠脸吃饭啊！"

乔予扬纠正："我是靠实力。"

宁珩："我也是靠实力。"

"是是是，实力强，长得也帅。"尤帆凑到宁珩面前，"你在光亚杯上可得好好发挥！已经有好几个代言来找我了，就等着你在赛场的表现呢。如果能接下代言，也是为战队赚经费嘛，当然，你的代言费肯定也不少，我会为你争取最大的利益。"

秦北不乐意："尤经理！你偏心啊！为什么不给我找点儿代言呢？你不能光看脸啊，得看有趣的灵魂！"

尤帆翻了个白眼："人家合作方看得上才行！你冲我嚷嚷有什么用？"

"我虽比不上队长吧，但和宁珩比也不差啊！"秦北多看了宁珩两眼，"不就是皮肤没他白嘛。"

赵焱往嘴里塞了个包子，含含糊糊地说："北哥，有句老话，'一白遮百丑'。"

秦北一时无言以对。

吃了饭，大家收起嬉闹的劲头，开始今天的训练。

宁珩没睡饱，脸色冷得吓人，一天下来没怎么说话，训练的时候也只是"嗯""好"这种简短的词汇，仿佛多说一句要他命似的。

虽然心情不好，可他训练没耽误。他的桌子上有七八个撕开的速溶咖啡袋。宁珩困得不行，把咖啡当成了水喝。

休息的空当，宁珩端着杯子往茶水间走，他桌上的咖啡喝完了，得去再拿一盒。

"咖啡过量是要中毒的。"乔予扬从宁珩手里夺走咖啡，抬手放在最高层，蹙眉问，"就这么困？前几天训练到凌晨五六点的时候怎么没见这样？"

宁珩打了个哈欠，把水杯放在饮水机下接水，懒懒地靠着墙，眼皮耷拉，神色不济，"没事。"

乔予扬瞧他这精神萎靡的样子，说："实在困就去睡，你的训练已经超量了。虽说不能松懈，但也得合理安排时间，顾及身体。"

宁珩揉了揉微红的眼睛："我能行。"

乔予扬反问："你这状态，训练能有什么效率？"

宁珩端着杯子往外走："下午的训练我拖后腿了吗？"

乔予扬了解他的焦虑。

昨晚的大话已经放出去了，光亚杯是他加入战队后的第一场正式比赛，如果成绩不尽如人意，丢的是 DAR 的脸，更会落下笑柄。

少年争强好胜，他的确骄傲，但绝不自负。

宁珩对自己的能力有很清楚的认知，虽然嘴上不说，可心里憋着一股劲儿。

光亚杯是一个起点，他想在赛场上光彩耀眼，撕下主播的标签，彻底坐实职业电竞选手的身份。

正因为乔予扬知道，所以对宁珩更加欣赏。

宁珩端着杯子出去后，乔予扬把所有咖啡都挪到储物柜的最高点，确认宁珩拿不到后才离开。

训练结束，老邹照例要总结一下每日的训练情况，以及明日的战术练习。

宁珩熬了一天了，此刻已经到了极限，困得不行，他把耳机一摘，电脑都没关，不顾讲话的老邹，开门而出，直奔房间。

老邹生气地喊了起来："是我太随和了吗？没人告诉他要尊重教练的？"

秦北看热闹不嫌事儿大，煽风点火："就是，宁珩狂妄自大，教练，你可得好好说说他！"

江姜顺手把桌上的饼干塞进他嘴里："你可住嘴吧。"

"他昨晚没睡好，"乔予扬说，"您要说什么先说，明早我告诉他。"

老邹没辙，把今天的训练赛拿出来复盘，挑了一些重点问题，絮絮叨叨地讲了半小时。

完事儿后，乔予扬没回房间，继续训练了一会儿，顺便打开直播混时长。

直播是他临时起意，没有事先宣传，也不知道为什么粉丝的嗅觉这么灵敏，刚开播三五分钟，直播间人数就突破了十万，弹幕密密麻麻的，根本看不清内容。

乔予扬直播不爱说话，而且很少找人组队，一般都是单人打，没有队友，全程下来静悄悄的。

弹幕上"啊啊啊啊啊""乔神"之类的字眼来来回回地刷，除此之外

Loper 的字眼掺杂其中。

　　这什么大日子，居然开播了！你终于想起自己的账号密码了吗？
　　大晚上的别搞这种惊吓！我现在抱着手机尖叫，室友以为我疯了。昨天你出现在 Loper 直播间的时候我就吓一跳，结果今天就能看到脸了！求求多播会儿！
　　哥，下次开播的时候能不能提前说一下？我睡得迷迷糊糊，手机提示 Wakely 开播我还以为自己看错了！
　　昨天在 Loper 直播间听到了声音，今天就开播了！太幸福了吧！
　　Loper 训练很拼，我也不能落下。
　　啊啊啊啊！乔神开麦了！我没听错吧！是不是我幻听了？
　　天哪，居然说话了！第一次不是因为刷礼物！！
　　提 Loper 就回答了，是不是问 Loper 都会回答？
　　Loper 呢？我想看你们俩打双人模式！
　　……

　　"Loper 睡了，"乔予扬喝了口水，进入一局游戏，"小孩儿昨晚直播太晚，今天早上起不来。强撑着训练完，这会儿应该在床上打呼噜。"
　　游戏里，乔予扬干净利落地解决了敌人，蹲在掩体后买物资。

　　今天什么神仙日子，乔神说了这么多话，还冲我笑。妈呀，他居然冲我笑！
　　是心情好才回答，还是只回答关于 Loper 的问题？
　　提问：昨天 Loper 套话，你真的完全不知情吗？

　　乔予扬专心打游戏，其实没那么多时间看弹幕，一局结束后瞄一眼，正好看到最后这条。
　　"昨天我确实不知情，所以说的话百分之百可信。Loper 的能力很强，签到他是 DAR 的幸运。"

经他解释，粉丝们又陷入疯狂了，就连秦北都发现今天乔予扬直播时话未免太多了，以前说一两句都算赏脸了。

"嗯，Loper 年纪最小。还行，不算多特别照顾他。"

"Loper 和我们磨合得不错，比赛的时候你们能看到他的表现。"

"没有，Loper 从不会叫哥。"

"队长他……吃错药了？"秦北压低嗓子，凑到江姜耳边说，"居然和粉丝聊上了？"

江姜耸肩，没回答他。

乔予扬没播多久，一个小时左右就下播了，他不靠粉丝打赏挣钱，纯粹因为有直播任务才做的，否则他一分钟也不想播。

凌晨两点后，训练基地依旧灯火通明，楼下二队、三队的小孩儿们闹得正欢，训练室里秦北和赵焱也在直播。

电竞选手的生活昼夜颠倒，夜色深沉之时，正是他们最为热闹的时候。

到月底，比赛的时间临近，他们的直播时长还没混够，江姜和赵焱是好学生，月初就把十个小时播够了，宁珩也播了一大半，还剩两个小时的小尾巴。

就剩乔予扬和秦北，一个是拖着不想播，人家也不缺合约的钱；一个是非得等到月底火急火燎创造奇迹。

秦北播不播无所谓，倒是乔予扬，粉丝们在网上千盼万盼，尤帆也跟个老妈子似的天天念叨要顾及粉丝的心情。

宁珩结束了一局游戏，端着杯子去倒水。

尤帆的注意力又被他吸引："宁珩，你还剩下俩小时，今天给播了呗？省得老想着，后面就可以专心训练了。"

宁珩扬了扬下巴，算是答应。

尤帆又回头缠着乔予扬，结果听他问："如果我和 Loper 同时直播，网络会崩吗？"

尤帆眼睛一亮："你要播了？这个你不用担心，我马上让直播公司那边维护网络，他们二十四小时都有人值班。你现在就播？"

乔予扬懒懒地"嗯"了一声："择日不如撞日，嫌你烦了。"

尤帆乐呵呵拿着手机去打电话："这是我的工作！"

半个月后国内会举办一场赛季战，二队、三队的小孩儿们上场，江姜和赵焱被老邹叫下去给他们传授一些比赛经验，兼做战术指导。

秦北去洗澡了，这会儿训练室只剩乔予扬一个。

他戴上耳麦，和之前的直播一样，在没有任何宣传、通知的情况下，悄无声息地开了播。

这一点不会影响他的人气，弹幕哗啦啦地刷着。

> 乔神半个月没上线，你的排名都掉了！
>
> 这么久没上线，第一掉到第十了。第一名要乐开花了吧，感谢 Wakely 不上线之恩。
>
> 来了来了！求你了，以后直播提前说一下吧，又让我晚看了你几分钟！
>
> 马上光亚杯要开始了啊，乔神准备得怎么样了？
>
> 预祝光亚杯 DAR 第一，乔神出马，一个顶俩。

他账号一登录，邀请组队的消息一个劲儿地闪，瞬间十几条。

乔予扬没看组队消息，开了个勿扰，不紧不慢地在设置里调整武器的参数，然后又去世界里看公告，把每条消息都点出来看，广告都看了。

> 咋了？怎么还不开始游戏？
>
> 笑死，调整了半天数据没变化，调了个寂寞。
>
> 我咋感觉你在等人呢？知道你混时长，没游戏看好歹说两句呗？
>
> 乔神在等谁啊？以前不都是单人赛吗？第一次看到他等人，和谁约好了吗？
>
> 前几天看了 Loper 的直播，怎么感觉他心情不好？全程一个笑容

都没有。

"Loper 性子冷，而且我们队员又不是卖笑的。"乔予扬一手托腮，百无聊赖地回答，"干吗非得笑？"

这两次直播，乔神的话比以前多啊！
我算是发现了，要提 Loper 他才会回答！
所以现在你只回答关于 Loper 的问题吗？

"他在你们那边争议那么大，作为队长我不能维护他吗？"乔予扬面无表情地说，"建议去看 Loper 初次直播的回放。"

我怎么忘了，乔神不开口很大的原因是当年太容易和人吵起来了，哈哈。
多久没听到 Wakely 在直播间说这么多话了。这两次直播说的话比去年整年直播的话都多！

宁珩进训练室时秦北已经洗漱完毕开始直播了，另一边的乔予扬也开着直播，应该是正和粉丝们聊天，声音不大。
"Loper 确实喜欢粉色，至于为什么我不知道。"
"秦北是前辈，自然知道轻重，不用担心。"
"新人磨合得都不错，他们实力都很强，你们可以多看看他们的直播……"
"没有，Loper 只是看起来冷，私下挺好说话。"
宁珩装作听不到，面无表情地坐下，打开直播的同时登录了游戏。
刚上线，就有消息不停地弹出："Wakely 申请组队。"
这是双人赛的加练吗？宁珩决定不加班，冷漠地拒绝了邀请。
乔予扬也不急，就进入观战模式，看着宁珩行云流水的操作，十分

096

冷静，有条不紊地进攻、争夺资源。

直播的时候弹幕很多，这点宁珩已经习惯了，可今天他一句话没说，弹幕却盖满了整个小窗口，看得他密集恐惧症都犯了。

一局结束，Wakely 的组队申请又发了过来。

他依旧没理，点开了缩小的直播窗口，看到在线人数还在猛然上升，有让服务器崩溃的趋势。

这是宁珩直播以来从未有过的人气，他有些惊到了，认认真真地看了一下弹幕。

宁神！别生 Wakely 的气了，他直播半天了还没开始打游戏呢！

宁珩："这都哪儿跟哪儿啊？"

他还没搞清楚具体情况，直播间最上方出现一条五颜六色的字体：DAR-Wakely 进入了直播间。

下一秒，屏幕五颜六色，财大气粗的 DAR 队长一口气把礼物刷到了直播间上限，引得围观人群一阵惊呼。

像约好似的，弹幕不约而同地变成"乔神大气"，大大小小的字体从宁珩眼里滑过，他握着鼠标的手指微微蜷缩了一下，转头战术性地喝水，目光有意无意地扫向乔予扬的方向。

那人脸色平淡，从神色上看不出什么情绪。

秦北激烈的声音成了背景板，宁珩捕捉到乔予扬那边细微的鼠标声，与此同时，他电脑上的礼物就没停过。

"咳！"宁珩喝得有些急，呛了一下。

宁珩有点无奈，把杯子放下，暗自深吸一口气，然后在游戏里邀请了 Wakely 组队。

乔予扬秒点同意，宁珩没有停顿，快速地点击开始。

他俩经过双人赛的训练，已经很有默契，即使全程没有交流，也是配合默契，让敌人找不到破绽。

在训练室的三人都开着直播，只有秦北那边咋咋呼呼、热热闹闹的，这两人的直播间只有游戏的音效，谁也不说话。

不过这倒是不影响人气，网友们一样看得津津有味。

一局快结束时，宁珩淘汰了十九个，乔予扬淘汰了二十一个，他们距离光源不足百米，游戏里剩下七个人。

光源太亮，曝光过高很影响视线，乔予扬把步枪切换成狙击枪，探头冲着某个方向利落地开了一枪。

公告上显示着淘汰信息，宁珩也朝东北方向扔了两颗手雷，然后做了一个令所有人都意想不到的行为——

他把枪口对准了旁边的乔予扬，利落地淘汰了自己的队长。

紧接着，换弹、上膛，将西北方一早就看到的两个敌人解决，最后以二十二个淘汰数的成绩顺利地夺取光源获得胜利。

乔予扬和宁珩是一队的，这份胜利也属于他，可乔予扬没有获胜的成就感。

他玩了这么多年 Rob，还是头一回面对这样的突发情况，没反应过来。

宁珩开黑枪，是他万万没想到的。

他俩直播间的粉丝都要笑疯了，也有一些人觉得不应该消耗队友的信任，虽然这只是娱乐。

"你小子……"乔予扬又气又无奈，"朝队友开枪？"

"数据不够好，"宁珩终于开口了，"看着不舒服。"

"所以连队友都不放过？"乔予扬问。

宁珩想到前两次国际比赛 DAR 被背叛的事儿，以为他生气了，"我……"

"有这种需求直接说。你这么任性，把我吓了一跳。"

宁珩停顿了好几秒，直播间里的几百万粉丝看到他眼里的寒冰融化，嘴角微微上扬。

这份来自队长的信任和放任，让他更有底气去面对流言蜚语和未来的大赛。

宁珩点下开始，语调轻快："后悔了，感觉有些浪费弹药。"

二人一起打了两三局，之后两人又恢复了沉默寡言。

凌晨三点，他们下播时秦北也结束了，精神奕奕地说："今晚收到的打赏真多！史无前例啊！"

他还不知道，乔予扬今天为了维护自己的队员有多卖力。

不知怎么，宁珩醒得挺早的。

最近下午一点开始训练，平时他会睡到十二点四十，十分钟洗漱、十分钟吃饭，掐着点儿进训练室，一坐下就是十二个小时。

他今天醒来，看时间才十一点，而且已经睡饱了。

他不想起，在床上滚了滚，然后打开手机随便看。昨晚他睡觉的工夫，社交平台上又有关于他的新闻了。

"Wakely 给 Loper 刷礼物"上了热搜，在榜单上挂了一晚上，热度只增不减。

"无聊。"宁珩起床去到餐厅，发现乔予扬和秦北也起得很早。

乔予扬想了想对秦北说："光亚杯，夺得队内最佳表现奖就有一百万奖金。能不能拿，就要看你实力了。"

"这可是你说的！"秦北来了精神，从椅子上站起来。

乔予扬颔首道："我说的，宁珩做证。"

宁珩没搭话。

秦北拍了拍裤子上的灰，信心满满地说："队长，你就等着付钱吧。"

乔予扬挑眉说："别逞强做了狗熊就行。"

秦北走后，宁珩小声问乔予扬："他……为什么提到钱就……"

"反差很大？"

宁珩默默地点了点头。

岂止是反差大，跟八辈子没见过钱一样。

乔予扬端起水杯说："他是孤儿。"

宁珩错愕。

"父母去世了，是被奶奶带大的。他十三岁那年，奶奶诊断出尿毒症。他那会儿休学了，为了赚钱四处打工，被人打过、骂过，我第一次见到他的时候，他在网吧打黑工，被喝醉了酒的客人闹。说他偷钱，摁在地上打。"

宁珩神色凝重，倒吸一口凉气。

十三岁……初中还没有毕业的年纪，是手无寸铁、谁都可以欺负的年纪。

乔予扬陷入回忆中，继续说："当时我和冉芄帮他做证解了围，一问才知道他和我们同龄，可个头比我们矮半个头，胳膊也细，感觉风一吹就倒。"

这些话犹如一块块巨石滚下，落在宁珩的胸口让他喘不过气。

本应该是肆意鲜活的少年，为了唯一的亲人年少奔波，沦落到底层受尽欺凌，自尊和骄傲犹如高墙崩塌，哪怕如今做出些成绩，也挽救不了年幼之时受到的伤害。

宁珩仔细想来，秦北虽然平时咋咋呼呼的，可从没有在他身上感受到过任何特别强势的气魄。

"他奶奶的病……怎么样？"宁珩哑声问。

"每个月透析、吃药，秦北给她请了护工，专门照顾她。"乔予扬说，"他穷怕了，虽然现在不缺钱，可他一心想着要赚更多的钱。这事儿江姜和尤帆不知道。他不想被人同情，你以后还是如常待他。"

宁珩愣怔："为什么告诉我？"

"没有为什么。"乔予扬轻笑一下。

宁珩没再问。

"刚刚耽误了时间，咱们今天抓紧一点。"老邹拿着保温杯走进来，"预选赛要开始了，今天约了其他战队打训练赛，服务器密码发群里了，你们赶紧。人家等我们好一会儿了。"

宁珩转去登录账号："有哪些战队？"

老邹报了七八个战队名儿，宁珩没接话。

江姜笑道："Loper 是想问有没有 KIK 吧？"

乔予扬抬眼扫了一眼面无表情的宁珩。

"让你失望了，真不好意思。"秦北贱兮兮地说，"身为 DAR 的成员，我觉得你需要知道，我们 DAR 和 KIK 不和已经不是什么秘密。所以私下的训练赛你是别想了，我们不会约他们，他们也不会凑上来找我们。要想碰上 KIK，那就真刀真枪赛场上见吧。"

"你小时候是吃了多少鸡下巴？"宁珩冷冷地说。

"什么？"秦北没懂。

赵焱笑了："北哥，宁珩说你话多。"

秦北："你！"

大赛前战队之间会约着一起打训练赛，单方面封闭式训练看不出效果，需要旗鼓相当的对手。

宁珩是 DAR 的新秀，前两次的训练赛打得非常出色，给其他战队留下了深刻的印象。

这次的训练赛并不是老邹主动约的，全是他们主动找上门来，美其名曰要互相进步、互相激励，实则是想试探宁珩的水平。

对此老邹心知肚明，所以嘱咐队员们隐藏战术，其他随意发挥。

而这个"随意发挥"的结果是，五局打下来，DAR 队伍总积分第一，与第二名的虎头战队拉开了一百多分的差距。

Rob 在赛场是按照积分制排名，淘汰敌人一次 10 分，队伍总积分是所有人的淘汰敌人数的平均值，夺得光源则队伍额外增加 300 分，第二名 200 分，第三名 100 分，第四名以下没有额外分数。

也就是说如果想让队伍获取高分，队伍整体的淘汰数必须要均匀，否则会拖后腿。

训练赛毕竟不是正式比赛，各大战队多多少少会隐藏实力，而他们看着高居榜首的 DAR，摸不准这是真实实力还是隐藏后的了……

光亚杯的预选赛在即，DAR 展现出的能力无疑给他们敲了警钟。

训练结束后，老邹把五场对局依次投影在大屏幕上，复盘总结失误，恨不得一帧一帧地抠细节。

"秦北，抢物资点的时候你在干什么？反应慢了！别人都摸到你脸上了！"

"还有你赵焱，最后这波配合，你拖后腿了，乔予扬明明让你去绕后。你为什么要站出来？你的枪没有装消焰器！这波你确实配合他们灭了虎头战队，可我们也被偷袭了后背，导致江姜被淘汰。"

"宁珩你别笑，你以为你零失误吗？秦北被 GN 战队攻击的时候，你在干什么？扔手雷？明明可以把秦北保下来，白白让他跟着对面一起淘汰！"

"乔予扬你也是！让你随便打，你还真满场追着人打？这是友谊训练赛，你让别人面子往哪儿搁？你吃错药了？平时没见你打这么猛啊！"

老邹这么一说，大家回过味儿来，乔予扬今天的表现确实不太正常，太凶了，打法太狠，把其他战队打蒙了。

战局结束后乔予扬的手机一直在振动，和他关系好的几位战队队长来问他是不是吃枪药了。

手机振得他心烦，面对教练的质问，乔予扬淡漠地说："这就是我随便的状态。"

老邹面对乔予扬，也实在说不出别的话了。

大家挨了一晚上的训，老邹终于在把自己说得口干舌燥、血压升高之前结束了会议，特别嘱咐乔予扬以后收敛一点，训练赛而已，再这么来几次关系都得闹僵。

他们训练的时间不定，不会每天卡着一点结束，通常会延迟半小时左右，教练离开训练室才意味着彻底结束。

秦北伸了个懒腰，说："你们要吃夜宵吗？我点外卖。"

赵焱举手："我要吃小龙虾，北哥，我再点一些寿司吧，吃不完早上也能吃。"

"可以。"秦北看向另外三人，"你们呢？"

江姜："来几串烧烤吧，我要鱿鱼和排骨。"

乔予扬起身离开："我不用。"

秦北："你呢，宁珩？"

"我也不用。"宁珩转了转酸疼的手腕，高强度的训练对他的体力确实是个挑战，"有点累，我要洗澡睡觉。"

"才两点！"秦北嚷嚷，"你这作息太对不起咱们电竞选手了吧！"

宁珩朝他竖了个中指，离开训练室往房间走。

光亚杯的比赛时间逐渐接近，国内的预选赛拉开帷幕，此次参加的一共有二十个亚洲国家，国内对这次选拔赛相当重视。

选拔赛的场地定在北都，距光亚杯还有半个月时间，各大一线战队纷纷乘坐飞机前往北都参加选拔赛，争夺唯一一张光亚杯的门票。

"赛事安排出来了啊。"尤帆扯着嗓子，推开四楼训练室的门，"这次参加比赛的一共有五十支队伍……"

"什么玩意儿？"秦北差点儿被水呛到，"五十支？哪儿来那么多队伍？国内的一线战队才多少？"

尤帆："这次不止一线战队的一队成员，还有许多二队、三队的，想借着这次比赛练练手。反正是国内的选拔，没有取得名次也不丢人，咱们不也带着二队吗？主要还是一队之间的对决。"

"哦。"秦北继续喝茶，"您接着说。"

"这次的比赛方式应该是和光亚杯一样的，要决出单人赛、三人赛和五人赛的队伍。单人赛一天决胜负，三人赛和五人赛是重头戏，分别用两天和三天的时间。三人赛是五十进三十二，五人赛是三十二进十六，然后打十场积分排位赛，排名第一的队伍将出线，出战光亚杯。"

尤帆说完后，看向第一次参加比赛的宁珩和赵焱："你们听懂了吗？"

赵焱点头。

宁珩问："没有双人赛？"

乔予扬听懂他的疑问："只是这次没有。"

江姜打趣道："你还担心没有你和队长的用武之地吗？"

宁珩放在键盘上的手指微微蜷缩了一下，冷淡地说："我以为会有，所以老邹才叫我们练习。"

"没大没小，叫邹教练。"老邹虽然这么说，但对称呼向来不放在心上，"虽然你们这次不打双人赛，但你们要参加单人赛。三人赛仍然由江姜他们三个出战，重头戏是五人赛，所以前面先保存实力。"

老邹安排得很巧妙。

虽然私下大家能从训练赛看出宁珩的实力很强，但强到什么程度却不知道。

宁珩之前当主播的时候打得最多的就是单人赛，让他和乔予扬参加单人赛能多一分赢的希望。

"不公平！"秦北嚷嚷道，"那岂不是他俩有两天休息时间？公费旅游啊！"

宁珩经这么提醒才反应过来，顿时眼睛一亮："可以自由安排？"

尤帆："理论上来说，是这样。"

"啊……有点羡慕队长和宁珩。"赵焱也瘪嘴，"我单人赛能力也不弱啊……"

"行了，听从教练安排。"乔队长开口，"如果拿下光亚杯的门票，在北都多玩两天也不是不行。"

江姜道："那我可得多带几身衣服，到时候好拍照。"

尤帆笑了笑："挺有信心嘛！飞机是明天晚上的，今天你们把行李收拾一下。比赛后天开始，大家这两天调整好状态，早点休息。"

翌日，DAR基地一队、二队的成员，包括战队经理和教练，一行人浩浩荡荡地推着行李，出了门。

这种集体活动大家只能穿队服，宁珩在里面穿了一件粉色T恤，下面穿了条黑色的紧身裤。口罩把他漂亮的脸蛋遮得严严实实，只露出一双透亮的眼睛。

到机场，一下车他们就被粉丝团团围住了，举着DAR灯牌的男男女女们情绪激动。

"Loper！你好帅呀，预选赛加油啊！"

"Loper加油！我和兄弟打赌这次你拿最佳表现奖，加油啊！"

"谢谢。"宁珩第一次遇见这种情况，拉着箱子艰难地往前挤。

除了他和赵焱，一队的其他三位面对这种情况早已是一副见怪不怪的样子，在人堆里和粉丝们闲聊着，小步小步地往机场大厅里挪。

"Wakely，这次你们会参加单人赛和三人赛吗？"

乔予扬一直跟在宁珩身边，有意帮他避开人群："不确定，看我们心情。"

"哈哈！你就知道敷衍我们。"

"秦北加油！江姜加油！我已经买好了去光亚杯决赛的机票了！"

江姜笑道："好的，我们一定不辜负你的机票钱。"

"Loper，你好帅啊！"突然一个女生大声喊道，"可别因为喜欢再芃影响了比赛啊！"

宁珩说："不会。"

粉丝又吼："期待你和 Wolf 的对决啊！你会手下留情吗？"

宁珩无语，冷冷道："当然不会！"

他是喜欢再芃没错，可是分得清孰轻孰重。

乔予扬见他脸色越来越冷的样子，唇角微扬："Loper，对粉丝态度好点儿。"

"就是嘛！Loper，看这里！笑一个！"粉丝们拿出了手机拍摄，DAR的小旗子不停地挥，"Loper 加油！Wakely 加油！要拿冠军！"

周围太拥挤了，宁珩只能贴着乔予扬走，挤出人堆后，二人都松了口气，整理着凌乱的衣服，走向尤帆，与其他人会合。

这是宁珩第一次坐飞机，以前他成天窝在屋子里直播打游戏，没有需要坐飞机出行的时候。

他表面上冷静平淡，实则走哪儿看哪儿，偷偷听着二队的人说怎么找位置，打量着手里的登机牌。

夜色正浓，停机坪上好几架大型飞机滑过，候机厅灯火通明，玻璃上映出了 DAR 队员们嬉笑的身影。

"第一次坐飞机？"乔予扬嘴里叼着根棒棒糖，手插兜站在宁珩边上。

宁珩看着外面的夜空，云层之下陆陆续续有飞机起飞："嗯，也是第一次离开 A 市。"

乔予扬从兜里拿出一根棒棒糖递给他，问："紧张吗？"

"目前还行，"宁珩嫌弃地看了一眼，"多大人了，还吃糖？"

乔予扬含着糖，揶揄道："省得某些人一会儿害怕。"

宁珩皱眉："才不会，这有什么好怕的。"

"真不要？"乔予扬晃了晃，"一会儿想要可不给。"

"不要。"宁珩傲然道，"小孩儿才吃那个！"

乔予扬把糖揣回兜里，回到位子坐下，拿出手机玩游戏。

DAR 战队向来是资金充裕，一队坐的是头等舱，座位一共六个，两两隔开，两侧有帘子。

宁珩把包放好，打量着豪华宽敞的头等舱，乔予扬在他旁边坐了下来。

广播响起，空姐温柔的声音传出，提醒各位乘客将手机关机，收起小桌板，确认系好安全带，飞机即将起飞。

同时，空姐们来到过道处将帘子放下，乔予扬和宁珩陷入了与外界隔绝的状态。

宁珩必须承认他是有点儿紧张了，飞机开始缓缓滑行，他咽了口唾沫，垂在腿上的双手紧握成拳。

人对未知的东西总是会带着莫名的恐惧，他想着各种飞机出故障的缘由，把自己代入灾难片的主角，仿佛下一秒飞机就会出问题。

随着飞机越跑越快，宁珩迫切地想干点儿什么事分散注意力。

"吃糖吗？"乔予扬掀开帘子，露出一半脸，挑眉道，"最后一颗了。"

宁珩的心率很快，嘴唇紧抿，执拗地看了乔予扬几秒，还是拿了颗糖。

甜腻的牛奶味在嘴里散开，果然缓解了他一小部分紧张。

他看向窗外越来越小的地面，一时间有些恍惚。

预选赛马上要开始了，难以想象，他和冉芫四年后再见，居然是竞争对手。

飞机在云层之下快速飞过，到达北都已经是凌晨了。

这群少年平时都是熬到凌晨四五点，已经习惯了，所以现在个个神采奕奕。

整支队伍只有尤帆困得睁不开眼，睡眼惺忪，哈欠连天。

到了酒店后，尤帆强打着精神把房间开好，房卡交给乔予扬，自己拿了房卡直奔房间睡觉。

经理不在，队长就是领头羊，自然得挑起分配房间的责任，两人一间，乔予扬安排好后嘱咐他们早点入睡，明天早上要早起。

预选赛单人赛在上午十点开始，让这群平时睡到中午甚至下午的少年们九点起床实在是要了老命。

秦北哈欠连天，跟吃了枪药似的：“咱们又不打单人赛，为什么也要去啊？”

“今天是比赛第一天，主办方要拍战队集体照，还有采访环节。”尤帆嘴里叼着一片面包，捧着平板电脑看赛事安排。

“你如果不想去可以让二队的人来，”乔予扬也打了个哈欠，一脸困倦，“有得是人想进一队。”

秦北看向旁边那群眼里放光的小孩儿们，顿时清醒了：“别，咱是一队嘛，那还是得人员齐全。”

尤帆见他们还有工夫闲聊，催促道：“你们快点儿，还得去签到呢，这回这么多队伍，去晚了有你们挤的。”

大家不敢耽搁，快速地吃完早餐后，浩浩荡荡地上了主办方安排的大巴。

宁珩昨晚没睡好，眼下有淡淡的乌青，眼睛却很亮，情绪有些激动，把玩着包上的挂件，把小猪玩偶的尾巴扯了又扯。

“至于吗？”乔予扬坐他边上闭目养神，“能见到冉芃就让你这么兴奋？”

宁珩没理他，看着越来越近的比赛场地，心里开始紧张。

冉芃是他喜欢了这么多年的人，他当然兴奋。

“宁珩那么喜欢冉芃，一会儿见到了会不会激动得晕过去？”秦北唯恐天下不乱地问。

赵焱看向宁珩："应该不会吧？不然单人赛怎么打？"

宁珩反问："我会那么白痴？"

"那可未必。"秦北直乐呵，"冉芇用自身魅力解决了一个竞争对手。"

宁珩朝他竖了个中指："蠢蛋。"

秦北反击："彼此彼此。"

江姜无奈地把蹦跶的秦北拉着坐下："你快闭嘴吧。"

他们到时，场地外已经围了很多的粉丝，男生居多，举着自己支持战队的旗子，穿着队服，帽子上印着战队的Logo。

接他们的大巴上印着战队的名字，还未下车，粉丝们呐喊的声音就已经此起彼伏。

"DAR！加油！必胜！"

"Wakely！ Wakely加油！"

乔予扬率先下车，在粉丝们的拥护之下，领着队伍径直走进馆内。

比赛场地很大，观众席可容纳上千名的观众，此时时间未到，观众们还在大门口排队。

工作人员领着他们走员工通道，进入后台的休息区，每个战队有专属的休息室，门上贴着战队名。

宁珩的目光从门牌上一一看过，很快找到了KIK的字样。

"KIK来了吗？"他问身边的工作人员。

工作人员："来了，这会儿应该在采访和拍照。"

宁珩颔首，对着KIK的门牌多看了两眼。

"乔予扬，你们来了？"后方突然响起一道声音，让DAR所有人脚步一顿。

宁珩看着乔予扬转过身，冷冷地盯着自己背后。

江姜、尤帆和老邹倒是没什么表情，秦北藏不住事儿，脸上是不加掩饰的嫌弃和厌恶。

后面那人一步步走近，越过宁珩，在乔予扬的面前停住："单人赛的人员名单出来了，我之前还担心你不会参加，正好这次我们可以比试一下。"

这男人身高腿长，身形挺阔，和乔予扬浑身的懒散不同，他有锐利感，犹如一头猎豹，由内而外散发出一种绝对的自信。

宁珩注视着他的背影，情绪像沸腾的开水，咕咚咕咚地冒泡泡。

那是冉芃，是宁珩之前四年的偶像。

宁珩第一次接触 Rob 是无意的，当时他父母吵架，他离家出走，拿着自己存的压岁钱整宿整宿地待在网吧。

他就是要父母着急，让他们满世界找他，报复性地让他们把对他的忽略统统补回来。

Rob 这个游戏刚刚出来就爆火，放眼望去网吧里十个有九个都在玩儿。

宁珩以前不怎么碰电脑，一碰 Rob 就着了迷。

他刚接触射击、竞技类游戏，没等他熟悉按键，就遇到了自以为有点技术，但嘴巴不干净的队友。

在他被队友围攻的时候，是游戏名叫 Goat 的玩家帮助了他。

Goat 手速快，一边帮宁珩和队友打嘴仗，一边打游戏，在 Goat 的带领下宁珩战绩变好了很多。

可另外三名队友仍不停地抓着宁珩骂。

Goat 怒道："没完没了了？"

众人顿时噤声。

Goat 说："你们几个用脚打游戏的，还有脸骂人家菜？先看看自己再说别人，怪人家不提醒？我怎么没被淘汰呢？说两句得了，还蹬鼻子上脸，谁给的你们自信？"

Goat 骂人狠，三言两语就说得三人哑口无言。

宁珩心里有了种被认可的感觉，打得更加认真，想被大神带着拿一次第一。

然而大神好像并没有这样的想法，把人骂了个狗血淋头之后，直接拉了颗手雷。

他俩挨得近，宁珩也跟着被淘汰，游戏画面变成了黑白，偌大的红字写着第四名。

宁珩发蒙，这什么情况？好端端的怎么自暴自弃了？

本以为能得第一呢。

这种大神可遇不可求，下次遇到不知道什么时候了。

宁珩撇嘴，退出页面打算重新开一局。

系统消息闪着红标，点开一看，是 Goat 发来的好友申请。

宁珩心里一动，连忙点了同意，紧接着组队邀请就发来了。

Goat：“不想带那群蠢货赢，这把带你。”

宁珩心里一喜，正想打字感谢，Goat 先一步点了匹配。

进游戏后他才发现大神开的是三人赛，而且并没有匹配队友，顿时心里发怵。

宁珩：“二对三，行吗？”

Goat：“不信我？”

宁珩：“不是，我怕拖累你。”

Goat：“不会。”

大神打完这俩字后地图加载完成，正式进入游戏。

宁珩玩这游戏不到一周，技术实在说不上好，但胜在作战意识强，和 Goat 无交流的情况下也能领悟到他每个举动的意图，跟上他的节奏。

尽管淘汰人的事儿都是 Goat 做，但宁珩并没有拖后腿，在混杂的脚步声中能准确捕捉到离他们最近的那个，用弹夹里为数不多的子弹尽可能淘汰敌人，虽然枪法不准，但也足以拖住对方的脚步。

Goat 是哪里人多往哪里走，带着小跟班把整个地图的投放点去了个遍，耳机里的枪声就没断过。

宁珩的神经紧绷，炮火勾起了男孩骨子里的热血和冲动，肾上腺素飙升。一局打下来是宁珩从未体验过的酣畅激动。

宁珩："你还玩吗？"

Goat："你有事？"

宁珩："没有，我怕你嫌我玩得不行。"

Goat："技术确实不行。"

宁珩："……"

Goat："意识还可以，多练练。"

宁珩："那你……一般什么时候有空？我以后能拉你玩吗？"

Goat："有空的话可以。"

宁珩心花怒放，刚玩游戏居然有高手愿意带自己，他刚刚去看了一下 Goat 的排名，在全服都排得上名次。

Goat 也很闲，基本是二十四小时在线，宁珩进步得很快，打法风格完全继承了 Goat，自己匹配的时候根本不和队友一起走，哪里人多去哪里，经常一个人独闯投放点。

宁珩想跟上 Goat 的脚步，男孩的自尊心不允许他一直作为被别人保护的那个。

他俩的配合越来越默契，战绩越来越好，几十条记录全是第一名。

一起打游戏的次数越频繁，他俩对彼此的情况也越了解。

所以当宁珩知道 Goat 只比自己大两岁时惊呆了。

宁珩："你为什么没有上大学？"

Goat："你又为什么不回家？"

宁珩："不想回去，反正他们不管我，我是个孤儿。"

Goat："父母没了才是孤儿。至少你还有父母，别等真的没了才知道珍惜。"

宁珩："半个月了，他们没来找过我，我应该珍惜什么？"

Goat："……"

宁珩："不说这个了，我看你的名片定位在 A 市？"

111

Goat：“嗯，怎么？你也在？”

宁珩：“对啊，我们要不要见个面？你面对面指导我呗？”

Goat：“我们才认识多久你就敢和我见面？”

宁珩：“为什么不敢？约在网吧，都有监控的。”

Goat：“懂得还挺多。”

宁珩：“见不见？”

Goat：“我从不和网友见面。”

宁珩软磨硬泡了许久，Goat 很有底线绝不松口。

打游戏可以，聊天也行，但就是不见面，哪怕同在一个城市。也不交换私人联系方式，游戏是他们联系的唯一渠道。

没过多久，宁珩的父母终于找到了他，把他带回了家。

有了那半个月的经历，宁珩无法再安心待在家里。他经常偷偷溜出来玩，还给 Goat 炫耀自己是如何瞒着父母不被发觉的。

Goat 嘲笑他俩稚嫩。

打游戏的时候，Goat 那边似乎被朋友闹着，鼠标点到了语音，耳机里短暂地泄露出了一句："还给我……"

"哈哈哈哈哈！"

麦克风短暂开了两秒，很快又关了，对面背景声音嘈杂，声音并不是非常清晰，这句恼怒的话说得很轻，可还是被宁珩捕捉到了。

Goat 的声音被电流影响，嗓音有少年独有的青涩，也不缺成熟，很好听。

宁珩："刚刚那是你的声音？"

Goat："嗯，不小心摁到了。注意东北方有人。"

他明显不想纠结这个事情，将宁珩的注意力往游戏里引。

宁珩若无其事地继续和他打着游戏，想见 Goat 的想法却更加坚定。

父母感情不和，无暇管他，宁珩现在基本处于放养状态，家庭给不了关爱，而他只能紧闭心门，和网友倾诉。

这大半年的时间里他和父母说的话还没有和 Goat 一天说得多。

他需要找到一个精神支柱。

一个月后，宁珩以学校组织秋游的借口，告诉 Goat 自己未来两天不在 A 市，没办法上线玩游戏了。

Goat："哦？你们都高三了还组织活动？"

宁珩："十五分钟后校车来接。"

Goat："玩得开心。"

宁珩："你在网吧待得多，有什么推荐吗？我家门口的网吧网速不行，最近打游戏网卡。"

Goat："看出来了，梅柳巷这边的还行，不贵，环境好，适合你这种刚成年的小屁孩儿。"

宁珩："你经常去？"

Goat："别想套我话，就今天在，我上网的网吧从不固定。"

宁珩稚嫩的眼神里闪过一道精光。

今天就够了。

宁珩："不远，下次我去试试。"

Goat："还不走？校车还没来？"

宁珩："有些同学行李没收拾好，这次去山里，学校让我们多带些衣服。"

Goat："开什么玩笑？我像你这么大的时候下雪都不穿秋裤。"

宁珩："现在入秋了，难道你穿短袖？"

Goat："不然呢？难道还穿秋衣？"

宁珩："你前天不是说用比赛的奖金买了件黑色流苏外套？怎么不拿出来穿？压箱底等着过年穿？"

Goat："今天穿着，结果影响打游戏，以后再也不穿了。"

宁珩套出了地点和着装，背着包飞快地跑出去打了辆车，奔赴梅柳巷。

A 市很大，梅柳巷在东边，宁珩的家在西边，相当于横穿整座城市，开车都得一个小时。

秋风徐徐，午后的太阳温暖不刺眼，枫叶顺着微风在空中打着旋儿，飘落在洒满日光的街头。

梅柳巷是单行道，司机将车停在夜色网吧的对面，宁珩下车后望着那四个大字，突然开始紧张起来。

和 Goat 相识了大半年，马上就能见到本尊，而且是在他毫不知情的情况下，这让宁珩有种别样的兴奋感。

宁珩深深地吸了口气，舔了舔干涩的唇，刚迈出一步，网吧的门从里面推开，两个英俊帅气的少年并肩走出。

他们不知在谈论什么，穿短袖的少年笑了笑，俊美的脸上多了几分痞气，双手插兜，慵懒之余透出还不懂得收敛的强势。

宁珩没有多留意穿着短袖的人，将全部注意力都放在他身边那位穿着黑色流苏外套的少年身上。

相比之下，他的容颜就要逊色几分，但依然非常帅气，冷酷的黑色被他的张扬、自信所影响，整个人散发出锐利的气质。

他们在门口站了一会儿，穿短袖那人接了个电话，然后他们一同朝巷口更深处走去。

宁珩一直注视着黑衣少年，直到他们的身影消失在视野中。

迟疑与冠军

第四章

乔予扬冷眼看着冉芇，讥讽道："你确定不是自取其辱？"

不论是国内还是国外的赛事，单人赛冠军的奖杯从来没有从乔予扬手上易主。

"你这人……"冉芇笑了笑，抬手想拍乔予扬的肩，"就不能放放水？你这个万年第一的位子也该让出来了，以前我可是赢过你的。"

乔予扬侧身躲开他的触碰："那是我让着你。"

被这么拆台，冉芇也不恼，手收回来："听说你们战队加入了两个实力很强的选手？有个叫 Loper 的，好像还是我粉丝？不介绍一下？认识认识嘛。"

乔予扬蹙眉，这句话触碰到了他心里最敏感的那一点，昔日队友的背叛又浮现在眼前，眼里多了些厌恶。

他带着不加掩饰的敌意："上了赛场还不够你认识的？"

所有人都能感受到乔予扬的攻击性，走廊陆续有其他工作人员和战队的队员路过，不约而同地多看了他们两眼。

为了避免事情闹大，尤帆上前一步，缓和道："冉队长，咱们两个战队的交情好像没有好到需要私下交流的地步，有什么在赛场上见真章吧。"

冉芇看了乔予扬一会儿，轻笑了一下："也是，现在说再多废话也没用，还是得在赛场上见真章。予扬，和你的每一次对决我都会全力以赴，这次光亚杯的门票我志在必得。"

"别叫那么亲密，我和你没那么熟。"乔予扬冷漠道，"有我在，光亚杯门票不会有 KIK 的份儿。"

"那就拭目以待。"冉芇要足了威风，转身离开时，瞥到了一旁穿着 DAR 队服的男孩儿，他长得俊朗，眉眼凌厉，很难不让人注意到他。

"嗯？"冉芃打量着宁珩，在他面前停下，"你是……"

宁珩站直身子，平日的冷傲全无，眼里闪着星星似的，眸子里满是憧憬和尊重，略微慌乱得不敢对视冉芃的眼睛："Wolf……您好，我是DAR 的 Loper，宁珩。我……我喜欢您很多年了，每场比赛……都有看。"

"Loper 啊。"冉芃了然，伸手主动和他握了握，"听过你，很多战队都说你厉害。你要参加单人赛吗？"

宁珩收回手，冉芃掌心的温度让他面红耳赤："嗯……要的。"

"那就期待你的表现。"冉芃露出一个鼓励的笑。

所有人都看着面对冉芃反差极大的宁珩，目光有些怪异。

乔予扬冷冷地看了他几秒，把队友领进休息室。

"那冉芃什么意思？是来给我们下战书吗？"秦北忍到现在才发火已经是极限了，"他还想要光亚杯门票，绝不可能！做梦去吧！"

"为什么不可能？"宁珩问，"冉芃的实力又不弱。"

众人的目光汇聚在他脸上。

秦北脸红脖子粗地想争辩，被尤帆一把拉住："宁珩，长他人威风可不是一件好事。DAR 和 KIK 的矛盾你清楚，在场的除了你，没人对 KIK 有好感，你现在是 DAR 的队员，请你看清自己的位置。"

宁珩反问："所以呢？因为有矛盾，就要否认对方的实力吗？冉芃的实力本来就不弱，我这句话偏袒吗？就因为有矛盾，所以连实话都不能说？这算什么道理？"

他说这段话的时候把年轻气盛展现得淋漓尽致，像一把锋利的刀子，不合他心意便出鞘见血。

休息室里死寂一片。

宁珩喜欢冉芃他们都知道，可如今目睹了他对冉芃的态度，又对自己的偶像如此维护。他这种状态上了赛场真的能全心全意地为 DAR 争第一吗？

"你说得对。"乔予扬对此很淡然，拧开瓶盖喝了一口水，"冉芃的实力不在你之下，打了这么多比赛经验又足，一会儿拿不到名次可不要哭鼻子。"

"开什么玩笑？"宁珩哼笑一声，"瞧不起谁呢？"

门被敲响，工作人员探头进来让他们出去拍照、接受采访，顺便抽取单人赛的座位序号。

这次参加预选赛的战队有很多，场馆很大，后台人挤人，工作人员领着他们穿梭在穿着花花绿绿队服的选手之中，宁珩顶着那张漂亮脸蛋吸引了不少目光。

"哟，哪儿来的漂亮小孩儿啊？"虎头战队的队长狮子吊儿郎当地勾着乔予扬的肩膀，一脸坏笑地看着宁珩。

"干什么？"

"不干什么，逗逗嘛。"狮子靠在乔予扬身上，"这应该是在训练赛上挺厉害的 Loper 吧？小孩儿，来我们虎头战队吧，从第一场训练赛开始，我就相中你了。"

乔予扬无情地推开他："当着我的面撬墙脚？"

狮子说："没准儿人家愿意呢？"

宁珩："你想多了，虎头比不上 KIK，也没有 DAR 强，我看不上。"

狮子的笑僵在脸上："你倒是坦诚。"

"实话而已。"

"先补一补你的队服吧。"乔予扬特别贴心地把他队服上的一个小洞扯出来，"衣服这么破旧，哪儿有资金撬人墙脚呢？"

比赛即将开始，各大战队准备就绪，观众陆续进场，此次比赛将全程直播，解说室的两位正唾沫横飞地介绍着已经落座的选手们。

解说 A："这次的光亚杯争夺战肯定是相当激烈啊，很多二队、三队的选手也参与了此次比赛。对很多能力不弱但身居二队的选手来说是一次很好的机会，能让别人看到实力。"

解说 B："确实，哎，让我们看看，现在进场的就是 KIK 战队二队的选手 White，前段时间的赛季战上他初露锋芒，在打法上有点继承了冉芃的意思。"

"说起赛季战，DAR 战队里有个小孩儿也挺不错的，叫 Zero，得了赛季最佳，实力不容小觑啊。这次的单人赛他也会参加。就是这位，可以好好期待一下他的表现。"解说 A 正说着，镜头一切，屏幕中出现了一张冷漠的脸。

解说 B："这个我得好好介绍一下了，这是 DAR 战队的新晋队员 Loper，曾经是游戏主播，实力很强，不过他好像是冉神的粉丝啊，最后却加入了 DAR，这个选择有点迷惑。"

"喜欢不一定适合啊，"解说 A 笑道，"而且在我看来，Loper 选手对冉神应该是非常崇拜的，今天可有好戏看了，不知道冉神对自己这位粉丝会不会手下留情呢？"

"冉神留不留情我不清楚，Loper 应该是不会的吧，"解说 B 也笑了笑，"能战胜偶像，那得多自豪啊。"

两位解说的嘴巴没闲着，选手们也在做最后的准备——外设检查，赛场内观众们举着钟爱战队的小旗子不停地晃，大屏幕上已经转接了游戏的画面，他们将以上帝视角看完比赛全程。

单人赛不需要晋级，连打十局，总分排名第一的人是冠军，有资格去参加光亚杯单人赛。

十点整，单人赛正式开始。

乔予扬和宁珩的打法相似，他们第一时间选择去就近的物资点争夺武器，抱着这个想法的选手很多，所以物资点也是默认的混战地带。

比赛开始不到五分钟，游戏公告不断弹出新内容——

　　DAR-Wakely 淘汰了 NG-Lei。

　　KIK-Wolf 淘汰了 TEY-Luo。

　　DAR-Wakely 淘汰了 JBQ-May。

　　DAR-Loper 淘汰了 Tiger-Adair。

　　KIK-Wolf 淘汰了 ZUA-Noah。

　　DAR-Loper 淘汰了 TEY-Jared。

DAR 战队休息室里，一队没参加比赛的三人和尤帆、老邹目不转睛地看着屏幕，他们从上帝视角看到物资点处汇集了不下几十人。

"第一局大家打得好激烈，"尤帆不懂游戏，问道，"一点没有前期避战的想法？"

"单人赛和多人打法不一样，"老邹喝了口茶，气定神闲，"比赛是积分制，不主动参战怎么获得积分？而且别人一直高歌猛进，装备会越来越好，到后面打不过别人，只能白白送经验。"

江姜说："队长肯定是可以全身而退的，得看他想不想收手了。"

"我觉得他不会缠斗，一般他抢到物资就走了。"秦北正说着，突然响起了一声狙击枪的声音。

DAR-Wakely 使用 Tac-50 狙击枪淘汰了 DAR-Luke。

众人一愣。

解说 A："不愧是乔神啊！在那么紧张激烈的情况下居然能抢到物资枪！"

解说 B："不错，而且是 Wakely 最拿手的狙击枪。他们所在的位置只能看到十米以内的敌人，乔神依然能用狙击枪，是开天眼了吧。有点遗憾的是淘汰了自家队友。"

解说 A 哈哈一笑："单人赛除了自己，全是敌人。哎？不过 Wakely 拿到抢到的物资后居然没走？"

解说 B："是，目前为止物资点还有五人，他是想全部收割吗？真的好有自信啊。"

解说 A："以乔神的实力完全没问题啊。"

"队长今天很奇怪啊，"秦北说，"他以前不是这种打法。"

江姜喃喃道："我觉得……他像是在找人。"

赵焱说："找宁圻？单人赛不能恶意组队吧……"

五分钟后，系统公告显示："DAR-Wakely 使用 Tac-50 狙击枪淘汰了 KIK-Wolf。"

刚解决掉一个敌人的宁珩看到这条公告眉毛微微一挑。

这才开始十分钟，冉芇被淘汰得有点快啊。

一直在物资点里晃悠了好久的 Wakely，在淘汰 Wolf 之后，迅速地朝地图中心移动。

"漂亮！让我们重放一遍刚才乔神的那波操作。导播把刚刚的游戏画面切出来。"

乔予扬听到脚步声后迅速地蹲下，朝自己的反方向扔了一个雷，短暂的耳鸣能让对方听不到自己的脚步声，他借着这短暂的几秒换了位置。

冉芇警惕性很高了，料到了前面有人，做好了准备，然而乔予扬的走位更快，预判了冉芇开火的位置，提前躲避，然后拿出狙击枪，一发子弹解决掉敌人。

"这次乔神有点故意秀操作的嫌疑了啊，"解说 B 笑道，"这种情况下打狙击枪，只有乔神能做到了。"

解说 A："Wakely 一直不走，是在找 Wolf。Wakely 的判断很准确，因为 Wolf 的狙击枪打得不错，也非常想要这把武器。"

解说 B："是的，所以玩这个游戏不仅要自己技术好，也得了解对手擅长什么、想要什么，从而设置战术。Wolf 确实想抢这把枪，有些心急了，不过没事，后面还有九局呢。"

对于宁珩来说，最不想遇上的是 Wolf，淘汰了 Wolf 心里会内疚，被 Wolf 淘汰又觉得不服气。

现在 Wolf 被乔予扬解决掉，他彻底放了心，没有任何顾虑，在第一局就以淘汰十五人的战绩成功进入比赛倒计时阶段。

此刻游戏内只剩下他和乔予扬两人，一来就上演了队内之争，倒也是一大看点。

宁珩知道队长很强，所以他放弃了花里胡哨的战术，打算简单粗暴地碰一碰。

然而乔予扬一点机会都不给他，十米不到的距离，站在石头后面躲避子弹的同时，狙击枪上膛、开镜、开枪，一系列操作不过短短数秒，一颗子弹定胜负。

　　宁珩看着游戏页面弹出"第二名"的字样，泄了口气。

　　倒说不上不服气，他知道自己打不过乔予扬，还是想试试。

　　果然，顶峰之神的名号不是随随便便能挑战的。

　　解说 A："第一局就这么精彩，Loper 的发挥出乎我意料啊，竟然能在决赛圈与 Wakely 对决。"

　　解说 B 笑道："乔神的单人赛神话还从没有被人终结过，倒在自家队长手里也不算他冤啦。"

　　第一局，乔予扬淘汰十八人，夺取光源，总积分四百八，排名第一。

　　第二局，乔予扬淘汰十六人，未夺取光源，总积分六百四，排名第一。

　　第三局，乔予扬淘汰十七人，未夺取光源，总积分八百一，排名第一。

　　第四局……

　　第五局……

　　所有人都看出来了，这次乔予扬的战术就是不停地淘汰人，基本直接放弃夺取光源。

　　这种战术嚣张狂妄，让对手有苦难言，又无可奈何。

　　游戏大神的可怕之处不在于会算分，而是会控分。乔予扬不要光源的三百分，依然能够稳坐总积分榜第一。

　　夜幕渐渐降临，观众们纷纷有了困倦之色，选手们也打得精疲力尽，体力消耗严重。

　　十局结束，DAR 的 Wakely 排名第一，卫冕成功，是妥妥的顶峰之神。

　　第二名是 KIK 的 Wolf，而宁珩作为一匹黑马，杀进了前三。

　　单人赛落下帷幕，选手们冲观众席鞠躬后陆续地往后台走。

　　宁珩收拾着外设装备，手腕的酸疼让他没拿稳键盘，眼看着键盘摔下，却被一只手稳稳地托住。

　　"手疼？"乔予扬问。

宁珩看了他一眼，把键盘装进包里，眉尾微扬："恭喜咯，大冠军。"

闻言，乔予扬闪过一丝意外："我以为你会想让冉芃得第一。"

"我没那么无脑好不好！"宁珩有些气恼，嘴里嘟囔道，"我又不是不知道你比他强一点点。"

乔予扬薄唇微勾，揶揄道："就一点点？"

宁珩目光微闪，还是决定维护自己的偶像："当然就一点！冉神第二，他努努力就能拿第一了。"

"从当初我俩刚打职业开始到现在，他已经努力四年了。"乔予扬笑道。

"那他总有超过你的一天。"宁珩背着包往台下走。

"比起他，我倒是期待你超过我的，"乔予扬跟上，"第一次比赛就单人赛第三，是名副其实的宁神了。"

宁珩鼻子里发出一声轻哼，骄傲地回眸，眉间的困顿不在，是少年人的嚣张肆意："第三而已，五人赛还没开始呢，等着瞧吧！"

后台明亮如昼，下了台的选手们放下了比赛时的紧张，轻松愉快地聊着天。

乔予扬和宁珩是最后下场的，他俩一进去，大家的目光都集中在二人身上，更多人在打量那位漂亮的少年。

Wakely的实力有多强悍大家心知肚明，拿下冠军是意料之中的事。可这位Loper，之前只是个主播，仅仅接受了一个多月的系统训练，就能甩开众人，直接位列第三，可见实力之强，不容小觑。

"Loper，"狮子笑眯眯走过来，递给宁珩一瓶水，"恭喜第三。"

"谢谢。"宁珩没什么表情，接过水，连拧开的力气都没了，顺手递给队长乔予扬。

打了一天比赛，宁珩全程神经紧绷，注意力高强度集中，现在放松下来，疲乏困倦开始反扑。此刻他只想回酒店睡个昏天黑地，一句话都不想说，脸色冰冷，给人一种很不好惹的感觉。

"别这么冷淡嘛，DAR给你多少签约费？Tiger双倍，来我们这儿吧，绝对把你当少爷宠着。"

乔予扬把水原封不动地扔回给狮子："什么时候轮到你这个三流战队给自己加戏？"

"什么三流战队！"狮子说，"上次的国际比赛我们也是拿了第四名好吗？"

乔予扬无情地提醒他："电子竞技，只有第一没有第二。真是奇了怪了，虎头得第四居然没有人骂？买通关系撤热搜了？"

"别把我们想得那么不堪。"狮子冲乔予扬挥了挥拳头，"小心我们给你发律师函！"

乔予扬"扑哧"一声笑了出来。

狮子还不死心，又问："Loper，真不考虑一下？"

宁珩说："没兴趣。"

"那KIK有兴趣吗？"冉芃的声音突然插进来，一道阴影盖住宁珩的身体。

宁珩掀眸看着冉芃，嘴角微扬："冉神……"

乔予扬见宁珩这态度，眸光一沉，替宁珩回答："他没兴趣。"

冉芃意味深长地说："我问他又不是问你，乔神，你似乎很紧张啊？"

二人眼神对峙，一个冷漠，一个玩味，双方眼里是只有他二人才看得懂的剑拔弩张。

"嘻，人家实力这么强，当然紧张，香饽饽嘛。"狮子调侃道。

乔予扬冷漠道："让开，我们要回去了。"

"你急什么？还没采访呢？"冉芃笑道。

正说着，工作人员就来了，三人一同走到采访区，镜头乌压压地对着布满"预选赛"Logo的墙面，中间坐着一位穿着休闲西装的男性，旁边放着三把椅子。

见他们三人来，那位男性站起来，冲他们打招呼："Wakely、Wolf好久不见了。Loper你好，我是主持人于海川，初次见面，你今天表现得真好。"

于海川气质儒雅随和，语调温柔，微笑时有一个浅浅的酒窝，沉稳之余增添了几分俏皮感。

宁珩伸手和他短暂地握了一下，漂亮的脸蛋上毫无情绪起伏："谢谢。"

"你们坐吧。"于海川笑道，"知道你们累，耽误不了多久。"

乔予扬看了一眼并排着的三个座位，率先选了中间的坐下，另外两人跟着坐在两侧。

"没问题的话那咱们就开始了。"于海川冲摄像师傅点点头，拿过话筒，率先问乔予扬，"Wakely的实力一如既往地稳定，不过这次打法有些特别，你好像完全没有想过夺取光源，能说说你的想法吗？"

"没什么想法，"乔予扬懒懒地靠着椅背，长腿微微屈着，"一成不变的胜利方式太无聊了，增加点趣味性而已。"

宁珩翻了个大白眼。

冉芃也发出一声短暂的哼笑："乔神，侮辱人了啊。"

于海川跟着笑了笑："确实，这话真欠揍，你确定出去不会被各队群殴吗？"

乔予扬："我雇了十个保镖。"

"他没有。"宁珩不客气地拆台，"车子停在A区，欢迎大家堵截围攻。"

乔予扬问："咱们是不是一队的？"

冉芃接话："那正好，来我们KIK。"

于海川感叹道："哎，我这个采访人存在感好低，偏题了三位。"

乔予扬："您接着说。"

"下面问一下冉神，这是粉丝的问题，"于海川看着手卡，"这次你的名次又在乔神之下，不知曾经放下的豪言壮语'总有一天能超过乔神'的话什么时候能实现呢？"

冉芃"啧"了一声，挑眉道："粉丝？谁的粉丝啊？我的粉丝才不会问让我丢脸的事儿呢。是Wakely的粉丝吧？"

于海川哈哈一笑："Rob的粉丝。"

"我都说了，是总有一天嘛，具体是哪一天，暂时我也不知道。"冉芃冲着镜头耸了耸肩，"还有，我得强调一下，在很久之前的某一次私下的训练赛上，我是赢过乔神的。虽然没机会呈现出来，但那场比赛是相当地激烈精彩，我在比分落后的情况下力挽狂澜，赢了 Wakely！"

于海川说："冉神，你每次都这样说，可乔神好像一次都没有认同过啊。"

乔予扬冷漠道："确实，没有的事。"

冉芃："他故意的，嫉妒我优秀。"

于海川憋笑憋得辛苦，把话题转向宁珩："Loper，你作为此次单人赛最大的黑马，想过能拿这么好的成绩吗？"

"没有想，"宁珩说，"第三就应该是我的，为什么要想？"

于海川颔首："小选手挺有自信。"

宁珩又说："是事实。所有选手里只有 Wakely 和 Wolf 比我强，我不是第三谁是？"

宁珩这话说得理所应当，不是盲目的自信，而是对自己的实力有着非常准确的了解。

于海川眼里透出欣赏："不过众所周知，你是冉神的粉丝，之前你退出月探大家都以为你会去 KIK，为什么转而加入了 DAR 呢？"

冉芃身子前倾，越过乔予扬看向宁珩："确实，我也想知道我的粉丝怎么跑到 DAR 去了。"

乔予扬的目光也落在宁珩的脸上。

"错过了 KIK 的选拔赛。"宁珩如实说。

"哦哟，"于海川调侃道，"也就是说心里依然是心仪 KIK 战队的吗？"

冉芃暗自瞄了眼乔予扬，朝宁珩抛出友好的橄榄枝："宁神，来 KIK 吧，打首发，我亲自带你。"

宁珩面对冉芃冷不起来，语气都轻下来了，笑得几分乖巧："抱歉啊，我是 DAR 的人，目前没有转会的想法。"

"DAR 给你什么条件？ KIK 给双倍、三倍。"冉芃放下豪言，"错过你这么优秀的队员，是 KIK 的损失。"

"这不是条件的事儿，我既然加入了 DAR 就是 DAR 的人，"宁珩笑道，"冉神，给我个机会吧，其实，我挺想和您对决的。"

冉芃遗憾地叹气道："好吧，不过如果在赛场上遇到，我可不会手下留情哦。"

宁珩露出一个浅笑："我也不会的。"

于海川转向乔予扬："面对冉神当面抢人，乔神一言不发，就没点儿想说的吗？"

"没有。"乔予扬漠然地说，"宁神不是那种给点儿诱惑就走的人。"

宁珩看向乔予扬棱角分明的侧脸，无意识地揉搓着指腹，眨了眨眼，嘴角的弧度扩大，冲着一直盯着他的冉芃笑了笑。

"那真是对 Loper 绝对的信任，"于海川感叹道，"真好。"

这句真好非常耐人寻味，张澜安打假赛的事儿众所周知，有了前车之鉴，乔予扬还能给予队友绝对的信任，足以说明他对宁珩的重视程度。

采访结束后，宁珩提着包离开，冉芃和乔予扬被于海川拉着寒暄了几句，等他们出去时宁珩已经没影了。

此刻已经闭馆了，选手们都回到了酒店休息，工作人员也下班了，走廊里寂静无声。

二人并肩走向大门，冉芃突然笑了一声："于海川还是那么崇拜你，采访的时候一直帮衬你。"

乔予扬目不斜视地盯着前方，疏离感非常明显。

冉芃也不尴尬，自言自语地说着话，就没指望这人搭话。

"乔神，你对 Loper 似乎挺不一样的。"

提到宁珩，乔予扬终于开了尊口："那又怎样？"

"不怎么样，"冉芃嬉笑道，"觉得你眼光挺好的，找了个这么厉害的队友，如虎添翼。"

"倒是挺怀念当年你我在一个战队的时候啊，"冉芃双手枕着后脑勺，感慨道，"做了这么久的对手，都忘了并肩作战的感觉了。"

乔予扬讥讽道："路是自己选的，现在又在这卖什么情怀？"

"我从来不后悔自己的选择，如果再来一次，我还是会这么做。"冉芃收敛了笑意，"那时候俱乐部面临解散，我加入 KIK 是左右权衡下最好的选择，你不也考虑过跟着我一起去KIK吗？我就不明白，为什么现在你对我的敌意越来越大？连话都不愿意说了。就因为当初我没有陪着俱乐部共患难？可俱乐部是我加入KIK之后你才回去求你爸出手援助的，你原本也没想着陪它渡过难关，不是吗？"

乔予扬脚步一顿，怒气冲上眉梢："冉芃，你虚不虚伪？一边做着下三烂的事情，一边又在我面前装无辜，这就是KIK的行事风格？真让人恶心。"

"我做什么了？！"冉芃眼睛里充斥着红血丝，情绪跟着爆发，厉声质问，"你倒是说说，我做什么了让你恶心？我就不明白了，你能和其他战队友好相处，笑脸相迎，为什么总是给我甩脸子？因为当年方昭和姚青昀的事情，你就连带着抵触KIK，也抵触我？！"

"我不该抵触？你明知道方昭用下三烂的手段害得姚青昀破产自杀，却还是选择加入KIK。如果不是走投无路，我会回去求我爸出手相助？"乔予扬攘着冉芃的领子，整个人处于盛怒之中，没了平时的懒散，锋芒毕露，"我不该抵触？"

空旷的走廊里充斥着两人的争吵，声量势均力敌互不相让。

"不好意思，打断一下。"一道突兀的声音插入，终止了这场争吵，也打断了二人想进一步的肢体动作。

他俩不约而同地转头，宁珩站在门口，指了指头顶的监控："二位，冷静？"

乔予扬狠狠地甩开冉芃，用力地深呼吸平复翻腾的情绪。

冉芃喘着气，整理了下衣服，大步离开，走到门口时一顿，面容隐没于夜色中，沉声道："乔予扬，KIK再如何，我冉芃从没有对不起你。三年就要到了，你好自为之。"

宁珩不是故意偷听的，他困得不行，只想赶紧回酒店睡觉。

走出场馆才想起来房卡在乔予扬那里，他先回去也进不了房间，索性在门口等着，结果等着等着就等到了惊人的一幕。

宁珩的困意消失了，他看着冉芃离开的身影，视线又回到乔予扬身上。

"我们……走吗？"他问道。

乔予扬余怒未消，抬脚走出大门，宁珩摸了摸鼻子，跟在他后面。

此刻夜深人静，场地空旷，路灯将他们并肩的影子拉得老长，晚风吹在脸上带着几分潮湿的清爽，特别是在室内坐了一天之后，新鲜空气进入肺腑，仿佛能洗涤污浊的气息。

从场馆到大门还有一段距离，乔予扬知道要采访，所以没让尤帆等他们，大巴车带着其他队员先回了酒店，此刻只能打车回去。

宁珩跟在乔予扬身侧靠后一点的位置，偷偷瞧着队长冷峻的侧脸，深邃的轮廓隐于黑暗，眉间晦涩不明。

沉默在二人之间蔓延，半晌，乔予扬问："听到了多少？"

宁珩如实回答："都听到了。"

凉风吹散了乔予扬的火气，转头问："好奇？"

好奇自然是好奇的。

"你如果不愿意说就算了。"

乔予扬独自一人走在前面，当宁珩以为他真的不会告诉他时，却听到他开口，低沉的语调之中夹杂着复杂的情绪："方昭是 KIK 俱乐部的老板。"

宁珩眨眨眼，脑中灵光一闪："那姚青昀……"

乔予扬接上他的话："是 DAR 的老板。"

"什么？"

乔予扬深吸一口气，说起当年之事。

当年乔予扬和冉芃收到了许多战队的邀请，可他们哪个也没看上眼，一起去了刚刚进入电竞圈，没什么资源的无名俱乐部——YE。

YE 在乔予扬和冉芃加盟后迅速在圈里崭露头角。乔予扬和冉芃在各种赛事上大放光彩，让 YE 俱乐部在圈里站稳脚跟，打下了属于他们的一片天。

可惜好景不长，YE 俱乐部老板的公司遭到恶意竞争，一夜之间宣告破产，YE 俱乐部也无法维持正常的运作只能被迫解散。

也是那个时候，KIK 找上二人，递给他们橄榄枝。

那时候KIK已经是圈内有名气的战队了，老板资金雄厚，战队规模庞大，队员福利相当不错，而且俱乐部有系统的运营模式，KIK给他俩的待遇更是相当诱人。

他们不缺钱，否则也不会加入YE，可KIK能给的不只是钱，还有更专业的训练、更优秀的团队，以及在其他战队得不到的资源。

冉芃几乎没怎么考虑，和战队经理聊过之后立马决定加入，乔予扬也动摇了，却没有冉芃那么冲动，说要再考虑一下。

"你还考虑什么啊？"冉芃不理解，"姚总都让咱俩赶紧找下家了，你还想守着YE陪它走完最后一程啊？"

乔予扬笑了笑："不是那意思。"

冉芃耸肩："有什么好考虑的？KIK是目前国内最好的战队了，听说他们老板在商界也是厉害的人物。而且刚刚那位战队经理不是都说了嘛，只要咱们去，他们也会接受秦北他们。"

他们从咖啡厅出来，盛夏仲夜，不算凉爽的晚风吹在身上有种黏腻的潮湿感，街头巷尾的灯火是独属于夏夜的斑斓。

"刚刚KIK的战队经理说什么时候签合同？"乔予扬问。

"他说只要我们愿意，随时都可以。"冉芃笑了笑，"你考虑好啦？"

"差不多吧，"乔予扬说，"咱们也没有比KIK更好的去处了。"

冉芃嘿嘿一笑，搂着乔予扬的肩膀，有些激动："那行，咱们把秦北他们叫出来吃饭吧！顺便告诉他们这个好消息！"

"你们去吃吧，我得回一趟战队。"乔予扬说，"既然决定了，我把东西收一收，顺便给姚总说一下这事儿。"

冉芃无语："什么时候说不行啊？就差这几个小时？"

乔予扬瞥了他一眼："不是你想去KIK的吗？不早点把东西收拾好，等着签合同了再搬东西？"

冉芃拍了一下脑门："对对对，你瞧我这脑子，哈哈哈哈，那我和你一起去。咱们早点儿把东西收拾好，到时候签了合同，直接去KIK了。"

乔予扬笑道："不吃饭了？"

"等咱们一起去了 KIK 再吃也不迟嘛。"冉芃笑嘻嘻的。

二人一起回了战队，YE 俱乐部基地在郊外的别墅区，一栋小型的别墅，是老板姚青昀名下的一处房产。

姚青昀公司破产，背负了不少的债务，这栋别墅不久后也要被卖掉了，大家训练所用的电子装备已经挪空了，平日拥挤的训练室此刻空空荡荡，在昏暗的夜色下显得格外冷清。

看到这一幕冉芃心里也有些难受，拍了拍乔予扬的肩膀："怎么不开灯？"

"物业把电停了。"乔予扬嘴唇微抿，往楼上走去。

窗外的路灯隐隐约约地照进室内，两位少年颀长的身影落在泛着白色光晕的大理石瓷砖上，一室的沉寂无声，他们的脚步也不由得放轻了。

乔予扬和冉芃回各自的房间收拾东西，他们东西少，基本就是一些简单的衣物，主要是个人的电子设备。

行李收拾得很快，乔予扬背着沉甸甸的包站在二楼的走廊，想最后再看一眼这个承载他青春和梦想的地方。

而就是这一眼，让他察觉到了不对劲。

走廊尽头是老板姚青昀的房间，他忙于事业很少过来，只是偶尔会来坐坐，给他准备的房间毫无用武之地，钥匙在姚青昀自己手上，房间门从来没有打开过。

而此时，姚青昀的房间门开着。

黑暗会放大感知力，乔予扬的第六感隐隐觉得不对，于是走过去看看。

这时冉芃收拾好东西出来，见他往里面走，奇怪地问："你怎么了？是不是走反了？"

乔予扬说："我知道，我去看看。"

冉芃跟上去："看什么呢？"

乔予扬走到门口，门虚掩着，在夜晚的绝对安静下，显得不太寻常。

二人的神色沉下来，对视一眼，看到了彼此眼中的警惕。

乔予扬推开门，朝里面看去，屋内空旷，一眼便能看清布局，没有人影。

他把目标锁定在洗手间，放轻脚步走进，随着越发清晰的水流声，还有股浓郁的血腥味。

乔予扬脸色一变，朝冉芘打了手势，然后一脚踹开没有关紧的门。

冉芘举着打开电筒的手机紧随其后，下一秒二人都被眼前的场景惊到。

他们的老板姚青昀坐在地上，闭着眼已然昏迷，他的脸色煞白，看上去毫无生气。

乔予扬心绪大震，把东西往地上一扔，立马冲过去，脱下外套死死摁住他手腕上狰狞的伤口，试图止血，冲冉芘大喊："快来帮我！"

冉芘回过神，同样扔下东西冲过去。

两位少年将姚青昀从卫生间中救出，忙不迭送去医院。

血水打湿了他们的衣服，他们与死神赛跑，在死亡边缘捡回了姚青昀的一条命。

姚青昀的情况很严重，失血过多，输血之后昏迷了一天一夜，直到第二天下午才醒过来。

"姚总，"乔予扬见人醒了赶紧站起来，"感觉如何？需不需要叫医生？"

姚青昀摇了摇头，缓了许久才从眩晕感中抽离，哑声问："昨晚你们为什么会去？"

"收拾东西。"乔予扬给他倒了杯水，把床摇起来，"KIK 找上我们。"

姚青昀没有力气端水杯，只能由着乔予扬喂自己，听到 KIK 后怔了一瞬，苦笑道："挺好，加入 KIK 之后……"

"姚总，"乔予扬打断他的话，乌黑的眸子紧紧地看着他，"为什么要自杀？事业没有了可以再来，命只有一条。"

姚青昀沉默了许久，涩声问："予扬，你知道我为什么要办俱乐部吗？"

"打职业比赛，获得冠军是您当年未能完成的梦想。"乔予扬回答。

"当年，家里人本想让我去当个老师，收入稳定能养活自己，日后再找个女孩儿结婚……这种日子一眼就能望到头。"

乔予扬默默地听着，帮他拿来了水。

"我不想过那种日子，和家里人大吵了一架，拿着并不富裕的本金，四处求人开始做生意，低三下四、委曲求全，好在是没有白白付出。后来生意越做越大，倒是让我有能力发展一下副业。"姚青昀看着乔予扬，"我好不容易有了今天的成绩，这是我用半条命拼出来的。如今一败涂地，我已没了重来一次的勇气。我知道你觉得我懦弱，我也恨自己懦弱。可……"

房间充斥着消毒水的味道，恍惚间乔予扬似乎回到了两年前，同样的场景、同样的病床，他拉着妈妈的手，眼睁睁地看她被病痛折磨，永远地闭上了眼。

乔予扬注视他发红的眼眶，神色有些恍惚，沉默须臾，说道："死是需要勇气的，既然有勇气死，为什么没有勇气活？"

姚青昀愣怔，苍白的脸更无血色。

病魔夺走了顽强抗争的生命，怀抱健康的人却轻言放弃。

乔予扬望向远方的天空，橘红的落日如梦似幻，他相信世界的美好。

姚青昀的身体还很虚弱，聊几句已经是极限，很快便再次陷入沉睡。

乔予扬悄无声息地出了病房，接通了手机上第五个电话。

"予扬，你终于接电话了。"冉芃说，"姚总怎么样了？醒了吗？"

"醒了。"乔予扬微微佝着背，靠着墙，"只是状态不好，说了几句话又睡了。"

冉芃松了口气："那就好，我一会儿去医院看看他。对了，你的东西我帮你收好了，咱们……"

乔予扬语气平淡，打断他的话："我查过了，姚总破产不是他实力不行，而是竞争对手蓄意出阴招，搞垮了他的公司。方昭收购了姚总名下的所有产业，用不正当的手段竞争。"

他顿了顿，音色更沉几分："发生了昨晚那事儿之后，你还是决定加入 KIK 是吗？"

电话那头沉默了片刻："我知道……确实是 KIK 做得很过分。可是予扬，这种事难道还少吗？咱俩的父辈在商场打拼，咱们也算从小耳濡目染，商业上的事情，我们管不着，也掺和不了。而 KIK 是咱们最好的去处，现实一点吧。"

乔予扬也沉默了许久，久到冉芃以为他挂了电话："喂？你还在吗？"

"我确实管不了，"乔予扬说，"但我不能装作没看见。"

"你什么意思？"冉芃难以置信，"你要为了一个认识不到一年的人放弃 KIK？你疯了？你这是在断送自己的职业生涯。"

"这不是认识多久的事儿。"乔予扬抬起头，目光如炬地盯着天花板上的灯泡，"这是道义。"

冉芃噤声。

电话里刺刺的电流声敲击着二人的神经，走廊里嘈杂的环境成了背景板。

乔予扬继续说："我不可能在目睹这件事之后加入 KIK。我打游戏是因为喜欢，是为了挑战自己，登上世界之巅，在不在 KIK，我都要做这件事。我不会强迫你和我感同身受，你的决定我尊重。"

半晌，冉芃沙哑开口："可是到了 KIK，会离你的梦想更近一步，这是一条捷径。"

"捷径是提升我的实力，而不是换一家俱乐部。"

那个下午，是未来四年里乔予扬和冉芃最后一次心平气和地谈话。

摁下红色的挂断键，结束的不仅仅是一场通话。

冉芃选择了对自己未来最好的道路，乔予扬不怪他。

只是这场分道扬镳来得猝不及防，甚至没有一场体面的告别。两人从并肩作战的队友变成了你死我活的对手。

YE 俱乐部彻底消失在大众视野之中，半年后，名为 DAR 的俱乐部声势浩大地空降电竞圈。

俱乐部法人依然是姚青昀，队长是前 YE 战队队长乔予扬。

这支全新的队伍在短短时间内，用强悍的实力迅速吸引到了粉丝，他们过五关斩六将走到全国第一，收获了无数掌声和赞誉。

凌晨的夜寂静清冷，沉厚的乌云挡住了星空和月色，是一片压抑的黑。

乔予扬和宁珩没有打车，这个点儿也打不到车，他们顺着马路朝酒店走，路程足以让乔予扬讲完这个故事。

宁珩穿得单薄，晚上气温低，风一吹身体发冷，不由得咳嗽了两声。

"冷？"乔予扬问。

宁珩吸了吸鼻子，逞强道："不……"

话没说完就打了个喷嚏。

乔予扬睨了他一眼，将自己的队服脱下来扔到宁珩头上："想生病了影响比赛？"

宁珩把衣服往下拉了拉，否认道："没有！"

乔予扬深吸一口气，从兜里拿出一颗糖含着。

宁珩抿了抿唇，低声道："队长，我不后悔加入 DAR。"

这是真心的。

当年的事他无法评价，站在旁观者的角度也不能说冉芄的选择就是错的。

宁珩依旧对冉芄有特殊的感情，只是今日之后，对 DAR 更多了一分死心塌地。

"现在才想着表忠心？"乔予扬用舌尖顶弄糖块。

"一直忠心，"宁珩笑了笑，眼眸温和，"谢谢你告诉我这些，你放心，我一定好好打比赛。"

乔予扬轻笑一声，咬碎了糖："这是你应该做的，而不是听了这些之后才有的觉悟。"

宁珩点头，坚定道："我会和你们一起为 DAR 拿下冠军。"

第二天，三人赛的决赛如火如荼地进行着，激战五局后，加上上午的积分排名，最终 DAR 排名第四无缘冠军，而虎头战队以第一的成绩，将代表中国参加光亚杯的三人赛。

单人赛和三人赛的角逐落下帷幕，众人最期待的五人赛选拔赛，正式开始。

"各位观众朋友大家好，这里是 Rob 光亚杯的五人赛预选赛的决赛现场，我是解说员于海川。"

"我是解说员光光。"

直播厅里，两位帅气阳光的男士穿着一黑一白的西装，介绍着正在进场的队伍。

啊啊啊啊！KIK 冲呀！KIK！

DAR！要永远相信 Wakely 每场比赛的零失误！

Wakely！ Wakely！ Wakely！

这次 Tiger 也不错啊，虎头加油！

黑马必须是 Loper！我都买好去看决赛的机票了！

弹幕不停地刷着，网友们没闲着，解说员们也滔滔不绝地说着。

"现在进场的是 Tiger 战队，也是咱们俗称的虎头。"于海川笑了笑，"这次他们发挥得很稳定，积分稳稳上升，目前是排在第三名。"

光光："不错，他们的实力其实和 KIK 不相上下，五十进三十二的时候 Tiger 战队就是排名第二，三十二进十六的时候又是 KIK 排第二，他俩你追我赶的，也是旗鼓相当的竞争对手了。"

镜头里，身穿 DAR 队服的一行人，和 KIK 战队同时进场，两队进入各自的比赛区域前，冉芃叫住了宁珩，说了几句话，友好地拍了拍他的肩膀。

"冉神这是在鼓励后辈吗？"光光忍俊不禁，"心真大啊，三十二进十六时，DAR战队可是以积分第一名入围的，从前两天的比赛以及单人赛的情况来看，这位Loper非常厉害啊，在赛场上是个狠角色。不过大家都知道他是冉神的粉丝，不知道在赛场上遇到会不会手下留情呢？"

于海川："是啊，你不说我都没想到，之前的比赛好像DAR战队还没有正面遇上过KIK战队呢，基本上到决赛圈的时候是一场大混战。"

光光哈哈一笑："是啊，所以我倒是很期待，不知道当杀伐果决的宁神遇上自己的偶像，会不会手下留情呢？"

DAR比赛室，五位选手落座，以队长乔予扬为中心，其他四人坐在两侧。

宁珩坐在靠边的位置，和乔予扬之间隔了江姜，外面的粉丝们举着灯牌，呼喊的声音隐约传进来。

"宁珩，刚刚冉芃叫住你说什么啊？"秦北一脸戒备地问，"他又想作什么妖了？"

"没说什么，鼓励我好好发挥。"宁珩低头检查着外设，调整耳机音量大小。

秦北半信半疑："他能有那么好心？那小子……"

"友情提示一下，"赵焱说，"咱们现在可是被监控的状态。"

比赛为了绝对的公正、公开，会单独设立一个监控室，用来监控选手的一言一行，如果比赛途中出现了作弊行为，竞委会处理时也有证据可用，不至于被说成污蔑选手。

秦北后面的话戛然而止，愤愤不平地"哼"了一声："前两天运气差没碰上，今天如果遇见，看我不打爆他们！"

乔予扬睨了他一眼："这是比赛，所有队伍我们都要淘汰他们，你管他是谁？"

"没错！"秦北撸起袖子，打了鸡血一样，"来吧KIK！这次看我不把你们都打趴下！"

宁珩讥诮道："我看你像被人打趴下的样子，到时候别哭着求队长给你报仇。"

秦北瞪着宁珩："老子才不会，北哥今天让你看看什么叫实力。"

这俩冤家向来互相看不顺眼，其他人忍俊不禁，检查着外设。

十局比赛分为上下两场，十局结束，排名第一的队伍出战光亚杯。晋级的十六支队伍准备就绪后，九点整，随着主持人的一声"开始"，比赛正式拉开帷幕。

乔予扬的实力非常强，打法一向是较为激进的，第一局就选择带着队友直奔物资点。

这种做法较为危险，第一个物资点在边缘，是全地图光线最暗的地方，只能靠听声辨位，一旦发挥失误，很容易全军覆没。

开局的争夺是最能看出选手实力的，大家的装备都不好，没有武器的加成，只能用过硬的技术杀出一条血路。

第一场大家都比较保守，第一个物资点大部分队伍选择放弃，不愿意为了一把枪堵上全队，这反而让乔予扬非常顺利地拿到了狙击枪。

光光："这 DAR 可以啊，才开局十分钟就拿到了 M21。Wakely 的狙击枪非常强，这场他们夺光的可能性很大啊！"

"乔神最擅长的是单发狙击步枪，"于海川说，"M21 是连发半自动步枪，我更倾向于他会把这把枪给队友用。"

他的话音刚落，淘汰公告里弹出："DAR-North 使用 M21 淘汰了 GN-LEI。"

光光笑道："果然，不愧是从 Wakely 入行以来就一场不落地看完他比赛的人，你真了解他。"

于海川笑了笑。

第一局 DAR 一如既往地强势，顺利夺得光源，以总分三百八十排名第一。后面三局打得也很顺，淘汰人数和比分领先。

DAR 的锋芒太盛，之前有一个乔予扬还不够，如今又来了个宁珩。

他俩风格相似，实力也出挑，所以在后来两场的决赛圈中，他们成为众矢之的，DAR 错失了两次夺光的机会。

KIK 连续两场夺得光源，有三百分的加持，积分突飞猛进，暂排第二，和第一名的 DAR 只有几十分的差距。

乔予扬自然看出了其他战队对他们的针对，迅速调整战术。最后一局，他一改冲劲儿，放弃了每个物资点的争夺，带着队伍隐身于黑暗之中，埋伏在靠近中心光源的必经之路上。

"队长，咱们这样守株待兔是不是不太好啊？"秦北蹲在石头后面买急救包，他的游戏人物穿着黑色的衣服，与周围的暗光融为一体，"这局我咋打得这么憋屈呢？"

"大丈夫能屈能伸，"宁珩也趴在有掩体的草丛里，用自己所剩不多的经验值买子弹，"看看是哪个倒霉玩意儿来送装备。"

赵焱哈哈一笑："这是我进战队以来最差的一次游戏体验了，咱们队才淘汰了五个人。"

"能淘汰五个人就知足吧。"江姜苦兮兮地说，"谁分我点子弹和药包？我真的一贫如洗了。"

乔予扬离他最近，扔了一半给他。

江姜感激道："谢谢队长。"

"那群人真不够意思，咱们强怎么了？他们不约而同地针对咱们难道就……"秦北突然噤了声，吊儿郎当的语调变得严肃认真，"我听见脚步声了。"

"西南 307，"宁珩把自己的状态调整好，改趴为蹲，把枪口对准脚步声传来的方向，"应该是满编五人队。"

乔予扬静静地听着，心里计算着距离，在对面踏进他们埋伏范围的一瞬间，枪声响起，乔予扬快准狠地解决掉一个。

宁珩就等着乔予扬的信号，在他开枪的瞬间，立刻打开瞄准镜，冲着那边看不清的人影开火，一梭子弹解决掉了两个。

仅仅是乔予扬和宁珩就解决了三个人。对方的反应已经够快了，在第一个人倒地的时候就迅速地找掩体反击，可架不住 DAR 准备充分，在猛烈的攻势下，最终全军覆没。

隔壁虎头战队的队员气得吹胡子瞪眼，狮子咬牙骂了一句。

DAR 的物资瞬间丰富了起来，队员们都鸟枪换炮。

"哈哈哈，很久没看到乔神打伏击了，估计老虎气得够呛。"光光把场内镜头切给了虎头。

果然，看得出来 Tiger 战队的五人脸色不好，狮子正和队友交流着什么。

DAR 有点不要脸了吧？

笑死了，打不过就暗算，敢不敢堂堂正正地打？

你们看不出来其他战队对 DAR 的针对？伏击怎么了？只许州官放火，不许百姓点灯吗？

说实话，DAR 确实太强了，让别人没路走。比分遥遥领先，Loper 打得比 Wakely 都猛。

DAR 干得漂亮！！

于海川说："其实从前两局能看出来 DAR 是处于劣势的，他们一旦在决赛圈暴露位置，就会被别的队伍针对。Loper 近战的淘汰率是百分百的，Wakely 的狙击枪玩得天花乱坠，再加上和队友们的配合。换作是我，也会优先干掉最强的那个。"

"而且我发现自从 Loper 加入后，Wakely 的打法更加刚猛了。"光光说，"以前可能为了顾及队友，过于激进的节奏会让队友跟不上，容错率很低。但 Loper 能跟得上节奏，不管对面是什么状态，都能打。"

于海川颔首，看着镜头里的乔予扬："有了 Loper 的 Wakely 简直是如虎添翼。"

这局游戏中，DAR 率先进入了决赛圈，并没有像前几局那样先声夺人，而是选择了一个较为隐蔽的地方，隔岸观火。

光源附近视野极好，选手们能轻易看到远处的敌人。在外围枪声激烈的时候，有一人借着枪声的掩护，慢慢靠近光源，想趁乱夺取光源，结束比赛。

宁珩眯起眼，拉了颗手雷，默默地在心里数了几秒，然后对着光源方向扔出。

手雷引爆的时间计算得刚刚好，宁珩不费吹灰之力就淘汰了对手，同时，淘汰公告显示："DAR-Loper 使用手雷淘汰了 KIK-Dark。"

宁珩愣住，竟然是 KIK 的人，打了三天比赛，今天终于正面遇上了……

Dark 的淘汰出局让埋伏在不远处的其他 KIK 队员变得非常警觉，立即朝 DAR 所在的空间开火，冉芃像是早就瞄准好了一样，一击淘汰了赵焱。

"注意隐蔽，"战况越混乱，乔予扬越冷静，语速飞快地说，"秦北远程火力掩护，江姜手雷、烟幕弹掩护，并吸引正面火力。宁珩，你跟我绕后。"

宁珩立刻把自己身上的手雷全部留给江姜，在包抄绕后的时候，迅速地打开购买页面，把自己的经验值全部换成弹药和手雷。

KIK 只有三人，按理说不应该惹五人齐的 DAR，但他们不惜牺牲掉一个队员都要引出 DAR，说明至少有五成把握。

这也是为什么乔予扬要摸过去打近战的原因，他猜到 KIK 有撒手锏。

他们悄无声息地刚到近点，沉闷的枪声响起，所有人一愣，包括两名解说员。

KIK-Wolf 淘汰了 DAR-North。

KIK-Wolf 淘汰了 DAR-JJ。

"巴雷特狙击枪！"光光惊呼一声，"Wolf 居然拿到了巴雷特！KIK 有两把狙击枪！"

因为这把武器很强，游戏中刷出的概率非常小，曾经有人计算过，物资点刷出巴雷特的概率大概是千分之一。

于海川笑了笑，意味深长地说："KIK 很会藏拙，拿到这么一把武器，居然能忍到决赛才用。"

"好枪配好人吧，"光光附和道，"可能在 KIK 心里，只有遇上 DAR 的时候才配得上拿出这把枪。"

乔予扬脸色突变，他确实没想到 KIK 有巴雷特，否则他绝不会冒这个险。

可这时候已经箭在弦上不得不发了。

"宁珩，你有手雷吗？"

"有。"宁珩猜到他想干什么，躲在就近的掩体后，朝 KIK 所在的方向扔了三四颗雷。

几秒后，手雷齐齐爆炸，KIK 队员们的耳机里都响起了手雷爆炸后所引起的耳鸣声。

乔予扬借机解决掉了 KIK 的一人，局面变成了二对二，DAR 的胜算又多了几分。

他冲上去打算趁机灭掉离他最近的 KIK 队员，宁珩紧随其后。

巴雷特是 KIK 的王牌，剩下的一人必然会保护冉芃。乔予扬入行这么多年，也只是寥寥几次在赛场上遇到这枪，他明白这把武器给 KIK 带来的优势有多大。

乔予扬躲在掩体后，对宁珩说："我去吸引火力，你想办法端了巴雷特。"

战况激烈，容不得宁珩多想，乔予扬下达命令后，看准了某个时机，率先冲出去。

宁珩绕了一下，看着乔予扬冲出掩体淘汰了 KIK 的一人，Wolf 的枪口立马对准了乔予扬，巴雷特的敏锐程度就在这里显示出来。

明明是差不多的开枪时机，可 Wolf 的击发速度更快，乔予扬被淘汰了。

与此同时，乔予扬神色一凛，厉声说："Loper！"

宁珩打开瞄准镜，对准了 Wolf 的身体。

游戏里，Wolf 和宁珩相距不过十米，他又是背对着宁珩，在这么近的距离下，根本不需要任何技术，宁珩直接就能淘汰对手。

可不知怎地，宁珩看着 Wolf 的背影，眼前突然闪过曾经他还是 Goat 时，他们一起打游戏的画面。

电光石火间，他手指迟疑了零点几秒，突然一声枪响，Loper 被淘汰出局！

螳螂捕蝉，黄雀在后，一直在隔岸观火的另一支队伍，不费吹灰之力消灭了仅剩一人的 DAR 战队。

Wolf 反应迅速，躲到就近的掩体后，见对方也只剩一人，直接扛着巴雷特朝对面开了两枪！

短短几秒，游戏结束，地图中心的光源缓缓熄灭。

五人赛预选赛上半场结束，KIK 战队以四百六十七的高分，暂居积分榜第一名。

比赛一结束，秦北就炸了："什么玩意儿啊！宁珩，你为什么不开枪？！你站着当桩啊？！"

宁珩鲜有地保持沉默，抿着唇一言不发。

"刚才只要你开枪淘汰了冉芫，咱们就稳居第一，你到底在干吗？你知不知道这是在打比赛啊！"秦北站起来，指着宁珩一顿骂，脸色黑成锅底。

DAR 战队比赛室里的气氛剑拔弩张，秦北火冒三丈，瞪着宁珩，想要一个说法。

明眼人都看得出来，宁珩刚刚明显是犹豫了，队伍现在排名第二他要负最大的责任。

另外三人的脸色也没好到哪儿去，江姜看了看宁珩，无声地叹了口气，收拾着外设，率先离开比赛室。

赵焱紧随其后，秦北恶狠狠地看了宁珩一会儿，也走了。

乔予扬摘下耳机，不紧不慢地将东西收好，冷淡地问："还坐着？"

宁珩抬起头，对上乔予扬冷漠的视线，心里莫名发慌："队长……我……"

乔予扬像是没兴趣听他的话，大步离开。

宁珩一个人在比赛室里坐了好一会儿，等其他战队陆陆续续地走完了，他才站起来，提着包走出去。

手机在振动，是尤帆发来的微信，让他去餐厅的302号包厢。

宁珩推门而入时，大家正坐在桌前，气氛沉闷而压抑，空气里充斥着饭菜的香气，但桌上的食物谁也没动。

"你来了，"尤帆的态度倒是与平常无异，"坐吧。"

宁珩依言落座，乔予扬坐在对面。宁珩抬头看了一眼，往日对他和善的队长，此刻面无表情，手指懒散而有节奏地轻敲着桌面，任谁都能看出队长的怒气。

"刚刚的比赛，我和老邹一直看着呢，现在大家都在，下午也还有比赛，咱们开诚布公地聊一聊。"尤帆平静地看着宁珩，"Loper，对于刚刚的事，你是不是应该给大家一个解释？像我这种不懂游戏的人都看出了你当时的停顿，对此，你有没有想说的？"

宁珩舔了舔干涩的唇，沉声说："刚才是我不对，我给大家道歉。"

秦北冷哼一声："道歉？你一句道歉就完了？宁珩，咱们这是总决赛！不是平时小打小闹的，你把这个当儿戏，对得起我们吗？我提议，下面的比赛把他撤下来！换二队的人上！"

宁珩一惊，身子往前倾了倾，一口否决："不行！"

"你有什么资格说不行？！"秦北猛地一拍桌，站起来居高临下地看着他，"二队的实力肯定不如你，但至少人家不会像你一样当叛徒，胳膊肘往外拐！"

"叛徒"二字很刺耳，宁珩也变得激动起来："我不是叛徒！也没有胳膊肘往外拐！我是DAR的人，这一点怎么都不会变！"

"你放屁！说的比唱的还好听，这会儿说你是DAR的人了？那你比赛的时候为什么不朝冉芃开枪？！"

"我……"宁珩又突然泄气了，不知道该说什么，也说不出来。

事儿是他做的，再怎么辩解都没用。

秦北冷笑，发出一声鄙夷的冷哼："答不出来了吧？你是冉芃的粉丝，当初就不该收你！这才第一次比赛，留着你以后还得了？没准儿私下里KIK已经联系过你，所以你才故意在赛场上失误，当投名状！"

"你别血口喷人！"宁珩咬牙切齿，双目猩红，双手用力地握拳，抑制着如岩浆般翻滚的情绪。

江姜听不下去了，拉了拉秦北的衣服："你少说几句，宁珩不是那种人。"

"什么不是那种人？知人知面不知心，你又了解他多少？"秦北愤愤不平，恨不得把宁珩瞪出个窟窿，"行，就算他不是那种人，可他喜欢冉芃是事实，刚刚在比赛的时候他的表现大家都看到了！如果以后KIK向他递橄榄枝，他难道会不去？"

"当然不会！"宁珩想也不想就脱口而出，言辞笃定，没有任何停顿。

他这坚定的态度让众人一愣，秦北也有些诧异，呼吸粗重地看着他。

宁珩吐出一口浊气，抹了把脸，看着大家，一字一句地说："刚才确实是我不对，因为我的失误导致了我们没能得第一，这点我郑重地向大家道歉。"

他后退一步，朝他们鞠了一个九十度的躬。

老邹微微蹙眉："宁珩，你……"

"但我绝对不是故意的，请你们信我。"宁珩直起身子继续说，眉宇间的张扬依旧，此时更多了些真挚和诚恳，"是，我喜欢冉芃，曾经把他视为偶像，我当主播，成为职业选手，都是因为他，这点我没法否认。但是我是DAR的一员，只要我和俱乐部的合同生效一天，我宁珩就绝对不会做任何对不起DAR和各位的事，更不会因为冉芃而加入KIK。

"之前发生过张澜安的事，我知道你们有多痛恨叛徒，有多反感

KIK，虽然我喜欢冉芄，但我可以发誓我现在不是叛徒，以后也不会是。下午的比赛我想上，我不会为自己犯的错辩解，错了就是错了，可我希望能有一次让我挽回的机会。"

宁珩这席话说得铿锵有力，他放下了骄傲，为自己的失误道歉，竭力争取补救的机会。

这位电竞圈炙手可热的黑马背脊挺得很直，全然没有因为方才的失误而怯懦。

他有能力力挽狂澜，只要队友们愿意再信他一次。

众人面面相觑，不知该作何反应，秦北也冷静下来，沉默地坐下。

宁珩见他们未置一词，心里同样难受得喘不过气。

这是他第一次参加比赛，却犯了这么一个在圈内人看来天大的错误。

时间一分一秒地流逝，无形之中的那根秒针一下下敲打着宁珩的神经，让宁珩的愧疚感越来越重。

气氛沉闷，宁珩犹如在等待裁决，每一次呼吸都是煎熬，掌心里掐着肉的闷痛让他保持清醒和理智。

"下午的比赛，我恳请大家给我一个机会，"宁珩红着眼，带着破釜沉舟的勇气，一字一顿地说，"如果这次拿不到冠军，我付违约金退出DAR，再不踏进电竞行业。"

所有人震惊地看向他。

乔予扬嘴唇微抿，眼神深邃凌厉，不知在想什么。

比赛输了可以再打，可退出电竞行业代表的是职业生涯终止，不仅不能打 Rob 的比赛，也不能打其他游戏的比赛。

宁珩还这么年轻，以他的能力，必定会在电竞圈混得风生水起，还有大好的时间让他大放异彩，他这是把自己送上绝路。

尤帆倒吸一口气："你……你也不用这样。"

宁珩紧盯着乔予扬，固执而肯定地说："就这样。"

老邹皱眉，开口问："乔予扬，你是队长，你觉得呢？"

乔予扬抬起头，视线与宁珩相交，眼底平淡无波，没有情绪起伏："大家的意思呢？"

赵焱支吾道："我觉得……宁珩应该不是故意的，他都这么赌上职业生涯了……是不是应该……"

"不管怎么样，还是应该给他一个证明自己的机会，"江姜说，"而且宁珩也知道自己错了，愿意在后面的比赛补救。"

秦北神色别扭，在宁珩说出退出电竞行业时，他心里已经有所动摇了，还有点佩服他的果决，但依然把顾虑说出来："可万一……他上了赛场又作妖怎么办？一旦比赛开始又不能叫停的。"

"既然意见不统一，那就投票吧，"乔予扬漫不经心地说，"愿意相信宁珩的，举手。"

江姜、赵焱和老邹举起手。

秦北撇嘴："三比三，这怎么……"

"四比二。"乔予扬开口。

宁珩一怔，抬头看到乔予扬懒洋洋地举起了胳膊。

"既然你想亡羊补牢，这个机会我给，"乔予扬说，"别再让愿意相信你的队友失望。"

宁珩点头，笃定地说："不会！我说的话……会做到。"

如果真的因为他导致 DAR 输了比赛，他也没脸碰这个游戏了。

事已至此，秦北也不好多说什么，冷着脸哼了一声。

时间紧凑，他们连多余的休息时间都没有，迅速地吃过午饭后，不停歇地赶往现场准备后面的比赛。

下午一点整，Rob 预选赛总决赛下半场正式开始。

上午宁珩的失误无疑成了 DAR 粉丝们心里的一根刺，直播间里的弹幕有三分之二都是骂他的。

上午 Loper 失误那么严重，怎么还不换人啊？

148

怀疑他是第二个张澜安！

垃圾，DAR 招人能不能擦亮眼睛啊！宁珩是 KIK 的奸细吧！

嘴巴都放干净点！带 KIK 干什么？

关 KIK 什么事呢？我们老老实实打比赛还要被冤枉。

KIK 最大的竞争对手就是 DAR，上次的事大家都心知肚明好吧！

弹幕里吵得不可开交，光光和于海川索性把弹幕关了，眼不见为净，专心解说比赛。

"这次比赛最有争议的应该是 DAR 的 Loper 选手了吧，"光光笑道，"在单人赛里一骑绝尘，杀出一条血路。五人赛的时候和 Wakely 的配合又很默契，都以为 DAR 稳坐冠军宝座了。结果上午最后一局居然失手了，不知道下午的发挥怎么样呀？"

怎么样？

Loper 选手用实际行动告诉了所有人，下午的比赛状态从头到尾就是一个字：猛。

他成了 DAR 的一把剑，锋利、尖锐、凌厉、出鞘见血、锋芒毕露。

第一局，Loper 以淘汰二十人的成绩为队伍获得了二百一十积分，夺得光源后，DAR 战队以综合积分四百一十分的成绩迅速反超原本位列第一名的 KIK。

第二局，乔予扬把控全场，张弛有度，在决赛圈 DAR 再次遇上 KIK，宁珩不慌不忙地将手里的步枪扔下，与秦北交换了枪支，使用狙击枪，接连淘汰了 KIK 三名队员。这场比赛最终以宁珩淘汰十五人，DAR 夺取光源结束比赛。

众人哗然。

"天哪，Loper 居然也能打狙击枪，而且玩得这么好！"光光震惊，"之前的比赛他从没用过，我们还以为他只适合近战武器呢。"

"之前他当主播的时候，也很少展示狙击枪的技术。"于海川也很意外，赞叹道，"Loper 给我们的惊喜不少啊。"

"你小子什么时候练的狙击枪啊？"队内语音里，秦北咋咋呼呼地问。

宁珩发出一个轻蔑的鼻音："你不知道的事儿还多着呢。"

秦北很生气："又给你脸了是吗？等赢了比赛再吹牛也不迟！"

宁珩上膛、开镜、瞄准，"砰"的一声，以百分之百的命中率淘汰了对手。

他盯着屏幕，胜负欲前所未有的强烈，手心生出了薄汗。

第三局，DAR 获得四百五十六分结束比赛，排名第一，总积分第一。

第四局，DAR 获得二百四十三分结束比赛，排名第二，总积分第一。

第五局，DAR 获得三百四十分结束比赛，排名第一，总积分第一。

屏幕上显示着"游戏结束"的字样，所有选手紧绷的神经终于放松下来，国内的五人赛预选赛彻底结束了。

DAR 有了 Loper 的加入，让本就厉害的战队更加所向披靡，以绝对的优势，卫冕全国冠军，同时将代表中国出战光亚杯。

这一战，宁珩用实力向观众、队友证明了自己。他彻底撕下了主播的标签，跟着 DAR 走到国内赛事的顶点，让电竞圈记住了这位青年。

光亚杯赛

第五章

"恭喜 DAR 夺冠！"

"DAR！DAR！"

现场的粉丝疯狂地呐喊，挥舞着 DAR 的旗子，音量像是要掀开场馆的顶棚。

宁珩摘下耳机，转了转酸疼的手腕，这五局他打得前所未有地认真、专注，全程高度集中，是他打 Rob 以来最拼尽全力的一次。

这不仅仅是赢比赛那么简单，他要证明自己，让队友看到他的真心，消除芥蒂。

宁珩的后背湿了一圈，鬓角湿润，鼻尖有层薄汗，这会儿才放松下来，靠在电竞椅里微微喘气。

江姜帮他擦了擦汗，浅笑道："辛苦你了，今天你真是让我们大开眼界。"

赢了比赛，秦北一脸欢脱："宁珩，你赶紧老实交代！你什么时候练的狙击枪？以前可从没看你玩过！"

宁珩扬了扬下巴，神色得意："你管得着吗？"

"宁珩，你的狙击枪真的很厉害，"赵焱夸赞，"都能赶上队长了。"

五人收拾好外设，准备去后台接受采访。

宁珩体力消耗太大，胳膊酸软无力，提着包的手轻微发颤。走到门口时又被秦北撞了一下，手一脱力，包掉到地上，发出闷响。

他们的设备都是定制的，随便一个耳机、鼠标，都价值不菲。作为电竞人，外设包就是他们的第二条命，有了趁手的装备才能把实力最大化。

秦北很清楚这点，率先道歉："对不住，对不住。"

放平时宁珩早就炸了，今天却没那心情，缓缓弯腰捡起来。

旁边一只手比他更快地提起包，行云流水地挎到肩上，接着，那只温暖有力的手扶住了他。

"走路小心点，"乔予扬看了一眼秦北，"就你那点儿直播打赏费，摔坏了赔得起吗？"

"怎么赔不起了？我有小金库的好不好？！"秦北气哼哼的，"瞧不起谁呢！"

宽敞的走廊上陆续有其他战队的人往外走，DAR 的队员们迎面撞上了从比赛室里走出来的 KIK 战队。

冉芄看向乔予扬，露出一个笑："恭喜夺冠。"

乔予扬没给反应，与他擦肩而过。

"Loper。"冉芄开口叫住了宁珩。

宁珩停了下来，回头看向冉芄："冉神。"

"打得挺狠啊。"冉芄笑道，"真是一点儿都不手下留情。"

宁珩腼腆地笑了下，不卑不亢地说："抱歉，我想得冠军。"

乔予扬冷冷地说："我们夺冠为什么要给他道歉？"

"他是我粉丝啊。"冉芄似笑非笑，"下午干掉我好几次，不该道歉吗？"

乔予扬未置一词，抬脚离开。

宁珩冲冉芄笑了笑，赶紧跟上去。

他们到采访现场，光光笑着给他们打招呼："Wakely，Loper，你们好呀。恭喜夺冠。"

乔予扬颔首："谢谢。"

"大家坐。"

椅子被一字排开，DAR 的队员们依次落座，光光坐在乔予扬旁边："咱们做一个短暂的采访，问几个问题。首先是队长乔神，这次的打法明显和以前不太一样，大家看得出来 DAR 更猛、更冲了，是对这次的冠军志在必得吗？"

"对冠军肯定是志在必得，不过和打法没关系。"乔予扬回答，"大家的配合更默契，都能跟上节奏。"

"说到默契，不得不提一下 Loper 了，"光光看向漂亮又冷漠的少年，"宁神才进队一个月左右，就能和 DAR 配合得如此好，想必是下了不少功夫吧。"

宁神道："还好，我们磨合得很快。"

"大家都知道你是冉芃的粉丝，你和冉神的对决是大家非常期待的。可是在上午的比赛中，你却有明显的停顿，是面对冉神下不去手吗？"

光光表面笑吟吟的，问的问题却是相当犀利，一上来就直接暗示他对偶像放水，才导致上午 DAR 掉到第二名。

不管宁珩怎么回答，都免不了被网友攻击了。

宁珩皱眉："不……"

"他第一次参加比赛，难免会有些紧张。"乔予扬开口，漫不经心地看向光光，微微抬起下巴，深邃的眸子给人强大的压迫感，"Loper 下午五局的表现相信大家已经看到了，五局中他淘汰了 Wolf 三次，还获得了一次全场最佳，对吧？光光。"

光光干咽一下，背脊紧绷着，干笑两声："嗯，是的，没错，下午宁神表现很好，打得非常漂亮，没有因为崇拜 Wolf 而手下留情。那个……咱们下一个问题是问 Fire 的……"

采访结束后，尤帆和老邹在后台等他们，尤帆笑开了花，一路都在夸赞宁珩下午打得多漂亮，又有好多赞助商来找他谈合作。

"现在比赛也打完了，咱们是不是可以彻底放松一下了啊？"秦北眼里放着光。

"这个还用你说？"尤帆气宇轩昂地说，"我早就订好了位子，等着开庆功宴呢！"

秦北扑上去给了尤帆一个熊抱："尤老妈子我爱你！"

尤帆不客气地踹开他："现在时间还早，你们先回房间休整一下，七点在酒店大厅集合。"

主办方的大巴送他们回去，上了车，秦北激动地和大家讨论着晚上吃了饭后去哪儿玩，计划着要买哪些特产带回去。

车厢里一片欢声笑语，只有宁珩这里静悄悄的。

"队长！你之前说得了冠军可以多玩几天的，这话算不算数啊？"秦北扯着嗓子问。

"两天。"

得到了肯定回答的秦北乐开了花，甚至打算买一个大箱子专门装东西。

后面的谈论声宁珩充耳不闻，小心翼翼地瞥了一眼旁边的人。

"宁珩，你有要买的东西吗？"尤帆问，"要不要带些特产回去？"

"再说吧。"宁珩心不在焉地回答。

回酒店后，宁珩倒头就睡，下午全神贯注地打比赛，体力消耗太大，他的身体本就不算特别好，加上上午又输了比赛，身心俱疲。

他睡得很沉，直到秦北打电话才把他吵醒，电话里秦北咋咋呼呼地让他下楼吃饭。

宁珩睡得云里雾里，爬起来去洗了把脸才清醒，抓着外套出了门。

入秋了，夜晚会有些许的冷意，宁珩穿了件外套，主调白色，上面是大面积的粉蓝色喷漆。

秦北嫌弃地看了看："花里胡哨。"

宁珩冷嘲："土鳖。"

"我只是懒得打扮好不好，"秦北反击，"打扮这么花哨干吗？搞得像有人看得上你似的。"

宁珩对自己的外貌一向很自信，回击道："你打扮了也没人要。"

"真是狗嘴里吐不出象牙……"

他俩这对冤家，一见面就斗嘴，其他人都习惯了。

尤帆租了辆商务车，一行人在宁珩和秦北喋喋不休的争吵中到了餐厅。

来北都自然不能错过涮羊肉，车子停在大门前，饭店装潢得大气又华丽，门口的服务生热情地接待他们。

"老妈子，咱吃个涮羊肉都这么高级啊？"秦北凑上前悄悄问。

尤帆嫌弃地看了他一眼："开什么玩笑，这是北都。而且咱们差钱吗？要吃当然得吃最好的！"

赵焱感叹："尤经理大气！"

众人在包厢中坐下，服务员推着一盘盘牛羊肉走进来为他们上菜。

"宁珩呢？"尤帆注意到少了个人。

乔予扬："上厕所。"

铜锅下的炭火很足，汤水很快沸腾了，肉片切得很薄，服务员嘱咐他们变色就能吃了。

秦北兴致勃勃地夹了一大块肉往里放，这时候服务员捧着一瓶白酒进来："您好，菜上齐了。"

众人的目光落在那瓶酒上，面面相觑。

乔予扬冲尤帆说："你还挺讲究。"

"等等！"尤帆叫住服务员，"我没点白酒啊，你们上错了吧？"

"我点的。"宁珩从门口走进来，在众目睽睽下把酒打开，给自己倒了一杯，用的是茶杯，倒得很满。

乔予扬靠在椅子上，从容不迫地看着他。

秦北把肉塞进嘴里，含糊道："宁珩，想不到你还挺猛，直接上白的啊？来来，给你北哥也倒一杯。"

宁珩没理他，把酒瓶一放，目光扫过众人的脸，端着杯子说："我这人不爱藏着掖着，有什么话直说了。"

众人不由得把筷子都放下，视线集聚在宁珩的脸上。

"我知道，大家心里还在为今天上午比赛的事情膈应，换我我也膈应，特别是在队伍连续两次出现叛徒之后。这一杯，我向大家道歉。"

说完，宁珩将酒一饮而尽，火辣的液体顺着食道而下，他感觉整条喉咙和胃都烧起来了，五官痛苦地拧在一起。

接着，他又倒了一杯："这第二杯，我希望大家能给我一个机会，再信任我一次。我会向你们证明，哪怕崇拜冉芃，我也不会再因此耽误比赛，请你们相信我。"

第二杯下肚，宁珩被这强烈的辣味呛到，食道痉挛，疯狂地咳嗽着，脸颊涨得通红，红色肉眼可见地从脖子蔓下去。很快，指尖都涌上了绯红，胃部火辣辣的，像燃起了一团火。

江姜站起来为他拍背，赵焱赶紧倒了杯水，秦北手忙脚乱地给他递纸巾。

老邹有些心疼地说："好了，下午我们看到你的态度了，不要再为难自己了。我们早就相信你了。"

"是啊，你别这样。"尤帆蹙眉，见他咳得难受，"我们不怪你了，别喝了。"

宁珩没喝水，接过纸巾擦了擦嘴，由于咳嗽，眼里积起了泪花，纤长卷曲的睫毛忽闪忽闪的，流露出强装的镇定，任谁看了都于心不忍。

他们知道宁珩脸皮薄，如果放在平时绝对不允许自己这么狼狈。

乔予扬紧抿着唇，看着宁珩，没有动，也没有像其他人那样出言阻止。

宁珩的呼吸伴随着灼辣的痛，身体却已经热起来了，脑袋开始有眩晕感。

他又给自己倒了一杯，举着杯子的手在轻微发抖，酒水顺着杯沿流出："这第三杯，算是给自己的惩罚，惩罚我比赛不认真，拖大家后腿。"

"哎……别！"

江姜来不及阻止，宁珩仰头，利落地喝下。

三杯酒喝完，宁珩才拿起秦北倒的水，火急火燎地喝着，他动作太急，来不及吞咽的水顺着嘴角流出，打湿领口。

"你这孩子，"老邹无奈地叹了口气，"好了，现在好好吃饭。过去的事就别提了，我们只看今后。"

"对，以后别这样了，有什么话不能好好说？非得用这么激烈的方式？"尤帆叫服务员上了碗粥，"之前也没吃东西，赶紧吃点，别伤了胃。"

好几大杯水缓解了酒精的辛辣，宁珩缓和下来，听话地喝着粥。

他酒量不行，也没喝过白酒，这次喝得又急又猛，很快酒意上脸，脸蛋红扑扑的，盯着锅里的肉抢来吃。

"哎！"秦北叫道，"那是我煮的！"

宁珩像只护食的小狗，抱着碗给了秦北一记刀子眼，仿佛谁跟他抢肉他就跟谁急。

"还好吧？"江姜裹了一块烤鸭递给宁珩，"有没有头晕？醉了的话就……"

"我没醉！"宁珩声音提了好几个度，"我能吃能喝的，哪儿醉了？三杯白酒而已，我还能干一瓶！"

话是这么说，他伸手接烤鸭卷时，完美地和江姜的手错过，径直摸到人家脸上。

江姜无语地盯着他。

宁珩眨了眨眼："有点重影儿，再来。"

这次直接戳到江姜的鼻孔。

"哈哈哈哈——"秦北放肆地笑着，捂着肚子掏出手机，想把这一幕拍下来，无奈笑得脱了力，倒在椅子上直不起腰。

其他人也是第一次见宁珩这样，没像秦北那样放肆，也在抿嘴偷笑。

这个冷冷的少年终于展现出点儿符合他年纪的稚气。

乔予扬把烤鸭卷儿放在宁珩手里，帮他擦了擦嘴角的麻酱，竖起两根手指，"宁神，这是几？"

"你当我白痴啊？"宁珩一口把烤鸭卷儿塞进嘴里，踹了一脚乔予扬，又去锅里捞肉，"三。"

乔予扬竖起三根手指："这个呢？"

"五。"

"哈哈哈哈——"秦北的笑声更洪亮了，直接从椅子上滑到地上，饭都顾不上吃了。

宁珩平时又冷又酷的，桀骜不驯，没想到喝醉后的反差如此之大，众人乐开了花。

尤帆也喜闻乐见，把手机拿出来正想录个视频，被乔予扬夺过去扣在桌上："想让他明天清醒过来羞愤得一头撞死？"

"噗——"尤帆笑得更欢了，"也是，他那么傲的性子……哈哈哈哈，真可爱。"

"不行……队长，我要拍。"秦北颤颤巍巍地爬起来，脸都笑出褶子了，还不忘拿出手机。

秦北捂着酸疼的肚子，刚把手机拿出来，就听见乔予扬说："偷拍一个罚五万。"

秦北的笑容僵在脸上，幽怨地说："队长，不带你这么偏心的。"

乔予扬把他的手机收走："维护队友的面子，也是作为队长的职责。"

"怎么没见你维护过我的？"秦北怒道。

乔予扬淡淡地反问："你有面子吗？"

秦北认真想了想，一时无言。

DAR 一队队员们刚回基地没多久，又要马不停蹄地赶往国外参加光亚杯。

此次比赛的强度和国内预选赛不是一个级别的，放眼亚洲，不缺优秀的战队以及实力雄厚的选手，所谓"山外有山，人外有人"。

出发前几天老邹带着他们把参加这次比赛的所有战队资料摸了个透，熬了三个通宵，观看所有对手最近一次的大赛视频，势必做到知己知彼，百战不殆。

光亚杯的赛事时间为三天，需要各大战队提前两天到达比赛场地，为比赛拍宣传照、录赛前视频，以供主办方宣传。

这次秦北带了两个箱子，一个偏小的装换洗衣物和外设，然后把小箱子装进大箱子里，那点儿小心思简直昭然若揭。

宁珩排在他后面托运行李，冷眼看着他费劲地把"套盒"打开拿充电宝，淡漠地吐出个字："傻。"

"老子听见了啊！"秦北撅着屁股，又费劲地把箱子套上，"我明明记得充电宝装包里的，怎么跑到箱子里去了……"

乔予扬不客气地冲着他的屁股踹了一脚："咱们是去打比赛的，带这么大的箱子，你要把国外的商场搬回来？"

秦北也不恼，反而兴致勃勃地说："我都在朋友圈联系好了，接了好多单子呢。"

宁珩提着箱子把他挤到旁边，吃着泡泡糖吹了一个泡泡，冷漠地竖了个中指："祝你过海关被查。"

秦北骂骂咧咧地说："狗嘴里吐不出象牙！你毒如蛇蝎！"

下飞机后，主办方安排了专属大巴接送，DAR 全队到酒店放下东西，就马不停蹄地赶往拍摄场地，为比赛拍宣传照。

DAR 战队的实力无法让任何一个对手掉以轻心，面对其他选手的示好，DAR 众人还要和其他战队虚与委蛇，简直比打比赛还累。

单人赛当天，观众们早早地坐满了场馆，现场人声鼎沸，大多数观众都挥舞着支持战队的旗子。

电竞比赛采用同步直播的形式，解说员们激情地介绍着陆续进场的选手们。

与此同时，官方主持人也在观众席中游走，现场挑选观众进行简单的采访，镜头跟着主持人走，将采访直接投射在 LED 大屏幕上，无非就是喜欢什么战队、支持什么选手，这个环节是为了赛前调节比赛气氛的。

后台休息室，DAR 队员全员到齐，一同观看单人赛的比赛，唯独缺少了宁珩。

"宁珩为什么没来？"老邹问。

"这还用说？"秦北翻了个白眼，"肯定在睡懒觉呗！"

老邹皱眉，对江姜说："你去把他给我叫来，身为 DAR 的成员，队友在比赛，他在酒店呼呼大睡，像什么样子？"

江姜刚起身，赵焱便盯着电视叫出了声。

后台的电脑连着现场，只见赛场的 LED 的大屏幕上出现了一张精致漂亮的脸，他面无表情，紫粉色的头发非常显眼。

这张脸让现场不少观众惊艳，纷纷站起来寻找这位少年。

坐在电竞椅上的 Wakely 看着屏幕上的脸，嘴角扬了扬。

许是他长得太好看了，所以主持人一眼就锁定了他，走近一看又觉得怪眼熟的，蹲在他身边礼貌地打招呼，用英文询问他是哪支队伍的粉丝。

"请问你这次看好哪位选手呢？有喜欢的战队吗？"

"Wakely。我来看 DAR 夺冠。"

Wakely 的打法一直以来都很激进，可今天的节奏却慢下来，多了些花里胡哨的东西。

游戏里除了枪械可以淘汰人之外，还有近战武器、防身用的弓弩等，这些武器的伤害性不高，在全程激战的职业比赛中基本是没用的，而今天的 Wakely 是个例外。

他淘汰敌人的方式不单单是用枪，他把那些看似无用的道具都发挥到极致。

当系统弹出"DAR-Wakely 使用弓弩淘汰了 Funy-Harry"的公告，全场的选手都愣了一下，镜头给到被淘汰的那位选手，只见他震惊又生气。

解说员们觉得好笑又尴尬，赛场上第一次出现这种情况，一时间竟不知道该怎么解说。

"今天的 Wakely 很……特别。"解说员 A 斟酌了半天，说出这个字眼，"他淘汰人的方式总是出人意料。上一把用匕首把敌人解决掉我以为已经是很秀的了，没想到这局直接用弓弩淘汰人，关键以他的位置，周围那么黑，是完全看不到对方位置的，得靠听力预判。"

解说员 B 笑道："这也恰恰说明 Wakely 的实力有多么恐怖了，弓弩的伤害比匕首还低，这得准确地预算出对方的血量才能一击毙命。我解说了这么多场职业比赛，还是第一次看见有选手把弓弩、匕首这些武器用上。只能说不愧是 Wakely。"

"这种淘汰人的手法伤害性不高，侮辱性倒是极强。"解说员 A 笑了笑，"今天的 Wakely 为了博人欢心，玩得花里胡哨，倒是挺有趣。"

直播弹幕里一分钟上万条评论刷着。

这不就是侮辱人吗？一点面子都不留？

真搞笑，你是来比赛的还是秀的？能不能尊重对手？

我笑了，既然游戏里有匕首、弓弩，那就是可以拿来用的呀。怎么还能谈到侮辱了？真逗。

这解说员在说什么呀，怎么就侮辱了？我寻思着比赛也没说不能用这些武器淘汰人啊？

人家有这个实力，没本事就别乱说好吗？你要是行也能用这些道具啊，解说怎么这么偏心呢？我看着就来气！

虽然这次比赛乔予扬玩得花，成绩却一如既往地稳，并没有因为炫技导致任何失误，从第一局开始就稳居第一，名次就没有掉下来过。

毋庸置疑，单人赛冠军又被 Wakely 夺得，其他战队一点机会都没有。

比赛结束后，现场的所有镜头都对准了冠军，LED 屏幕上投放着他充满英气的脸，现场的观众不约而同地呼喊着 Wakely 的名字。

大家看着屏幕里的他一边收拾着外设，一边淡然地接受其他选手的恭喜，下场前还露出一个痞气又得意的浅笑，然后在粉丝们的尖叫声中离场。

宁珩走到后台时乔予扬正在接受采访，他站在外围默默地看着，乔予扬像是感觉到什么一样，准确无误地捕捉到他的眼神。

宁珩一愣，下意识地摸了摸后颈，他怎么知道自己在这儿的？

宁珩没注意采访的内容，看着乔予扬，突然陷入沉思。

当年如果不是被那件黑色流苏外套吸引，自己应该会注意到他。

宁珩发现自己还能想起第一次见到乔予扬时的模样，虽然只是匆匆一瞥，但依旧鲜活明亮。

采访完毕，乔予扬朝他走来："想什么呢？"

"今天的比赛，"宁珩收起心思，睨了他一眼，"以前怎么没见你这么张扬过？"

乔予扬挑眉："不拿出点儿东西，怎么留住大名鼎鼎的宁神？"

宁珩笑一声："德行。"

话音刚落，乔予扬的手机响了一声，尤帆发消息说 DAR 其余人已经在门口等着他俩了。

单人赛的赛事结束了，明天的三人赛没 DAR 众人什么事儿，有充足的时间给他们调节状态，筹备后天的五人赛。

两人去找 DAR 的成员，才刚走到门口，突然一道身影冲过来，直接扑在乔予扬身上，还伴随着浓郁的香水味。"Wakely！好久不见！我真想你。"

乔予扬反应很快，第一时间就躲开了，但那人像是料到了他要躲，目标明确地搂上他的胳膊，踮着脚，用脸蹭了一下乔予扬的脸颊。

这是一个外国女人，头发乌黑浓密，大波浪，涂着大红唇，穿着七八厘米的高跟鞋，满怀憧憬地看着乔予扬。

乔予扬丝毫没有怜香惜玉的觉悟，把人推开，怒道："你不跟着自己队伍来找我干什么？离我远点啊。"

女人笑嘻嘻的，不以为意，中文说得很熟练："贴面礼，别生气嘛。"

乔予扬冷漠地擦了擦脸。

女人注意到旁边的宁珩，打量着他："你是 Loper？真人可比照片好看多了，我是缇娜，Cnin 战队的教练。我看过你比赛的视频，确实很优秀，不过我们也不会怕你。"

她说完给二人又抛了个飞吻，踩着恨天高妖娆地离开了。

"缇娜曾经也是一名电竞选手，一次比赛结束后，我和他们打了一局表演赛。我那天感冒了，状态不是很好，决赛圈的时候被缇娜率先抢下光源。她以为我故意让着她，下场后冲过来拥抱我。秦北、尤帆和江姜，他们都在场。你应该不会全无印象吧，那场比赛你的冉神也在。"

两年前的欧洲决赛……

宁珩的记忆回到了那场比赛，他看了直播全程，DAR 第二名，KIK 第三，后来的娱乐赛 KIK 拿了总分第一，乔予扬黑脸的事儿上了热搜。

当时网上很多人觉得乔予扬没格局，娱乐赛而已，居然输不起，有失高手风范。

对于这件事，乔予扬一字未发，由着网友攻击，连宁珩也连带着对乔予扬厌恶了一段时间。现在才知道，原来那时候乔予扬生病了。

所以他看到的，和真相到底有多大的差距呢？

大赛第二天是三人赛的对决，不参加比赛的选手可以自行安排时间，不过也没人出去玩，都老实待在酒店看比赛直播，尽可能多地掌握对手信息，以期能在五人赛时更加应对自如。

DAR众人的作息都是睡到中午，今天被尤帆和老邹挨个敲门叫醒，叫他们起来看比赛。这次比赛时间紧凑，要提前适应早起，免得到比赛日调整不好状态。

众人在尤帆房间里集合，一边吃早餐一边看比赛，一个个都是哈欠连天的。

宁珩是和秦北一起到的，看见茶几上堆着好几盒精致的小蛋糕，还有一些松软的面包，让人很有食欲。

他拿了一块芒果芝士和一瓶酸奶，挨着江姜看比赛。

三人赛打了一整天，虎头战队的实力不错，但是面对同样强劲的各国对手，打得比较吃力，八局过去，总排名第五，和第一名的Cnin战队有近八百分的差距。

"虎头战队在国内的三人赛水平可是数一数二的，放在光亚杯竟然连前三都进不了。"老邹神色严肃，"国内对双人赛、三人赛重视太少，太吃亏了。"

"他们配合得不错。"乔予扬说，"刚才那局狮子的所有操作都没问题，应该还是训练少了，有些国家的选手偏向双人赛和三人赛的训练，只能说大家的侧重点不一样。"

解说员激情四射地讲解着，最后两局大家打得都很保守，已经到决赛圈了，还有七八个队伍，谁先伺机而动，谁就会成靶子。可迫十倒计时的压力，不能一直这么僵持下去，最终还是要夺取地图中心的光源。

"砰——"狙击枪的声音打破寂静。

乔予扬微微眯起眼。

"什么情况？咋了？"秦北刚刚低头玩手机，错过了最精彩的一幕。

"Cnin 战队的 Mo 用狙击枪淘汰了狮子。"宁珩言简意赅地说。

秦北诧异："不是吧，这个 Mo 有点实力啊，弹无虚发，不过和队长相比还是差远了。"

"这不是重点，"电视机里解说员的声音和游戏音效成了背景板，老邹声音低沉，"这个 Mo 的视力很好，敏锐力和洞察力也非常强。刚刚狮子并没有露任何身影，只是他的队友微微动了一下和他换枪，对方就能抓住这么一点动向，一枪毙命。"

尤帆说："我之前看了参赛表，三人赛的这三位会继续参加五人赛的争夺。"

"缇娜这次培养出的战队，实力可能比我们想的强。"老邹嘱咐，"明天的五人赛，你们一定不能掉以轻心。"

宁珩想到什么，转头问："队长，你和 Mo 对上的话，有几成把握？"

所有人的目光汇聚在乔予扬的脸上。

乔予扬扯了扯嘴角，反问："你是高估了 Mo，还是低估了我？"

宁珩轻哼一声："嚣张。"

乔予扬的态度给了大家一颗定心丸。

三人赛结束，毫无疑问，Cnia 战队获得冠军，三人拥抱后下台，镜头一直追随他们，三人下台后给了教练缇娜一个热烈的拥抱。

后面的流程一如既往是采访，可看可不看，大家对于获奖感言没什么兴趣，正要关掉电视准备下楼吃饭时，他们却提到了 DAR 战队。

主持人："对于明天的五人赛，你们三位也会参加，不知道最希望和哪个战队对决呢？"

"应该是 DAR 战队了吧，他们很强，我们的教练缇娜看过 Wakely 每一场比赛的视频，一直想找到他的缺点。"

主持人："那找到了吗？"

Mo 苦笑一声："Wakely 的可怕就在于，他的每场比赛都无懈可击，没有任何的失误。我们不知道面对 DAR 能有几分全身而退的把握，会拼尽全力夺取胜利。"

主持人哈哈一笑："所以其实你们是很期待遇上 Wakely 吧，他是 Rob 的神话。"

另一位选手说："我会更期待遇上 Loper，我研究过他打游戏的视频，听说他喜欢 KIK 的 Wolf，不过他的打法更像是 Wakely 的翻版。我或许比不上 Wakely，但挑战他，我还是有自信的。"

主持人："那我们拭目以待，明天的五人赛对决。"

宁珩眉头微蹙，心里生出一种怪异的感觉。

电视屏幕黑掉，乔予扬关掉电视："有什么好看的，走了，去吃饭。"

七人陆陆续续出门，宁珩神色有些恍惚，被身后的秦北和赵焱簇拥着往前走。

"他的打法更像是 Wakely 的翻版"这句话不是第一次听，但却是第一次让宁珩上了心。

他进战队不久，在一次吃饭的时候，江姜随口提起他激进的打法，很像队长。老邹也是因为他和乔予扬打法上更为相似，所以让他们练习双人赛。

他和乔予扬根本不需要磨合，那份默契来得莫名其妙。

宁珩从没有细想过，为什么自己会像乔予扬。

当年带他玩游戏的是 Goat，是冉芃。

可是却没有一个人说他的打法像 Wolf。

如今，甚至是一个没怎么看过他比赛视频的外国选手，都说他的打法是乔予扬的翻版。

为什么？

为什么？

为……

宁珩没看路脚下踏空，身子失去平衡往后倒去，还没反应过来的时候，人已经从台阶上摔了下去。

众人听见动静一回头，全都吓了一跳。

"宁珩？"

"什么情况？宁珩，你走路不看路的啊？这……垃圾桶都能给人家撞倒。"

"没事吧？有没有摔伤？"

乔予扬蹲下扶起他："怎么样？摔哪儿了？"

宁珩摆摆手，脸色有些白，缓缓站起来："没事，我一下踩空了。"

所幸台阶不高，只有三阶，没摔得多严重，只是脚踝很疼……

"嘶……"他疼得脸色一变，"好像是扭到了。"

乔予扬把他背起来，转身回房："你们先去吃，我带他做个紧急处理。"

回了房间，乔予扬找来队医，帮宁珩处理伤患处。

尖锐的刺痛如千万根针扎似的，往更深的骨髓中钻进去，宁珩脸色发白，死死地咬着唇不让自己叫出声。

"走路都能摔跤，"乔予扬无奈，"想什么呢？"

宁珩额头冒着冷汗，脚趾蜷缩着，小腿肚轻轻发颤，咬牙说："想事。"

乔予扬对这个答案感到意外："想什么事？"

冰水浸入皮肉，那股冷意让宁珩不由得打了个寒战。

乔予扬注意到他的反应："忍忍，必须冲冷水做紧急处理。"

宁珩脸色苍白，忍着疼，牙关发紧："队长，为什么大家都说我的打法和你很像？"

"我怎么知道？"乔予扬注意力都在他的脚上，担心影响明天的比赛，随口回答，"你崇拜我？"

宁珩没说话，脚踝的疼痛让他的眼眸浮起一层水汽。

一个模糊而荒谬的想法，头一次钻进他的脑海。

"喂，队长，宁珩的脚怎么样？严重吗？"

乔予扬打开免提，江姜那边传来嘈杂的背景音。

"还行，冷敷之后已经消了一些肿，不算严重。"

脚踝被冷水冲了十五分钟，毛细血管收缩，大大减轻了出血的情况，伤患处看起来没有多严重，只是稍稍有些红肿。

宁珩老实地坐在床上，兴致不高。

江姜松了口气："不严重就好，明天的比赛他能上吗？"

乔予扬还没开口，宁珩先一步说："怎么不能了？我又不用脚打游戏。"

江姜失笑："你别逞强，得听队长的。"

"明天看情况。"乔予扬不为所动，"你现在地都下不了，照这个样子，让人背着你上场打比赛？"

宁珩撇嘴，含糊道："也不是……不行。"

"少废话，比赛得坐多少小时？血液凝在这里，你下场就得废。"乔予扬少有的严厉，"江姜，你让尤帆通知替补队员准备着。"

"好。"江姜问道，"宁珩，你想吃什么？我们给你带点儿回来。"

宁珩没说话，乔予扬看了他一眼，回答道："不用带，你们好好吃，我们点外卖。"

挂了电话后，房间里安静下来，宁珩低着头，额间的碎发挡住了他的眉眼，床头灯亮着，把他纤长的眼睫照得尤为浓密，他嘴唇抿着，一言不发。

"比赛是很重要，但比不上健康。"乔予扬在他床边坐下来，"去年的春季总决赛不知道你有没有印象，江姜没上场，是替补上的。"

宁珩眼睫"嗯"了一声。

乔予扬说："那时江姜感冒了，瞒着没说，在总决赛的时候发起了高烧，不顾所有人反对还想坚持上场。最后我直接把他送去医院，已经烧成肺炎了，在医院住了一个月。"

宁珩："哦。"

当时所有人都以为DAR上了替补，实力肯定会有所影响。的确有影响，但Wakely又一次证明了自己是不容撼动的神话，虽然和替补队员的默契度不高，但仍然顺利地拿到了总冠军。

乔予扬看着他失落的样子，说："我知道你想证明自己，进了战队还怕以后没有比赛吗？"

"知道了……"宁珩闷闷地说，"听队长的呗，我有什么发言权。"

乔予扬无奈地笑了下："谁让你走路不认真的？那么大个垃圾桶都没瞧见，还得秦北和赵焱帮你收拾残局。"

宁珩抬起头，露出鄙夷的神色："秦北？他那么好心？"

乔予扬把手机拿出来，给他看尤帆拍来的视频。

秦北蹲在地上一脸作呕地捡着垃圾，骂骂咧咧的："宁珩那小浑蛋，眼睛瞎了吗？这都能撞上！要是不请老子吃顿好的，都对不起我在这儿遭的罪。"

他那样子太狼狈了，五官乱飞，身体也跟着颤抖。

宁珩勾了勾唇角，拿过自己手机："他也有今天。"

"没良心的，人家在帮你善后。"

话音刚落，乔予扬的手机振动了一下，宁珩在七人群里发了个红包。

    Loper：捡垃圾辛苦了。

    北方最帅的男人：宁神大气！！我愿意再为你捡垃圾！

    三火：小意思，这个垃圾捡得太值了吧。

    是江也是姜：谢谢。

    尤老妈子：我和老邹居然也有份儿，宁宁真不错。

    邹：点赞。

"你这是发了多少？"乔予扬笑道。

"一万啊。"

"宁神大……"

"气"字还未说出口，手机就被抢过去，宁珩往上滑动页面："你赶紧领，领了之后给我点外卖，我饿了，想吃炭烧牛肉饭。"

"点啊，"乔予扬拿起酒店电话，豪气地说，"就一个牛肉饭？不要别的？"

"不要，就想吃那个。"

乔予扬有些无奈："宁神，你也太好养活了吧？"

虽然宁珩只说吃一份饭，但乔予扬还是又点了些别的，满满当当一大桌，还让前台顺便带了一瓶治扭伤的药膏上来。

考虑到宁珩的脚伤，乔予扬把饭菜放到床头柜上，让宁珩在床上吃。

全程宁珩的脚都被枕头垫得老高，连睡觉都没放下来，睡前红肿消了一些。乔予扬直到睡前也没明确答应让他参加比赛。

宁珩生着闷气，又无可奈何。

睡到半夜宁珩想上厕所，迷迷糊糊地爬起来走到洗手间，睡意昏沉，等他上完了，走到门口才反应过来自己是走着来的，脚踝只有一些轻微的刺痛，完全可以忽略不计。

宁珩一下子清醒了，快步走到床边把乔予扬摇醒，兴奋地说："我能走了！脚不疼了！"

乔予扬懒懒地坐起来，睡眼惺忪，困倦地打了个哈欠："知道了，先睡觉。"

"所以我明天可以上场了。"宁珩目光灼灼，在这昏暗的环境里显得格外明亮有神。

乔予扬把他推开："明天再说。"

宁珩怒道："我脚真没事儿了啊，你看——"

宁珩高抬腿，自如地扭动脚踝，痛还是有点痛，不过可以忍。

乔予扬见他不爱惜自己的脚，心里生了火，颇为严厉地说："你明天要想上场，今晚就老实养着！"

乔予扬头一次对自己这么凶，宁珩心里有些发怵。

这人是 DAR 的队长，手里掌握着他明天是否能打比赛的决定权。

宁珩偃旗息鼓，躺上床，闷闷地说："如果明天我的脚没事，就让我上场？"

"这还用说？"乔予扬没好气地把被子盖好。

得到了首肯，宁珩终于老实睡觉了。

许是担心腿的情况，宁珩醒得很早，他翻身坐起，立马下地蹦跶了两圈，然后把乔予扬叫起来，雀跃地说："我没事了，乔予扬，你看。"

乔予扬一副没睡醒的样子，眯着眼穿衣服，心不在焉地点头。

"那我今天可以上场吧？"

"可以是可以，"乔予扬说，"不过——"

宁珩警铃大作，眼睛瞪得圆圆的，"小猫"已经炸毛了，就等着他下句说出什么不好的话，呼着爪子拍过去。

"难受的话不许瞒着，及时说出来。如果被我发现你强撑，状态受到影响的话，你就别打了。"

宁珩忙不迭地点头。

乔予扬把药膏递给他，说："把这个带着，如果疼了比赛空当就擦。"

"嗯。"宁珩百依百顺。

乔予扬站起来，居高临下地瞧着满脸期待的宁珩，忍着笑，"还不去洗漱？一会儿上场好好打。"

宁珩咧嘴一笑："谢谢队长，我一定努力拿冠军。"

五人赛上午十点开始，DAR 众人在酒店吃过早餐后坐着大巴到了比赛场地。

除了赵焱和宁珩，其他三人都是有国际赛事经验的，显得相对沉稳。

宁珩还好，赵焱是肉眼可见地紧张。

从早餐开始就反复跑洗手间，上了大巴之后又一直喝水，喝了想上厕所，上了厕所又想喝，看着越来越近的赛场，坐立不安。

"什么时候到？我想上厕所。"赵焱苦兮兮地问。

"现在要是立马掉头回酒店，你保证不想上。"宁珩嚼着泡泡糖，十分随性地吹了个泡泡，和赵焱的焦虑形成鲜明对比。

江姜笑道："赵焱，你这样子让我感觉你是要去上战场。"

"这不就是我们的战场吗？"赵焱手掌紧紧地攥着外设包，"我真想上厕所……"

乔予扬让司机把车开快点儿，尤帆主动挑话转移赵焱的注意力："说

172

起来，咱们回去是不是得报一个语言班啊？DAR 走出去，就队长精通各国语言，这有点丢脸吧？"

提起学习秦北就头疼："别了吧，老妈子，您少操点心成吗？整天训练呢，哪儿有时间学语言啊。会一个英文还不够？"

"那赵焱和宁珩的英文也没多好啊，说话都磕磕巴巴的。"

"我愿意学！"赵焱对学英文这件事很有兴趣，"我一直想好好学一下英文，一直没机会。"

宁珩冷漠地说："能听懂就行，又不是没翻译。"

乔予扬哼笑一声："胆子挺大，拿队长当翻译？"

"哎，对了，宁珩，你的脚怎么样啊？"赵焱问，"今早看你走得挺好的，没问题了吧？"

"没事儿了，昨天做了紧急处理，今早敷了药膏。你不紧张了？"

本来大家聊天分散了赵焱的注意力，他不那么紧张了，现在被宁珩一提醒再加上大巴驶入了赛场大门，看着乌泱泱的人群，赵焱脸色更难看了，夹着腿，痛苦地说："不行……我真憋不住了。"

"憋不住也得憋着，"秦北骂道，"宁珩你有病是不是？好端端提醒人家干吗？"

宁珩嘴角扬起一抹坏笑。

下车后，赵焱直奔洗手间，许多战队已经到了，后台挤满了人。

工作人员领着他们去录赛前视频，其实就是说一些鼓励自家战队的话，各支队伍都大同小异。

他们过去的时候，正好缇娜领着队伍录完视频下场，两支夺冠大热门战队相遇，旁边的人不由得多看两眼。

"嗨，Wakely，"缇娜眼睛里多了几分狂热，"我很期待今天的对决，虽然我退役没有办法和你做对手了，但相信我调教出的人，也不会有多差。"

乔予扬冷淡地回了四个字："拭目以待。"

"你还是这么高傲。"缇娜说。

宁珩注意到有一道视线一直盯着自己，如同猎人一样，让他很反感，转头一看，原来是昨天说想挑战他的那位选手，目不转睛地看着他，眼神有些阴冷，嘴角噙着笑。

宁珩毫不畏惧地回视，俊朗的脸上满是冷酷和漠然。

"Loper，初次见面，我是 Herry。很期待今天和你的对决，特别是……"Herry 看了一眼乔予扬，似笑非笑地说，"在你努力成为第二个 Wakely 之后。"

乔予扬锐利的目光落在 Herry 充满挑衅神色的脸上。

平静的交流中暗涛汹涌，气氛变得有些诡异，隐约能感觉到剑拔弩张的态势。

Herry 说的是中文，每个音调都让人意想不到，听得人耳朵发酸。

宁珩冷漠地讥讽："你的中文真烂。"

Herry 笑容僵了："希望你一会儿在赛场上，还能这么自信。"

"是你对自己太有自信了吧，"宁珩眼里闪过不耐烦的神色，"你没和我对决过，光看我以前的视频就能判断我的实力？缇娜教会你们的第一件事就是盲目自大？笑死人。"

工作人员尴尬地催促着他们去录视频，宁珩抬脚不客气地走过去，与 Herry 擦肩而过时，他脚步一顿，二人目光交错，都看到了彼此眼中的不服气。

比赛前战队之间互相挑衅是再平常不过的事情，众人并未放在心上。

录完视频后，各大战队陆续进入比赛现场，观众到齐，大屏幕上开始播放队员的视频，现场响起此起彼伏的欢呼和尖叫。

"Loper 呢？"乔予扬上场前没看到熟悉的紫粉色，止步问道。

"对，宁珩呢？"秦北东张西望。

旁边的选手们依次上场，他们站在路中间挡道，暂时移步在边上。

"十分钟前他说要上个洗手间，"江姜有些担心，"太紧张了？我们要不要等等他？"

赵焱总算找到同类："看吧，我就说要紧张的嘛。"

秦北嘲笑他："那你还要上厕所吗？现在还来得及。"

赵焱摆手，嘿嘿一笑："不上了。"

他们四人等了两分钟还没见他来，乔予扬让他们先上场，他去洗手间找人。

后台的洗手间只有一个，乔予扬一进去就瞧见宁珩弯着腰，用冷水冲脸。

"现在紧张是不是太晚了？宁神，要上场了。"

宁珩抬手关了水龙头，手臂撑着洗手池，大片的水珠顺着脸颊流下，很快打湿了一大片领口："谁紧张了，我只是洗个脸而已。"

"洗了十分钟？"乔予扬抽纸帮他擦脸，"脚疼了？"

"不是。"宁珩站着没动，看向镜子，"队长，Herry 说，我在努力成为第二个你。是吗？"

撑着桌面的手无声地攥紧，强烈的心悸让他头晕目眩、手脚冰凉。

宁珩知道此刻大赛在即，不应该钻牛角尖，这是他第一次参加大赛，对他和 DAR 来说都非常重要。

可他忍不住，无法自控地去想 Herry 的话。

他像 Wakely，是 Wakely 的翻版，所有人都这么觉得。

可他明明喜欢的是冉芃，冉芃的打法也是属于激进的一派，他看了四年、学了四年，再怎么样也不应该像乔予扬。

那个模糊的、刻意被宁珩忽略的想法，此刻挣扎着想挣脱囚网的禁锢。

"你不需要成为第二个谁，"乔予扬俊眉微蹙，见他脸色发白，状态很不好，没有多问，"Loper 只有一个，是独一无二的。"

宁珩腹腔轻微抽搐，努力地调整着混乱至极的状态。

突然外面传来高昂的欢呼，能依稀听到 "DAR" "Wakely" 的字眼。

他们是热门战队，人气很高，官方把他们的赛前介绍视频放在最后一个，说明这会儿比赛马上就要开始了。

乔予扬脸色沉峻，拍了拍宁珩的背："你如果不能上场……"

"我可以。"宁珩抹了把脸，再次睁眼又恢复了往日的平淡，他心跳很快，呼吸也不稳，但目光很坚定。

"你确定？这是洲际比赛，没有失误的机会。"

宁珩拽着外设包往外走去，走廊尽头通往赛场的大门泛着白光，喧闹的呼喊声传进耳朵。

额间打湿的头发滴着水，滑过脸颊，顺着下颌线停在圆巧的下巴上，最后滴到地面，水迹被宁珩坚定的步伐踩在脚下，一步步走向赛场。

"队长，你相信我吗？"宁珩问。

乔予扬看着他纤长的身影，没有接话。

这种状态，别说乔予扬，就是宁珩自己也不敢拍着胸脯保证绝对不会影响比赛。

湿润的头发垂在眉眼间，扰得宁珩不是很舒服，他掏出兜里的皮筋，把头发撩起，扎了个苹果辫，露出光洁饱满的额头，多了几分成熟。

在他踏上赛场的那一刻，大屏幕上正好放到 Loper 的赛前视频，紫粉色头发的少年挑了挑眉，傲慢又桀骜地说："Herry，听说你想挑战我。你用不着说我像谁，我就是我，战胜你的只会是 Loper。"

乔予扬和宁珩掐着点儿似的同时出场，观众席的粉丝们又是一阵山呼海啸般的呐喊。

主持人说："二位尽快落座吧，比赛十分钟后开始。"

宁珩刚走出一步，就被人拉住了，回头对上乔予扬询问的目光。

他露出一个浅浅的笑："队长，我只说一句，我不会拿 DAR 的名誉去赌。"

乔予扬冰冷的神色温柔了些："如果你发挥得不好，我会毫不犹豫地换你下来。"

宁珩颔首："不用你说，我自己会请求下场。"

主持人又催促道："请二位选手尽快落座，八分钟后比赛即将开始。"

在主持人的催促下，乔予扬和宁珩纷纷落座，趁着最后一点时间，调整好外设装备，确认好键盘、耳机无误。

时间一到，所有选手们的电脑亮起来，同时进入游戏页面，光亚杯五人赛决赛正式开始。

众所周知，DAR战队的打法一直较为激进，有了Loper的加入后，风格更加鲜明，哪里人多往哪里走。

而这次DAR战队的节奏和以往几次都不一样，开局后Wakely直接放弃就近物资点的争夺，直奔地图中心的光源而去，在必经之路上设下埋伏，一路沿途收割。

"今天DAR战队的打法很保守啊，不像以往那样横冲直撞的。"解说A说，"这不太像Wakely的风格。"

解说B："确实，难道是Wakely自信，认为自己不用物资中的特殊装备也能淘汰对手夺得第一吗？这未免有点狂呀，哈哈哈哈。"

解说A："Wakely一直有狂的资本，但这次的Cnin战队实力也不容小觑，且看他们能不能对上……漂亮！DAR战队的Loper和Wakely配合完美，灭了TGZ战队！"

解说B："我记得没错的话，TGZ有一把物资枪！"

"没错，就是AS50！这是一把单发式狙击枪，射速快、后坐力小，不知这把枪要怎么分配。"解说A有些激动，"让我们回放一下刚才的精彩瞬间。"

大屏上，是刚才DAR众人伏击的那一幕，上帝视角中，能看到DAR战队摸黑赶路，五人略微分散，站位非常考究，各个方位都有留意。与TGZ战队的相遇是个意外，如果比物资，DAR战队当然比不过TGZ战队，但他们的反应更胜一筹。

秦北率先扔雷，计算好时间扔出，让TGZ众人始料不及，直接淘汰一人。江姜和赵焱在正面吸引火力，宁珩和乔予扬默契地同时绕后，直接灭队，DAR战队开局沉寂了十分钟，一鸣惊人。

分物资的时候，其他三人下意识地把狙击枪留给乔予扬和宁珩。

乔予扬见宁珩没有想拿的意思，问："你不要？"

"你拿着呗，"宁珩躲在掩体后买物资，"有你在，我就是关公面前耍大刀。"

乔予扬无声地笑了一下。

Cnin 战队开局打得就很猛，公告里一直刷着他们战队的淘汰信息，决赛圈时游戏中还有十五个人，只有 DAR 战队和他们是满编队伍。

解说 A："嘿，好戏要上演了？"

解说 B："我怎么觉得你在幸灾乐祸？"

"因为 Cnin 队员昨天的话以及 Loper 的赛前放话，让我对他们之间的对决非常期待！"

不只是观众期待，宁珩也挺期待的，现在队伍的装备不错，不缺物资，美中不足的是狙击枪的子弹不多了。

"狙击枪的子弹还有三发，"乔予扬蹲在草丛中，脑子里闪过面对这种局面的二十多种打法，"没看到 Cnin 队员被淘汰的公告，他和我们一样是满编，剩下的大概是一到两队。目前最好的办法是……"

"螳螂捕蝉，黄雀在后。"宁珩淡淡地说，"他们肯定也这么想。"

"是，"乔予扬把状态打满，盯着电脑上有些刺眼的白光，缓缓说，"他们的最终目标是淘汰我们，而我们的目标，是光源。"

江姜莞尔："队长，你退役了可以去研究心理学，一定会有所造诣。"

赵焱："完全赞同。"

秦北问："所以咱们现在要怎么办？"

大屏幕上投放的画面里，DAR 众人在局促狭小的决赛区居然选择了分散站位，这让所有观众和解说员哗然。

解说 A："已经决赛圈了，DAR 队员在不清楚对手的情况下居然分开，这也太危险了。今天 DAR 的战术总是让我看不透啊。"

解说 B："我倒是觉得，他们这是在故意引诱。"

"砰——砰——"两声狙击枪的声音同时响起,现场的音效很好,震得观众耳道发麻。

Cnin-Mo 淘汰了 DAR-Fire。
DAR-Wakely 淘汰了 Cnin-Mo。

"漂亮!"解说 B 激动地说,"不知道刚刚大家看到没有,Wakely 打开瞄准镜的瞬间就淘汰了只露出一点身体的 Mo,没看到也没关系,咱们一会儿看回放。Fire 是故意吸引 Cnin 战队的视线,引诱 Cnin 的狙击手射击,Wakely 才有一击必杀的机会,真厉害。"

这无疑让 Cnin 战队处于下风,乔予扬算计好了一切,故意分散站位方便转移,他的位置没有暴露,却暴露了 Cnin 战队的位置。

场上不止他们两队,另外两支队伍想趁火打劫,枪口对准 Cnin 战队,淘汰公告不停地刷新。

Cnin 战队就是再厉害也架不住同时有两支队伍一起针对自己,旁边还有 DAR 战队的人时不时放冷枪。

这场激战 Cnin 战队损失两人,仅剩 Herry 和另一位突击手,他们选择隐藏起来,战场上还剩四队在酣斗。

炮火刚刚停息没多久,Cnin 战队两人躲在掩体后恢复状态时,耳机里响起细微的草丛摩擦声,微弱得基本可以忽略不计,但还是被 Herry 捕捉到了。

Herry 立马放弃打绷带,把枪切换在手上。以他现在的状态,没有全身而退的把握,所以趁着人没来,捏了颗雷在手里。

草丛的窸窣声越来越近,Herry 猜到了对面是谁,咬牙拉掉手雷栓,打算同归于尽。

清脆的手雷拉栓声在游戏里格外响亮——

宁珩侧身从树后探头,一梭子弹过去,淘汰通告刷出 Loper 淘汰了

Cnin 战队的两人，手雷还没来得及扔出，对面已然没有反抗之力。

与此同时，另一边，趁着方才的激战，早已移动到光源旁边的江姜拿下光源，结束了这场比拼。

后面的比赛，不论是开局还是决赛圈，DAR 战队总能碰上 Cnin 战队。

一开始乔予扬选择避战，是担心宁珩的状态，但后面宁珩打得越来越激进，两把步枪、几颗手雷，就能淘汰一堆敌人。

光亚杯的赛制和国内的预选赛不同，不光要计算团队的总成绩，也要计算每场单人的成绩，再根据赛场的综合表现计算分数，以此来决出整场比赛的最佳选手，颁发单独的奖金。

从第一局开始，DAR 战队的名字就在战队排分榜第一，一直没有变过；从第四局开始，DAR-Loper 的名字在个人积分榜的第二位就没下来过，在第一位的是 Wakely。

场馆内观众大喊着 DAR 战队的名字。

第十局时，两位解说员彼此对视，露出一个无奈的苦笑。

解说 A："看来这次的冠军毫无悬念了，第二名的 Cnin 战队与 DAR 战队相差五百多分，哪怕这局 Cnin 战队夺取光源，也不能超过 DAR 战队的分值。"

游戏中，Wakely 和 Mo 再次对上，两人同时开枪，两发子弹都擦肩而过——

Mo 的子弹打在了 Wakely 脑袋旁的树干上，而 Wakely 的子弹精准地擦过 Mo 面前的石头掩体，马上就要穿进游戏人物的脑袋。

可淘汰公告弹出的消息是："DAR-Loper 淘汰了 Cnin-Mo。"

乔予扬有些意外："什么时候摸过去的？你倒真不怕暴露。"

"你们对枪的时候，"宁珩发出一个轻蔑的鼻音，"就他一个人了，有什么好怕的？"

个人积分榜的排名刷新，DAR-Loper 超过了 DAR-Wakely，排名第一，成为本次光亚杯的最佳选手。

观众们起身，欢呼鼓掌，礼花彩带落在冠军的头顶，把五位青年的神采衬托得更亮眼。

解说员同时起身，跟着观众一起鼓掌，异口同声地说："恭喜 DAR 夺冠。"

场外是山呼海啸般的欢呼声，导播把镜头给到 DAR 众人，五人拥抱的样子被投放在 LED 大屏幕上，他们眼里都有笑，就连最冷酷的 Loper 也勾着唇，与 Wakely 相视而笑。

在工作人员的带领下，DAR 五人走向领奖台，沉甸甸的金色奖杯被他们一同端起，这不仅仅是荣誉，更是 DAR 战队齐心与共的象征。

主持人激情澎湃地说着早已准备好的祝贺词，调动着现场的气氛，所有人的情绪到达顶点。

宁珩的心跳得很快，"扑通、扑通"，每一下都清晰无比，浑身的热量汇聚到这颗鲜活的种子之中，血液灌溉，荣誉加持，燃烧着他的斗志和激情。

领奖台很高，高度足以让他俯视整个现场。

每个人的笑脸都清晰可见，这是独属 DAR 战队的掌声，是独属 DAR 战队的荣誉。

漫天飞絮缤纷落下，舞台变得绮丽而浪漫，宁珩的头上落满了彩纸，成了一颗斑斓的苹果。

他听到旁边那人轻笑了一声，转眸问道："笑什么？"

"这就是和队友一起站在领奖台上的感觉。"乔予扬噙着笑，与宁珩的目光交会，"是不是很不一样？"

彩纸礼花不断地飞舞，他们在这场狂热的庆祝中注视着优秀的彼此。

下场后，尤帆冲上来给了他们一个熊抱，感动得热泪盈眶，话都说不清楚。

秦北嘲笑："哎，不是吧！老妈子，我们得的奖杯也不少了，你这次是干吗呢？"

"这不一样嘛!"尤帆搐着鼻子,幽怨地瞪了他一眼。

的确,这是继金粤和张澜安的背叛,他们接连两次错失世界冠军后的第一个大奖。

不仅只是一个奖杯、一份荣誉,更意味着DAR战队的新生。

宁珩嫌弃地说:"现在就哭了,明年拿世界冠军的时候,你不得激动到住院?"

"要是真有那天,我脱衣服裸奔都行!"尤帆斩钉截铁地说。

乔予扬道:"你可别反悔。"

尤帆鼻涕眼泪一擦:"谁反悔谁是王八!"

"光亚杯才结束,你们就想着明年的全球大赛了?"缇娜的声音插进来。

五人回头,Cnin战队的五人表情各异,个子最小的那位眼眶红红的,眼角还挂着泪。

秦北冷嘲热讽:"怎么还哭上了?好胜心这么强啊?"

他的英文没有乔予扬那么好,带着中式口音,但足以让人听懂了。

"电子竞技没有好胜心才完蛋了。"缇娜也不生气,"你们中国有句话,'胜败乃兵家常事'。Wakely,我已经开始期待下一次和你的对决了。"

乔予扬领首,客气又疏离地说:"我也一样。"

Cnin战队走后,工作人员领着他们又是一阵拍照、采访,DAR战队的新队员在赛场上大放光彩,让所有战队都知道了Loper这个名字,Loper成了电竞冉冉升起的新星。

主持人采访完DAR战队后,又拉着Loper絮絮叨叨了二十多分钟,包括什么时候开始玩Rob、加入战队后和队友之间的磨合情况、此次参加比赛的心路历程……主持人翻来覆去地问,恨不得将Loper履历上的每一个标点都摸得透透的。

宁珩上场时是强行调整自己状态的,打比赛需要注意力高度集中,调动所有感官,百分之百地投入,他的体力早就透支了。加上心里压着事儿,脑子里浑浑噩噩的,宁珩一个劲儿地冒冷汗,脚踝也开始隐隐作痛。

和队员们一起采访时还好，有队长回答，偶尔几个问题问到自己只需点头、摇头。

这会儿的单采，宁珩说得口干舌燥，脸色冰冷，主持人还没有放过他的意思，也不知是真的没有眼力见儿，还是故意想拍 Loper 黑脸。

宁珩看着他手里厚厚的一沓纸，直蹿火："你觉得这样缠着一个打了一整天比赛的人合适吗？"

主持人第一次遇到当着直播镜头就敢叫嚣的人，一时愣住，被他冷漠的眼神吓到。

　　哈哈哈哈哈哈，宁神不愧是你，霸气！
　　赢了比赛的人底气就是足！
　　笑死，你们看主持人的样子，明显被宁神唬住了，都不敢说话了，哈哈哈哈。
　　这么嚣张？能不能别出国丢脸了？
　　哈哈，主持人直接蒙了，有这么凶的吗？

"最后一个问题。我现在很累，需要休息。"

"哦哦好……"主持人缓过神，咽了口唾沫，慌乱地翻着台本，"嗯……那个，咱们都知道你之前喜欢的是 KIK 的 Wolf，但是经过这次的比赛，大家都能看出你的打法更像 Wakely。你对此有什么想解释的吗？"

此问题一出，主持人明显感觉到 Loper 的情绪更差了，眼里蕴含着风暴，眼神像刀子一样捅向自己。

"没有。"宁珩冷冷地说。

主持人噎住，商量着说："要不……还是解释一下？"

"不想解释。"宁珩直直地看着他，"还有事儿吗？"

"没……没有了。"

宁珩把话筒放桌上，提着外设包径直离开，留下主持人在镜头面前直擦汗。

他出了采访室腿就软了，撑着墙蹲下，脚踝的痛越来越尖锐，神经突突跳动，脑子被乔予扬和冉芃的脸搅成糨糊。

"宁珩，你打得挺猛，倒是和队长的风格挺像的。"

"你们双人赛磨合得不错啊，才一天居然就上全服排名了，你们私下练过？"

"听说他喜欢 KIK 的 Wolf，不过打法更像是 Wakely 的复制版，我有信心挑战他。"

"你刚进战队不久，此次能看出打法更像 Wakely，和他的默契度也很高，你对此有什么想解释的吗？"

宁珩察觉到旁边有不少人围过来，似乎在关心他的状况，可他无暇顾及也做不出回应。

耳边嘈杂的声音退去，耳鸣细软绵长，将他隔绝到混沌的无人之境，野草漫天、天光昏暗，疯涨的潮水吞噬神志。

"宁珩？宁珩？"熟知的气息侵来，犹如破开黑暗的一束亮光，把他从混乱的情绪中拉出。

宁珩眨眨眼，目光渐渐聚焦，看清了乔予扬冷峻而担忧的脸。

"哪里不舒服？要不要去医院？"乔予扬摸着他的额头测体温。

宁珩抿着泛白的唇，摇了摇头，音色沙哑："队长……"

"怎么了？"乔予扬拍拍他的背，却摸到被汗水打湿的衣服，蹙眉问，"你是不是生病了？我送去你医院。"

"没有生病。"宁珩鼻息湿润，"脚疼。"

乔予扬眸色一沉，伸手去摸他的脚踝："什么时候开始的？怎么不早说？"

"没有瞒着。"宁珩闭着眼，实在是累极了，气息都很弱，像小猫似的呜咽，"刚疼一会儿。"

乔予扬把自己的队服外套脱下，披在宁珩身上，将人背起。

184

他的身形比宁珩的大上许多，宽大的衣服把青年遮得严严实实。宁珩的脸埋在乔予扬的背上，身体放松下来，就这么沉沉地睡了过去。

等他再次醒过来时，映入眼帘的是酒店的天花板。

宁珩躺在床上发愣，最后的记忆停留在让乔予扬背自己，至于怎么回来的完全没印象。

他迟钝地抬起手臂，在枕头边上摸索着手机，屏幕点亮，锁屏上显示出一长串未读的微信消息，全是秦北发来的，还有"一队最牛"的群消息。

秦北和他向来是互看对方不顺眼，认识这么久，一条私信都没发过，现在一发就是十多条。

宁珩点进去，一溜烟儿的全是视频，从封面上看光线昏暗，能看到桌上的酒瓶，其中一个封面还是赵焱喝醉的脸。

宁珩一个视频都没打开，直接退出去刷新朋友圈。

这会儿是下午四点，比赛地时区比国内早一个小时，相当于北京时间的三点。

宁珩打了个哈欠，懒懒地翻身，身体里还残留着不太明显的酸软，睁眼这么一会儿又想睡了。

"滴"的一声，房门打开，有人踩着厚厚的地毯无声地走进来。

"醒了？"乔予扬站在床边问。

宁珩嗯了一声，起床想上厕所。

乔予扬扶着他："脚还疼吗？"

"不疼了，"宁珩跺了跺脚，"昨天应该是太累了。"

乔予扬颔首，没说什么。

宁珩敏感地察觉到乔予扬有些怪怪的，话少了，气压也有些沉。

"你怎么了？"宁珩停住脚步，转眸看向他，"队长，赢了比赛还不开心？"

乔予扬注视着宁珩的眼睛："你昨天的状态，很吓人。"

宁珂笑容一僵，扬起的嘴角缓缓放平，嘴唇抿成一条线。

"具体是什么事，你不想说的话，我不会问。"乔予扬说，"但不能再像昨天那样不舒服也强撑，明白？"

宁珂点头："没有下次了。"

"洗漱一下，一起去庆功宴。"

宁珂用最快的速度洗了个澡，湿漉漉的头发用毛巾随便擦了擦就出门。

吃饭的地方距离酒店不远，他俩走着去的，乔予扬给他带路，路两侧的树上挂着五颜六色的小彩灯，散发出斑斓的光，晚风吹起了宁珂柔顺的发丝，将他眼角的笑意映得更亮。

这时候宁珂的电话响了，舒适的气氛被打断，让他有些不悦。

屏幕上显示的是国内的手机号，他把手机放在耳边，听筒里传出一个陌生男人的声音："你好，请问是 Loper 吧？"

宁珂莫名："我是。"

"你好，我是 KIK 俱乐部的经理，不知道你什么时候回国，是否有兴趣和我见一面？"

旧日之梦

第六章

一通电话破坏了宁珩轻松愉悦的心情，他脸色冷冷的，眼里的笑意也淡了。

"怎么了？"乔予扬察觉到他的变化，出声问道。

宁珩收起手机，深吸一口气："没事。"

乔予扬多看了他一眼，没有追问。

二人到饭店时，秦北已经等得不耐烦了："你们俩好慢，有腿伤非得走着来？不能打车？"

赵焱笑道："北哥，你真奢侈，过个马路的距离，居然还打车。司机都不接单吧。"

尤帆见队内相处越来越融洽，欣慰地说："有个事儿一直没给你们说，之前打比赛嘛，怕耽误。有几个代言找上门，想让你们俩一起拍个广告，我挑了几个不错的，都是和电子产品有关的。要不要考虑一下？"

"不要。"宁珩拒绝得十分干脆。

平时训练这么累，好不容易比赛结束可以借着空档期休息，还拍什么广告。

乔予扬说："我也不想拍。"

"你们真不拍？"尤帆继续游说，"对方出价很有诚意的。"

"有诚意是多少？"宁珩问了一嘴。

尤帆用手比了一个五。

"五百万？"江姜也觉得亏，"队长直播的合同都不止这个数吧？"

尤帆摇头，神秘一笑："一人五百万。"

宁珩一顿，和秦北不约而同地看向尤帆。

"什么？"秦北难以置信，瞳孔好像在地震，"队长是这个价我觉得没问题，为什么宁珩这小屁孩儿也值五百万了？凭什么？"

宁珩自己也没想到，被惊着了，等尤帆下文。

尤帆喝了口茶，侃侃而谈："一开始呢，对宁珩最高的报价是八十万的。可是呢，他在光亚杯拿下了最佳表现奖啊，这个头衔的含金量多高你不是不知道，所以那几位合作商又争抢起来了，生怕被别人抢走，报价一个比一个高，所以目前对宁珩最高的报价是五百万。"

秦北痛心疾首地说："尤老妈子，你什么时候能帮我也谈下一笔上百万的广告啊？"

"提升价值，"尤帆给了他一个白眼，"不然说破嘴皮子都没用。"

"我的广告费最高一次才六十万，"赵焱感叹道，"宁珩，这次光亚杯真是让你一战成名了啊！"

江姜笑道："可不是吗？网上铺天盖地都是新秀 Loper 的报道，身价涨得多快啊。"

"拍！"宁珩斩钉截铁地说。

那可是五百万啊，又不是五千块。

尤帆满意极了，看向乔予扬："你呢？"

乔予扬见自己的队友已经为金钱倒戈，无奈道："那就拍吧。"

"好的，那我过一会儿就给他们回话。"尤帆端起酒杯，"来，大家走一个，昨天乔予扬和宁珩都缺席了，今天咱们好好庆祝一下光亚杯夺冠。"

秦北指着宁珩的杯子嚷嚷："你小子用茶来敬酒？好意思吗？"

"说得对，"宁珩又站起来去拿酒，不屑地看了一眼秦北，"一会儿你可别叫停。"

"看不起谁呢？我驰骋酒场的时候，你还不知道在哪儿喝奶呢！我会怕你？"

他们在日料店吃到关门打烊，还觉得没尽兴，又转战 KTV 继续。

老邹和尤帆自然跟他们这帮年轻人比不了，吃完饭就回酒店了，任由他们几个玩个痛快。

190

宁珩吃饭的时候就喝了不少酒，这会儿在 KTV 又喝了些啤酒，昏暗的灯光，嘈杂的声音，空气里弥漫着浓烈的味道，让他有些犯恶心，这会儿酒劲儿上来了，整个人靠在沙发上懒懒地不想动弹。

话筒在江姜手里，他唱了一首宁珩没听过的歌，嗓音干净温柔，比秦北的公鸭嗓唱得好听了不知道多少倍。

"头晕？"乔予扬坐过来，手里拿着未喝完的酒，嗓音被酒精润过，在这嘈杂的环境里磁性又低沉。

"嗯。"宁珩身子一倒，脑袋枕在靠枕上，"刚才秦北唱得我头疼。"

"我可听到了啊！"秦北坐在地上歪歪扭扭的，打了一个酒嗝儿，"能不能有点酒品？别背着人说坏话？"

"我当着你的面说。"宁珩朝他竖了个中指。

秦北把酒瓶往地上一杵："不能有意见？有本事……起来继续喝。"

宁珩笑一声："话都说不清了，你还能和谁拼？"

秦北和宁珩一样，都是不服输的性子，别人说不行他更要铆足了劲儿地行。

本来大家都喝得差不多了，乔予扬提议回去，秦北缠着不许人走，非得继续，拿着麦克风吼得大家耳朵差点儿失聪。

其他人没辙，只好陪着醉鬼，五个男人坐在地板上玩起了骰子。

宁珩第一次玩，喝了酒脑袋晕晕的，掌握不清喊数的窍门，轮到他了就张口乱喊。五个人，十九个三、二十五个一，完全没过大脑，秦北傻呵呵地乐，看着宁珩出丑。

到最后，秦北不省人事，宁珩站不起身。

赵焱和江姜喝得不多，打了个车，艰难地把秦北运回酒店，乔予扬陪着宁珩在路边耗着，一边往回走，一边碰运气等车。

新来的小队友需要特别照顾，况且脚伤还没完全好，一会儿磕着碰着又是麻烦事。

凌晨的街道空旷寂寥，城市陷入沉睡，只有阑珊的灯火延续着白日里的繁华。

宁珩脑袋昏沉："我想吐。"

"忍着。"乔予扬命令道，"敢吐我身上扣奖金。"

宁珩想吐也吐不出来，鼻息全是酒气，静静地趴在路边的石墩上。

四下静籁，月色沉寂，沿路的路灯将他们的影子拉得很长。

青年均匀平稳地呼吸喷在乔予扬的耳后，他以为宁珩睡着了，步子轻了些，更稳了些。

"队长。"宁珩突然开口喊他，声音轻得好似会随风飘散。

"嗯？"

"你当初明知道我崇拜冉芄，为什么愿意收我？特别是在……接连两次队友被KIK收买之后。"

"要听真话？"

"你觉得呢？"

乔予扬平视前方，步伐稳健："一开始是看中了你的实力，国内的主播里，你是最强的，甚至比一些职业选手都强。我知道你和王辉那会儿发生了矛盾，料定KIK不会要你，你在不知道王辉是KIK董事的情况下，一定会另谋其路，来DAR是最好的选择。那会儿DAR正缺人，自然不会拒绝你。"

宁珩看着远处通明的灯火，沉默片刻，轻声问："那后来呢？"

"当着你们的面帮冉芄说话、维护他，甚至在预选赛上因为他失误，你就没担心……或许我被他钩钩手指就带走了？"

"'我会和你们一起为DAR拿下冠军'，这话不是你自己说的？"乔予扬问。

"就因为这个？"

乔予扬反问："不然呢？我应该因为你崇拜冉芄，整天怀疑你吗？"

宁珩呼吸一滞，感觉心脏抽疼了一瞬。

乔予扬觉得宁珩反常，想到这应该是喝醉的反应，便没有多想："从你加入DAR、表明态度开始，身为队长，我理应给你同等的信任。"

身后的人安静下来，过了一会儿，又低低地喊他："队长……"

"怎么？"

"我头晕，想睡觉。"

"马上就到酒店了。"

宁珩吸了吸鼻子，下巴埋在阴影里，眼睛眨了眨，氤氲起了一片水汽。

光亚杯结束后，他们又待了三天，秦北大肆采购，箱子重得需要三个人帮他搬。

临近年底了，电竞圈的比赛不多，他们打完大赛回来，正好借着这段时间好好休息一番。

国内刚结束的秋季赛，DAR二队拿了第一，尤帆乐得不行，手里的代言和赞助商明显又多了，忙得团团转的同时也不忘带着二队的孩子们出去玩一圈。

三队的也跟着沾光，被叫着一起去，平时基地有这群孩子显得很热闹，这会儿都出去了，竟然冷清起来。

回来后老邹给他们放了三天假，调整状态。电竞圈几乎是全年无休，哪怕平时没比赛的时候也需要训练，随时保持着最佳的手感。

秦北、江姜和赵焱借着这假期都出去办各自的事儿，老邹也回了趟家，二队、三队的人又不在，偌大的基地只剩了乔予扬和宁珩两人。

而宁珩大部分时间都泡在训练室。

他没练习，而是在看乔予扬以前的比赛视频，不论大赛小赛，只要是有视频资料的，他都全神贯注、认认真真地看。

外界对他的评价让他在心里埋下了一颗怀疑的种子，他曾经根本就没怎么关注乔予扬，把所有的精力都给了冉芘。

他拿着Goat教他的东西追随冉芘的脚步，当他正式以选手身份出现在大众视野中时，有着专业眼光的选手或者解说员都在说他的打法像Wakely……

这不对，不应该的。

宁珩坐在电竞椅里，下巴抵在膝盖上，目不转睛地看着视频里乔予扬的操作。

这是两年前的视频，那会儿乔予扬刚打职业没多久，从技术来说，当时的 Wakely 已经锋芒毕露了。

突然一只手打断了他的专注，眼前出现了一只盛着冰糖雪梨的瓷碗。

"趁热，喝了。"乔予扬说。

宁珩微怔，还是接过来："这是什么？"

"冰糖雪梨，你之前不是肺炎吗？"乔予扬倚着桌子，"润肺的。"

宁珩喝了一口，清甜爽口，甜度适中，雪梨熬得软烂，入口即化。

乔予扬看向电脑："从回来你就开始看，怎么，现在打算恶补一下队长辉煌的历史？"

宁珩正要开口解释，桌子上的手机响起来，打断了他想说的话。

他把电话拿起来，看到号码之后嘴角一撇："队长，我先出去接个电话。"

乔予扬颔首。

电脑上播放的比赛已经进入赛点，Wakely 用出神入化的操作解决了敌人，DAR 战队赢得了冠军。

乔予扬看着两年前的自己和伙伴，恍惚了一瞬。

记得没错的话，这是 DAR 战队第一次参加全国性的比赛，那会儿战队刚重建，那段时间是他们最辛苦的时候，他带着秦北、江姜、金粤和张澜安四处参加比赛，不论赛事大小，只要有比赛他们就上。

乔予扬知道很多人在背后议论他，靠着家里的关系创立战队。每次主办方笑脸相迎的时候，他都能看到笑容背后的虚伪。

但他不在乎，骂他也好，诋毁也罢，从他离开家进入电竞圈开始就很明白自己要什么。

只是他没想到，在一切走向正轨的时候，却换来了队友的背叛。

"队长？"宁珩的声音打断了他的思绪。

乔予扬抬眸对上他的视线。

"想什么呢？这么入神。"宁珩问，"叫了你好几声。"

"没什么。"乔予扬神色淡淡的。

宁珩说："我要出去一下。"

乔予扬随口问："去哪儿？"

"就……有事。"宁珩顿了一下，"下午回来。"

"行吧，正好我也要出门，我送你。"乔予扬扒了扒凌乱的头发，往房间里走。

"你也要出去？你去哪儿？"

乔予扬原封不动地把他的话扔回来："有事。"

他俩换了身衣服，乔予扬依照宁珩给的地址，把人送到市里的一家咖啡厅。

"我也在附近办事，一会儿需要来接你吗？"

宁珩站在车外弯腰说："不用了，我这不知道多久完事，一会儿自己打车回去。"

乔予扬没说什么，摇上窗户，开着车扬长而去。

咖啡厅里悠然安静，空气里充斥着浓郁的咖啡豆香气，客人时不时地推门而入，门口的铃铛发出清脆的声响。

这是 A 市市区最雅致的咖啡厅，不为别的，只因他们家的店有单独的包厢，装潢得大气又精致，墙上挂着复古的油画，提供给客人独立、私密的环境。

宁珩根据对方发来的包厢号走到门口，拿出手机看了一眼时间，划动了两下屏幕，然后揣进兜里，推开门而入。

一位穿着黑西装的男人坐在里面看着杂志，戴着一副银框眼镜，头发打理得一丝不苟，见他来了立刻站起来，伸出手："你好 Loper，我是 KIK 俱乐部的经理，我姓韩，单名一个牧字。"

宁珩面无表情地坐下，没握手，靠着柔软的沙发，桀骜地看着他："给我打了五六次电话，发了三四封邮件，什么事儿？"

韩牧浅笑一下，坐下来问："想喝什么吗？我听王总说你喜欢美式，所以帮你点了一杯。"

正好服务员端着咖啡走进来，把精致的瓷杯放在桌上，咖啡冒着热气，散发出淡淡的清苦。

宁珩歪头看着，冷笑一声："你功课好像做得不足啊，王辉没告诉你我离开月探的真实原因？一上来就敢提他。"

韩牧推了推眼镜，为自己的冒犯道歉："你和王总的恩怨我确实不了解，既然你不喜欢那我不提了，抱歉。"

宁珩不耐烦地说："想说什么，说吧。"

"我知道你是爽快人，我也不绕弯子了，"韩牧直奔主题，"Loper，你这次在光亚杯的比赛上打得很漂亮，也很精彩。不知你是否有兴趣加入KIK？"

宁珩没接话，喝了口咖啡。

韩牧以为他在考虑，继续说："之前转会期的时候你也曾向KIK投简历，却不知是什么原因让你去了DAR？"

"一些别的原因让我错过了你们的选拔赛，"宁珩冷淡地说道，"而且你们也没有给我回信。"

"那现在我们正式向你提出邀请，希望你认真考虑一下。"韩牧说，"只要你点头，我们可以帮你付违约金，一切事情都会出面帮你摆平。以你现在的身价，KIK给你的签约费是两千四百万。你觉得如何？都可以商量。"

宁珩抬眼望向他，眼里是不加掩饰地厌恶："有王辉在，我不可能加入KIK。"

韩牧说："你和王总的恩怨，我愿意从中调和，条件你开。而且，如果你有哮喘这件事被曝光，对你也不好吧？"

宁珩并没有感到意外，自从接到KIK的电话后，他就猜到他们极有可能串通一气了。

他露出一抹冷笑："你在威胁我？"

韩牧笑了笑："没有。你这样不可多得的人才，KIK当然想尽可能地招揽。况且，你怎么就知道加入KIK之后没有机会继续和乔予扬做队友呢？"

宁珩眼里闪过一丝锐利的光："你什么意思？"

"没别的意思，只是希望你能好好考虑一下。"韩牧说，"以你的能力，来 KIK 一定会大放光彩的。你喜欢 Wolf？我可以向你保证，进队后可以直接打首发，和你崇拜了四年的偶像同队。"

宁珩沉默须臾，指尖摩挲着光滑的杯壁，思索着他话语的真实性。

韩牧没有催促他，给足时间让他考虑。

"我没法马上给你答复。"宁珩说。

韩牧善解人意地说："当然，这毕竟是一件大事，你好好考虑，随时联系我。"

宁珩把杯子里的咖啡一饮而尽，起身离开，走到门口时脚步一顿，转身问："有个问题，我一直很好奇。"

韩牧："你说。"

"之前有消息说张澜安打假赛、金粤在圈子里无故消失，和你们 KIK 有关。是真的吗？"

韩牧挑眉："前阵子不是有警察去 DAR 基地调查吗？你的队友们没给你说法？"

"如果有说法，我就不会来问你了。"宁珩面若寒霜，多了些恼怒。

韩牧温和道："这是战队机密，日后如果有机会一起共事，到时候我必定知无不言。"

宁珩静静地看了他几秒，转身离开。

他直到走出咖啡厅几百米开外，坐上了出租车后，才吐出一口长长的气，靠在椅子上神色疲惫。

他掏出兜里的手机，解锁，摁下了录音暂停键。

宁珩回基地的时候乔予扬还没回来，偌大的房子冷冷清清的，他回到房间躺在床上，脑子里反复思索着下午的对话。

韩牧很精明，对于敏感的事绝口不谈，虽然韩牧没有明确承认金粤和张澜安的事情，但他回避的态度很值得玩味，毕竟，这种事是电竞圈的大忌，如果没做，大多数人会义正词严地否定吧。

宁珩把手机拿出来来来回回地放录音，反复斟酌韩牧的每一句话。

黄昏落满屋室，暮色四合，深秋的微风晃动着橘黄的树叶，光影波动成动态的图案，照在身上暖暖的。

刚经历了光亚杯的赛事，宁珩本来体力就没完全恢复，下午又和KIK那边打太极，体力的消耗让他迷迷糊糊地睡了过去。

等他再次睁眼时，天色已经黑透了，床头亮着一盏小灯，暖黄的灯光给昏暗的环境添了几分温暖。

宁珩揉了揉眼，疲惫得到了一定缓解，酸软的腰也舒适了不少，大脑重新开机，看了眼时间，晚上八点半。

他身上盖着一条小毯子，床头上放着一杯抬手就能拿到的水。

宁珩把水喝了个干净，懒得穿鞋，就这么光脚下床。深秋的夜晚有些微凉，他披着毯子下了楼。

一到晚上基地就会灯火通明，灯光照亮室内的每一个角落，宁珩在后厨找到了乔予扬。

他走过去顺着门缝往里看，乔予扬背对着门，低头切菜，刀刃和菜板相碰发出沉闷的声音，从快速、利落的节奏听来，刀工应该相当熟练。

灶台上烧着水，热气飘出，锅里的水咕噜噜地直冒泡。

宁珩起了坏心思想吓他一下，无声地推开门，每一步都轻悄悄地，然后突然拍了一下男人的肩。

"听见你下来的。"乔予扬笑了一下，手里动作不减，丝毫未受影响。

宁珩不悦："知道我吓你就不能配合一下？"

乔予扬轻嗤："幼稚。"

"没劲。"宁珩撇嘴，松了手站在旁边，顺手拿起切好的黄瓜片，薄薄的一片，入口清香，"你煮什么呢？"

"黄瓜鸡蛋面，"乔予扬说，"后厨和保洁阿姨也跟着放了三天假，厨房里没什么食材，委屈宁神跟着我吃面了。"

宁珩露出一个奇怪的眼神："我只听过番茄鸡蛋面。"

"那不正好尝尝？"乔予扬把面条放下去，又开始切葱花。

宁珩瞧着他熟练的样子，问道："想不到你还会做饭。"

乔予扬淡然地说："我妈没了后我就出来自己住了，那会儿家里也不给我钱，总不可能顿顿吃外卖。"

一不小心戳了人家的痛点，宁珩闷闷地"哦"了一声。

乔予扬瞧了他一眼，忍俊不禁："没事，早就过去了。"

宁珩轻咳一声，别扭地转移话题："需要我帮忙吗？"

"你会？"

"不会。"

"那你帮什么忙？"

宁珩转身去消毒柜里拿碗筷："我只是不会做饭，又不是缺胳膊断腿。"

乔予扬点头："行，宁神厉害，那帮我把香油拿一下？"

"在哪儿？"

"抬头，左边的柜子里。"

宁珩根据他的指示轻松地拿下来，递给他："你对厨房这么熟悉？"

"没比赛的时候，晚上饿了会下来煮点东西。"乔予扬感觉面条快好了，把黄瓜片和打好的鸡蛋放进去。

宁珩本来没什么饥饿感的，架不住锅里飘出的香味，紧盯着翻腾的面条和蛋花："什么时候好？"

"快了。"

宁珩舔了舔唇，眼里亮着光，乖乖地站在一旁等着。

乔予扬把面捞出来，倒上面汤、放入佐料，最后滴上香油，撒上葱花，浓郁的香味中混杂着黄瓜的清香，嫩绿色的光泽光是看着就很有食欲。

他端着两碗面往餐厅走，头也不回地说："把筷子拿着。"

宁珩跟在后面，坐下之后，迫不及待地往嘴里送，滚烫的温度烫得他缩了一下舌头。

"多大人了，不会先吹吹？"乔予扬嘲笑他。

宁珩懒得理他，吹了下，嗦了两大口。

"好吃吗？"

宁珩吃得又急又快，嘴里含着面，含糊不清地回答："也就……一般吧！"

"那你别吃了。"乔予扬把碗直接端走。

"嗯？"宁珩嘴里含着的面条没有咬断，被这么一端，面条从碗里滑了出来，搞得他下巴上全是汤汁。

"你干什么？"宁珩气愤地擦了擦嘴，"给我。"

乔予扬慢条斯理地吃着自己的面："既然入不了宁神的口，那你还是点外卖吧。"

宁珩气恼地瞪了他半晌，把嘴里的面咽下去："你快给我！"

他站起来，绕过又宽又长的餐桌，费劲地去端自己的碗。

乔予扬故意问："不是说一般吗？"

"你管得着吗？"宁珩埋头吃饭。

吃过晚饭后宁珩主动提出洗碗，他可不是占人便宜的人，别人都做饭了，总不可能还让人家洗碗吧。

他把小毯子搭在椅子上，撸起袖子，站在池台边，水哗啦啦地冲着。

宁珩心里盘算着事，动作慢吞吞的，等他洗完碗出来时餐厅已经没了乔予扬的身影。

基地虽然大，但他们能去的地方一般就俩，他在训练室里找到了乔予扬。

队长敬业，在电脑上看他们的比赛视频，复盘比赛。

宁珩把洗好的水果递过去，对他说："我有事儿要汇报。"

乔予扬拿了一颗葡萄塞嘴里，"嗯"了一声。

宁珩说："是KIK的事儿，今天下午我去见了他们的经理韩牧。"

闻言，乔予扬一顿，抬头看向宁珩，黑瞳深邃幽暗，问："他找你的？"

"嗯，从光亚杯结束后他就一直在联系我。"宁珩如实说，"给我打电话、发邮件。这是我和他下午的对话，我录了音。"

他按下播放键，把音量调到最大，他和韩牧的对话清晰地传出。

不过这段是剪辑过的，隐藏了宁珩哮喘的事情。

乔予扬沉默地听着，直到录音播完都一言不发，心思难以捉摸。

宁珩主动表态："队长，我既然把这个拿给你，说明我问心无愧。我知道先前KIK对你们做过的事情，你放心，我既然认定了DAR，肯定不

200

会背叛你们。"

"我知道，你不用担心，"乔予扬问，"你是有什么想问的？"

他确实厉害，一眼就看破了宁珩的心思。

"韩牧说，加入KIK之后未必不能和你做队友，是什么意思？"宁珩盯着乔予扬，"还有，在国内单人赛预选赛结束那晚，你和冉芃吵架，他说的三年之期是什么意思？"

乔予扬叹了口气，按了按眉心，那些往事回忆起来总让他感到很沉重，"当初我还没有回去求我爸的时候，方昭得知我不加入KIK来闹过几次，折腾得姚总都没办法好好养身体。"

"嗯，然后呢？"

"他那时候收购了姚总的公司，笃定YE战队没办法翻盘，还见我一直照顾姚总，明嘲暗讽地说我跟着他不会有出路。"

宁珩眉头微蹙，有一种不好的预感。

果然——

"那时候我年轻气盛，一气之下和他定了一个三年之约，"乔予扬说，"如果三年内没有获得世界冠军，就免签约费去KIK帮他打到退役。"

"什么？"宁珩震惊，眼珠瞪得圆圆的，火气直冲脑门儿，"他是怎么好意思提出这个要求的？凭什么！"

以乔予扬的实力，签约费必定是千万起步的，很多战队为了留住人会增加其他的附加条件，例如直播、广告代言什么的。在俱乐部获利的同时，要让选手利益最大化，KIK居然这么不要脸地让乔予扬免签约费……

KIK对DAR的针对，以及前两次的假赛事件，在宁珩心中都有了答案。

宁珩感觉身体里的火烧得他心里发痛，气得他漂亮的脸蛋有些狰狞："也太不要脸了！就为了让你去KIK，居然玩这么下作的手段？"

乔予扬挑眉："你之前不是喜欢冉芃，想为了他去KIK吗？"

宁珩火冒三丈，就差嘴里喷火了："那是以前！谁知道KIK这么阴险！那个谁……方昭！我想手撕了他！他缺不缺德！坏事做尽！"

乔予扬沉默了一会儿，说道："姚总说，他和方昭其实从小就认识，后来因为一些事有了矛盾，关系越闹越僵，直至走到现在这个地步。"

宁珩皱眉："那就任由他们这么无底线地使阴招？我手机的录音呢？这能证明他们招揽其他战队的选手吧！"

"KIK是真的想拉拢你，"乔予扬慢条斯理地说，"但顾及我们这层关系，对你也留了一手。"

宁珩不解："什么意思？"

乔予扬眸光微暗，说道："王辉的事情，肯定是不会放出来了，这会影响你的声誉。至于KIK拉拢你这件事，每个战队多多少少都会有私下接触别队队员的事，我入行这些年，其他战队也找过我很多次，这不是什么扳倒KIK的契机。如果拿着这点去曝光，反而会成为众矢之的，让其他战队对DAR有意见。"

宁珩火气上头，没想这么多，这会儿才冷静下来："那后面我问他关于金粤和张澜安的事？他态度模棱两可，总可以拿出来好好说一下吧？"

乔予扬沉思片刻，说："因为上次张澜安的事情，已经很多人对KIK有或深或浅的怀疑，也有不少人联想到去年金粤的事情，舆论的风向让他们股票下跌，乔氏趁机出手，收购了方昭旗下的几家子公司，这段时间方昭应该忙得焦头烂额，这也是我为什么要牺牲一个世界冠军曝光张澜安打假赛的原因。"

宁珩瞬间反应过来："你要对付方昭？"

"他是一切的源头。"乔予扬漠然地说，"擒贼先擒王。"

宁珩看着乔予扬眼里精于算计的光芒，心里涌上一种怪异的感觉。

直到这一刻，他才意识到乔予扬是商业大佬的儿子，一切尽在掌握。看似漫不经心，满不在乎，实则早已把一切拆了又拆、算了又算。

宁珩问："既然如此，那他为什么突然找上了我和赵焱？"

说到这个，乔予扬眉头微蹙，也有些不解："这个我还不清楚，得看看KIK的动向再说。"

宁珩注视着乔予扬英俊的眉眼，郑重地说："队长，我不会让你去KIK免签约费为他们卖命的。"

乔予扬莞尔："那以后就仰仗宁神了？"

宁珩跟着笑了笑，可随后又想到什么，蹙眉问："冉芃知道你们的三年之约，那他知道 KIK 做的这些事儿吗？"

回想那晚冉芃的态度，他很有可能并不知情。

乔予扬沉声说："我不知道。"

宁珩沉默。

他明白乔予扬内心的矛盾。

或许一开始是不怨的，每个人都有权利为自己的未来争取更好的路。可随着 KIK 针对 DAR 做的这些事，队友们的情绪叠加、赛场你死我活的争斗，让两支战队的矛盾越滚越大。

在面对队友背叛的时候，乔予扬也曾想过，冉芃是否知道曾经毅然决然选择的俱乐部做的这些龌龊事。

他担心冉芃知道，更怕冉芃不知道，如果他是无辜的，那么就连厌恶都名不正、言不顺，毕竟他们曾经是那样要好。

"你和冉芃曾经的关系究竟是怎样的？"宁珩轻声问，"外面传你们是发小。"

"是，我们的父母也是朋友，我和他上幼儿园就在一块玩了。"乔予扬低声说，似在回忆，"妈妈死后，恰好他和家里也出现了分歧。那会儿我们都是一副和家里老死不相往来的样子。"

再后来的事情，宁珩多多少少都知道得差不多了。

他们一起打比赛、建战队，从无名小卒迅速打出一片天，并肩作战，耀眼夺目。

宁珩深深地吸了口气，下决心似的说："队长。"

二人的目光在虚空中交会。

"我会陪 DAR 一起，拿下世界冠军。"宁珩一字一顿，无比郑重地说道。

乔予扬凝视青年漂亮又正经的脸："拭目以待。"

假期结束，其他人陆续回来了，寂静的基地又热闹起来。

一旁冲咖啡的江姜抬眼多看了宁珩两眼，若有所思。

"行了，赶紧训练吧，一会儿老邹来了。"江姜开口。

秦北不以为意："队长还没来呢，急什么？哎哟，我一想到这个月的直播时长就头疼，还剩十五天了，要播八十个小时……救命……"

"行了行了，赶紧上号直播吧，不然赚那点儿钱还不够扣的。"江姜劝道。

正说着，乔予扬推门而入，手里拿着两个靠垫，说："比赛结束了，老规矩，这段时间自由训练，可以在训练期间直播，但训练时间不能缩短，你们互相监督，被我发现一次扣十万，特别是你秦北。"

秦北一脸的不高兴，说道："队长，你别把陈芝麻烂谷子的事儿拿出来说行吗？我不要面子的？"

乔予扬睨了他一眼："杀鸡儆猴，说给两位新人听听。"

赵焱问："为什么是十万？这么狠啊？"

宁珩也露出好奇的目光。

江姜解释："曾经秦北偷懒，打着直播的旗号在直播间里和粉丝聊天，训练的水分很重，后来和其他战队约训练赛的时候实力下滑，被队长发现了，罚了他五万块，连续一个月围着基地跑十圈。那时候，每天中午我们最大的乐趣就是一边吃饭，一边看秦北受体罚。"

秦北恼羞成怒："江姜，你闭嘴！老子生气了啊！"

江姜抿嘴偷笑。

宁珩讥诮道："就你这样还想拿最佳表现奖？去梦里拿吧！"

这会儿秦北已经坐在位子上打开直播了，宁珩的声音出来时弹幕突然开始变多。

　　是 Loper 的声音！多说几句！

　　赚到了！居然听到了 Loper 的声音，Wakely 是不是也在？

　　刚刚我好像还听到了江姜的声音，好温柔啊，喜欢喜欢！

204

不只是弹幕，就连礼物也刷了起来，都在要求秦北让宁珩多说几句，或者是开镜头让他们看看 Loper 或者 Wakely 的脸。

秦北看着屏幕上滚动的弹幕，心里打起了算盘："人本来就要有梦想，万一实现了呢！我距离拿个人最佳表现奖只有你和队长两个阻碍！"

"我和队长就表示千里之隔。"宁珩讽刺着说。

Loper 好会噎人，好有自信。

好好奇宁神对 Wakely 是什么样的态度，是不是也是这种张扬的状态？

北哥！我想看宁神的脸！求求了，我给你刷礼物！

秦北嘴上没闲着，伸手悄悄地把外接摄像头拿出来，调试了一番后，电脑里出现了他自己的脸。

他对粉丝们做了一个"嘘"的动作，然后小心地把镜头慢慢移向宁珩的方向。电脑的屏幕上渐渐出现了宁珩的电竞椅、宁珩的胳膊，紫粉色的头发也露了出来。

是 Loper！

北哥是好人！北哥我爱你！

秦北继续转着镜头，宁珩的脸即将完整地出现在屏幕上时，突然电脑屏幕上闪起了五彩缤纷的光泽，直播间最贵的礼物，有人连续刷了三个。

秦北愣了愣，还以为自己眼花了，定睛一看，不知什么时候"Loper 加入直播间"的字样高挂中央，那礼物就是 Loper 刷的。

秦北蒙了，转头问："你被盗号了？"

电脑屏幕的礼物继续刷着，宁珩冷冷地说："给你再刷几个，把你的镜头移开。"

不要啊！北哥，求求了，想看 Loper！

宁神这样好冷漠，不过我好喜欢。

别这么小气嘛！北哥别听他的，给我们看！

别别别！差一点就看到了！

秦北无视粉丝的要求，立马把镜头关了，几十万粉丝听见他谄媚地说："好嘞，宁珩大气！宁神威武，您看要不要再……"

宁神财大气粗地又刷了几个礼物："以后不准在直播间拿我博眼球。"

"好嘞，您说啥就是啥。"

弹幕是一片密密麻麻的哀号。

突然"哐当"一声，有人推门而入，一个粉丝们较为陌生的声音激动地说："乔予扬、宁珩，你们俩的代言我已经接好了，是键盘，国际上也有很高知名度的！你们什么时候有时间？咱们去拍宣传片，那边好选个时间官宣，在这之前你们可别走漏风声啊！有了你俩代言，一定能卖好！"

训练室内的五人都沉默了。

尤帆不解："你们怎么了？为什么不说话？"

秦北弱弱地指了指电脑："我在直播……"

乔予扬和宁珩代言的事情被迫提前官宣，粉丝们笑岔了气，不过还是很配合地在键盘厂家的社交媒体下表达了购买意愿，当然调侃更多。

尤帆是真想打秦北一顿的。

消息被提前泄露，惊喜感减了大半，尤帆的思维在揍秦北和怎么向合作方解释这两件事上来回游走。

计划被打乱，拍摄的时间也不得不提前，有两位明星选手的加持，热度还是只增不减的。

乔予扬和宁珩被迫起了个大早，坐车去拍摄场地。一上车宁珩就躺在后座上睡觉，脸色不太好，看起来非常疲倦。

尤帆作为战队经理，相当于经纪人的角色，自然是要跟着他们一起去的。见宁珩这副样子，狠狠地瞪了一眼乔予扬。

乔予扬一脸不解的神情。

尤帆掏出手机发了条信息，然后回头示意他看手机。

尤帆问："你们昨天又熬夜训练了？"

乔予扬答："没有，他感冒了。"

尤帆问："什么时候的事？严重吗？怎么不早说？"

乔予扬说："他不让，怕耽误你的计划。已经吃过药了，不算多严重。"

尤帆关切地说："有什么不舒服及时告诉我。"

乔予扬轻轻说了声："嗯。"

到了拍摄地，乔予扬把宁珩摇醒："到了，下车。"

宁珩没睁眼，坐直缓了缓，咳嗽了两声。

"宁珩，你怎么样啊？如果实在不舒服，我可以去商量换时间的。"
尤帆转过头看他。

"没事。"宁珩接过乔予扬递过来的水和药，一口闷，"差不多快好了。"

甲方的负责人很热情地接待他们，让他们先去化妆，他和尤帆沟通
后续合作的事情。

他俩底子好，乔予扬五官深邃立体，英气十足；宁珩长得很漂亮，
但不显得女气。

化妆师左看右看，无奈地笑了笑："你们俩这脸，还需要我们化什么？"

"那就不化。"宁珩看着面前密密麻麻的彩妆，嫌弃地说。

"还是要的，"化妆师笑道，"你脸色不好，上点底妆修饰一下肤色。
Loper，闭眼。"

他俩的妆基本算得上裸妆，没有明显的粉质痕迹，被化妆师细细打
磨一番，是比纯素颜的状态好了许多。

月底的时候，社交媒体上放出了他俩的代言宣传照，两个风格不同
但超级养眼的帅哥真的很有杀伤力。

Wakely 和 Loper 联名定制款键盘分别限量五万件，键盘上有两人的
签名浮雕，上线后很快就被抢光，没买到限量款的粉丝们，只能退而求
其次去买普通款的。

有了这俩明星选手的加持，这款键盘的销量屡创新高。

这件事不久后，电竞圈爆出了一个丑闻——月探直播老板王辉强迫旗下主播续约，并采用强制手段。爆料者提供的材料很丰富，每一张照片里都能清晰地看到王辉的脸，他搂着不同的女主播，那张平常在公开场合儒雅稳重的脸上能看到猥琐的神情。

这消息曝光时，宁珩正在直播，在游戏里大杀四方。

　　宁神，王辉的新闻爆了，你快去看看！
　　我的天，你前老板这么黑心呢？

宁珩瞥到弹幕上的消息，眉头微蹙，拿起手机打开微博。

有关王辉的话题已经爆了，不止有照片，还有他厚颜无耻不放人走的录音。

宁珩的直播停下，专注地"吃瓜"，弹幕也没闲着，依旧刷得满屏都是。

他花了十多分钟看了个大概，没什么惊讶的表情，把手机放桌上继续开始打游戏。

　　你一点都不惊讶？是不是早就知道？

他当初差点也被迫续约，但是事后王辉的表现还算得体，他没想到王辉在那之后会做得这么过火。他对月探最后的一些温情就此消散了，也更加珍惜和 DAR 众人的手足情谊。

训练恢复到了正常的十个小时，同样恢复的还有每个月的直播任务。最近他们着重训练双人配合。

老邹帮他们报了一场线下双人赛，是 Rob 官方举办的。国内战队不注重双人赛和三人赛，在国际大赛上非常吃亏。

这次的比赛是一个让他们找回比赛状态的机会。秦北他们在之前的三人赛预选中就没拿到理想的名次，乔予扬和宁珩双人赛磨合这么久，也一直没能有合适的机会展示。

比赛在 B 市举办，DAR 提前一天到，带了二队、三队的几位成员一起，让他们多适应比赛的氛围和紧张感。

虽然是线下的比赛，但主办方邀请的全是国内的一线战队，提前半个月就开始宣传，借着国内战队光亚杯夺冠的热度吸引了大批观众。

比赛当天，粉丝们热情高涨，选手们还没入场，千人观众席里大部分人就开始呼喊着选手们的名字。

这次比赛三人赛和双人赛是两个不同的场馆，休息室也不在一起，上午两个比赛同时进行，下午有回馈粉丝的友谊赛，还有一些娱乐采访。

乔予扬和宁珩进后台的时候遇到了 KIK 战队的人，宁珩知道 KIK 那些事儿之后就有意避嫌，打算假装没看到。

冉芃戏谑的目光在二人脸上打转，也不知道是不是故意的，他拍了拍宁珩的肩，特别亲热地和宁珩打招呼。

因为是双人赛，位置是两两挨在一起的，比赛依然是积分制，比拼五局，积分第一的队伍为冠军。

Loper 的狙击枪在国内算一等一的，但在 Wakely 的面前，只有当跟班的份儿。

他俩各司其职，Loper 依然主打近战强攻，Wakely 负责远程支援，节奏很快，完全没有比赛的紧张感，就像普通的双人赛一样。他俩打得比打五人赛时气势更猛，不避战，进入地图直接去物资点争夺资源。

不过其他战队也并不是吃素的，第三把的时候 DAR 正面遇上 KIK，宁珩和对面近身缠斗的时候，被冉芃干掉了。

所有人看到大屏幕里 Loper 的脸色变了，那是一种不服输的表情，众人隔着大屏幕都能感觉到他生气了，脸色很冷。

解说员 A："难得啊，Loper 近战很少输啊。"

解说员 B 笑道："Loper 在之前的光亚杯国内预选赛上输给过 Wakely 的。Wolf 有多年的比赛经验，又是 Loper 崇拜的选手，输给他也不算冤吧？"

解说员 A 失笑："截至目前 DAR 的积分是排第一的，Wakely 失去了

Loper 这名大将，不知这局接下来的表现会如何。"

Wakely 的表现就是在 Loper 阵亡后，立刻帮他复仇灭了 KIK，一边捡取装备，一边问："被冉芄杀掉的感觉怎么样？"

宁珩面无表情地盯着屏幕，帮他看敌情："你这是在幸灾乐祸吗？西南 307 方向一队，东北 155 方向有个人。"

宁珩话落，三声枪响，乔予扬弹无虚发地解决掉敌人。

"没错。"乔予扬似乎心情挺好。

"你别看笑话，"宁珩冷冷地说，"下把我就能复仇。"

乔予扬问："向你偶像复仇？"

宁珩漠然地回答："比赛面前无偶像。"

比赛里已经是决赛圈，乔予扬耳机里传出一阵激烈的枪响，他不紧不慢地收拾残局的同时还不忘调侃："看来宁神成长了。"

宁珩沉默不语，没有胜利的喜悦，反倒给队长一记凌厉的眼神。

剩下的几局比赛，DAR 稳居第一，毫无悬念地拿下冠军，让宁珩遗憾的是后面没有正面遇上 KIK，错失了亲手复仇的机会。

打完比赛后，主持人没有让选手们下场，而是集中在舞台中央，以闲聊的名义让选手回答粉丝们的问题，算是回馈给粉丝的福利。

宁珩为了比赛起了个大早，这会儿他只想赶紧回去睡觉，蔫不拉几地坐在椅子上，把玩着自己的手指，无聊得快把指头纹路数清了。

乔予扬低头问："无聊？"

"嗯，"宁珩发出一个懒懒的鼻音，兴致不高，"想睡觉。"

乔予扬看了一眼时间："快结束了，上车就睡。"

"我一会儿想……"

"接下来轮到 KIK 战队，有粉丝想问什么问题吗？"

主持人的话打断了宁珩的话，KIK 这个字眼钻进他的耳朵，困顿瞬间少了一半，电光石火之间，他做出了一个惊人的举动。

粉丝们举手的动作变得迟疑，都看向台上高举胳膊的某人。

主持人笑道："Loper 是有问题要问 KIK 吗？"

"是，大家都知道我是 Wolf 的粉丝，既然如此，我不能问吗？"宁珩说。

主持人有些为难地问："那大家愿意给 Loper 这个机会吗？"

众人异口同声："愿意！"

宁珩拿着话筒，看着冉芁问道："请问 Wolf，入行这么多年来，有多少个小号？能自曝几个印象深刻的吗？"

冉芁诧异："你就问我这个？"

宁珩点头。

这并不算什么劲爆问题，粉丝们也有些失望。

冉芁认真想了想："小号有无数个吧，印象深刻的……热干面、灰大狼、农夫三拳有点疼……"

"哈哈哈哈哈哈！"粉丝和选手笑成一团，乔予扬眼里也闪过一丝笑意。

狮子问："这都什么乱七八糟的？全是山寨啊你！"

冉芁无辜耸肩："这你得问 Wakely，都是他给我取的名字，总害得我被队友嘲笑。"

主持人问乔予扬："Wakely，你当初取这些名字的目的是？"

乔予扬大言不惭地说："就是为了让他被嘲笑。"

"哈哈哈哈哈！"现场笑声此起彼伏，气氛非常欢乐。

只有宁珩没有笑，盯着冉芁继续问："就没有英文名的小号吗？"

冉芁奇怪地看了他一眼："我从没有英文名的小号。"

宁珩愣住："为什么？"

"嗯……大概剑走偏锋？"冉芁说，"说真的，我挺喜欢 Wakely 给我取名的风格，所以我的小号基本都是这个路子。"

乔予扬漠然地说："别表扬我。"

还真是剑走偏锋。

笑死，以后看见山寨名字，都可以合理怀疑是冉神的号！

Wolf，其实你骨子里是个二哈。

哈哈，原来你是这样的冉神。

宁珩手心出汗，舞台上灼亮的灯光照得他有些恍惚，心跳得很快，像是行走在悬崖边的人跌入云端，一种强烈的失重感让他头晕目眩。

乔予扬和他挨得很近，注意到宁珩有些苍白的脸色，轻声问："你怎么了？"

宁珩缓缓摇头，忍着心间的躁乱。

冉芃瞧着他俩交头接耳的样子，嘴角挂着笑，继续说了一句："不过你的队长倒是钟爱英文的，所有的小号都是英文。"

宁珩抬眸看了一眼冉芃，他俊朗的模样在眼中渐渐模糊，那抹笑意刺得宁珩双目生疼，画面扭曲成了一种无声的嘲讽。

活动结束后，DAR战队当天晚上就坐车回了基地。

宁珩直奔浴室洗了个澡，躺在床上心乱如麻，他的思绪陷入了一条死胡同，太阳穴一抽一抽的。

冉芃的话反复在脑海循环，让他生出一种想要抵触的惧怕。

冉芃的话未必是真的，可他有什么撒谎的必要？

宁珩回想着曾经和Goat的聊天，还有那次单方面的见面。

他为什么会认为冉芃就是Goat？

是了，那件黑色流苏外套，Goat说他穿的是这个。

时光哗啦啦地翻着页，记忆把他带到了四年前那个午后，所有的滤镜都被清除了。

宁珩发现这一切根本经不起推敲。

Goat是说过他穿了流苏外套，可也说过因为打游戏不方便把衣服拉入了黑名单……

曾经冉芃和乔予扬的关系那么好，交情匪浅，朋友之间换穿一件衣服是再正常不过的事……

梅柳巷清净、僻静，因沿路的柳树和植物公园里的红梅而闻名，一到柳树发芽和梅花盛开的季节，这份安静就会被人群打破，喧闹声扰人清梦。

秋日的植被青黄不接，梅柳巷宁静悠长，午后阳光明媚，枯黄的柳枝随着微风摇曳，光影波动。

一位帅气的少年坐在靠窗的位置，眉宇间的青涩尚未褪尽，眼神中的攻击性已经不自觉地流露。

他眼底蕴藏着光芒，正是狂傲的年纪，在虚拟的游戏世界，那份骄傲更不曾收敛。

一局游戏结束，私信不断地闪着，是网友来告知他要去秋游的事情，有几天不能上线。

Goat："噢，什么时候走？"

"十五分钟后校车来接。"

他随便说了句"玩得开心"，想继续下一场比赛，可对方还缠着自己说话。

他俩认识了大半年，本来是闲得无聊带带新手，结果这人上手很快，没过多长时间技术就飞跃式提升，这倒是让他感到有些意外。

少有的能碰见一个一起打游戏让他感到轻松的人，还在同一个城市，更是难得。

"丁零"一声，网吧的门打开，一双大长腿率先迈进来，放轻脚步朝窗边走去。

"早听到你的脚步声了，冉芃，你能不能别这么幼稚？多大人了，还想着吓我？"不等人走近，他率先开口。

冉芃的脚步一顿，无语地走过去："不是，你就不能配合我一次？哪怕一次？你这样搞得我每次都好尴尬。"

乔予扬莫名其妙地问："我为什么要配合你的幼稚行为？"

"物以类聚，"冉芃坐下跷起了二郎腿，吊儿郎当地说，"你能好到哪里去？"

乔予扬没理他，噼里啪啦地敲着键盘回信息。

冉芃"啧"了一声，凑过去看："你和谁说话呢？聊得这么欢？"

"网友。"

他一目十行地看了眼聊天记录，露出嫌弃的眼神："你可真有闲心。"

"也有些日子没联系了。"乔予扬说，"你特意过来晃悠，有事儿？"

"过几天有个市级比赛，咱们去呗。"冉芃兴致勃勃地说，"奖金可丰厚了。"

乔予扬颔首："行。"

"咱们把秦北叫上，那小子技术不错，咱们打三人赛，奖金平分。"

"好。"

冉芃见他注意力都在电脑上，皱眉踹了他一下："你认真点儿行不行？别光顾着和小网友聊天。"

"你再踹？"乔予扬看着小腿上的灰，气场冷下来，"这是我最后一条三千块的裤子，你就这么糟蹋？"

冉芃乐不可支："哟，乔少爷也知道珍惜了？以前不是把千元的衣服、裤子当抹布使吗？"

乔少爷卑微地给自己裤子拍灰："今时不同往日。"

说起衣服，冉芃的视线落在搭在椅子上的黑色外套上，拿起来打量了一番："这是什么时候买的？怎么看着这么眼熟，这是最新款啊？你……你把上次的五千块奖金拿去买衣服了？乔予扬，就算我们从小养尊处优的，现在也不算缺钱，你也不能这么挥霍吧！"

乔予扬揉了揉被吼得耳鸣的耳朵，不耐烦地说："你啰不啰唆？"

冉芃惋惜道："你这买了怎么也不穿啊？还扔椅子上，瞧这里都弄皱了。"

"我也是买了才知道，"乔予扬冷着脸说，"胳膊上的流苏影响打游戏，我已经不打算穿它了。"

冉芃思绪一动："既然如此，要不你送我穿？我已经半年没买过新衣服了。"

"滚蛋，"乔予扬想也不想就回绝了，"这是我第一笔比赛奖金买的衣服，就算不穿也拿回去供着。"

冉芃撇嘴，他也心仪这件新款很久了。

214

他们现在靠打比赛挣钱，养活自己完全没问题。只是出来后不比在家时，手里的钱需要省着用，自然比不上以前想买什么就买的生活。

"那你借我穿会儿？"冉芃不等他同意，直接往身上穿，"让我沾点久违的贵气。"

乔予扬笑骂道："德行。"

冉芃穿上新衣服心旷神怡，看了一眼时间，催促道："行了，咱们去找秦北吧，不然晚上他又要打工，忙得没时间说话。"

乔予扬看向电脑，对话框里没有任何回复，那人应该去秋游了。于是乔予扬退出了游戏页面："行，走吧。"

二人并肩走在梅柳巷里，温和的光线落在少年们英俊的脸上，浅浅的暖光为他们增添了些许柔和。

乔予扬一觉睡醒，头有些疼，对于刚刚梦到的内容有些烦躁。

过往的所有记忆都和那个人有关，他潜意识里把曾经发生的一切都锁在记忆深处，任由它们蒙上灰尘，要不也只能唏嘘物是人非。

如果非要说实话，乔予扬确实是怪过冉芃的，从一开始他就没有想过要和 YE 一起渡过难关。

大难临头各自飞，怎么能不叫人寒心？

许是因为宁珩问冉芃小号的事情，这个梦让乔予扬想起了他曾经的一个小网友。他和冉芃、秦北打完那场比赛后，姚青昀找上他们，建立了属于他们自己的战队。

再后来，由于忙于训练、筹备比赛，他与那个小网友的一切交集都结束于那个秋日的午后。

凌晨五点的天灰蒙蒙的，基地里走廊两侧墙上的夜灯光线微弱，一切都幽静无声。

乔予扬去宁珩的房间里看了一圈发现没人，见训练室的门打开了一条缝，他走过去无声地推开，其中一台电脑亮着光，屏幕上的冷白光线打在宁珩的脸上，那张俊朗的脸蛋没有任何表情，眼神专注得过分。他坐在电竞椅上，抱着双腿，身影寂寥，在这寂静的环境里透着一种孤寂的无助感。

乔予扬看到这一幕心里莫名酸胀，还有一种说不清道不明的复杂情绪。

他无声地走过去，电脑上播放的是自己历年的比赛视频。

"又在看？"乔予扬问。

宁珩回过神似的，眨了眨眼："嗯，睡不着。"

乔予扬问："到底发生什么事了？从比赛回来之后，你的状态就不太好。"

还一直看过去的比赛视频。

"我也不知道……"宁珩眼里闪过一丝痛楚，有些崩溃地说，"我不知道该怎么和你开口……"

要怎么说呢？说当年我可能认错人了？宁珩矛盾极了。

他此刻陷进沼泽，苦苦挣扎之中又奢望解脱。

他心里甚至有一丝隐秘的期待，期待这一切都是他搞错了，Goat 就是冉芃，他没有错付感情……

四年的崇拜，变成了一场彻头彻尾的笑话。

一想到这种可能，宁珩就感觉心肺像被撕裂了一样，鼻腔有一种被灌入水的窒息感。

乔予扬察觉到他的异常，赶紧安抚："不知道那就先不说，你别激动，嗯？"

宁珩轻微哽咽着。

乔予扬叹了口气："你不想说，我可以暂时不问，但如果你想找人倾诉的话，我会一直都在。"

宁珩吸了吸鼻子，红着眼睛点头，小声地"嗯"了一声："好……给我一点时间……"

乔予扬没有揪着这个话题不放，他看了一眼外面的天色："要不要再回去睡会儿？马上天要亮了。"

这么一说宁珩还真困了，本来昨晚就没睡好，现在连眼睛都有点睁不开了："那我把电脑关一下。"

宁珩睡到中午，掐着点儿进入训练室，秦北和江姜他们正在聊天，乔予扬坐在电脑前不知道在看什么，不似平时那样懒散，表情认真。

"宁珩，吃饭吗？"江姜问道。

"嗯，吃了。"宁珩给自己冲了杯咖啡。

秦北瞅了他一眼，有些生硬地说："那个……你昨天怎么了？状态那么差，我还以为你感冒了。我不是关心你啊……随便问问。"

赵焱笑道："北哥，你知道有个词叫'欲盖弥彰'吗？"

秦北有些恼火："闭嘴。"

宁珩望了望窗外的天："今天太阳从西边出来的？"

江姜和赵焱不约而同地笑起来。

"就知道你狗嘴里吐不出象牙。"秦北也懊恼自己话多，"当我没说！"

"好多了，"宁珩拿起果盘里的苹果顺手扔给他，"谢了。"

秦北手忙脚乱地接住，诧异地问江姜："我没听错吧？他说啥？是说了谢谢吗？"

江姜："是。"

"你小子懂礼貌了啊。"秦北神色得意，立马飘了，"我没听见，大声点儿？"

宁珩冷冷地剜了他一眼："滚。"

"才说你有了礼貌，你至少多保持几秒行吗！"秦北跳脚。

赵焱忍俊不禁："北哥，你这不是找骂吗？"

"你也跑到我头上是不是？"

"不敢不敢。"

他们打闹了一番，乔予扬一句话都没说，宁珩走过去，隐约看到游戏对话框里密密麻麻有一长串消息。

他无心窥探别人的隐私，没有逗留，回到自己位置上开始训练。

乔予扬在看私信。

许是宁珩因为小号的事情失魂落魄，又可能是因为梦到了曾经的场景，想起了某个小号里还有一位认识了大半年却从未正式道别的小网友。

鬼使神差地，他登录了那个四年前的小号，确实太久远了，密码都

217

想不起来，费了好大力气找回密码，一进去，私信消息闪个不停。

全是那个小网友发来的。

> 我秋游回来了，周末约着一起玩游戏吧！
> 一个星期了，你怎么还没上线？等着和你打游戏呢。
> 怎么还不上线呢？一个多月了啊……
> 你组建战队了？很忙吧？没时间上线了？
> 我看了你们的初选赛，你打得真不错，和队友配合得好默契。
> 恭喜夺冠。
> 恭喜夺冠，你们的实力毋庸置疑。
> 我父母离婚了，我离开家了。
> Goat，我已经很久没有遇到过像你这么默契的队友了。

消息的时间跨度很长，这四年里小网友一直断断续续地发消息，最后一条消息是几个月前。

乔予扬从头到尾，把每一条消息都看了。

他很确定自己没有和这个小网友见面，但是对方显然见过自己，而且很清楚他们创建战队以及后续的事情。

乔予扬滚动着鼠标滚轮，页面上一条条信息快速地在他的眼中滑过，最终停在小网友最后发的那句话上，陷入沉思。

"队长，你怎么还不上线？"秦北喊道，"今天老邹不是让我和你练练双人赛吗？"

乔予扬应声："来了。"

他点了点对话框，飞快地敲了几个字，然后切换账号，开始了新一轮的训练。

无
处
安
放
的
友
情

第七章

秋冬交替快速且不易察觉，夏日茂盛的枝叶掉落得只剩枯枝残叶，零下的温度让湖泊结了一层薄薄的冰，屋内温暖如春，竟让人还未察觉就已经进入冬天了，甚至春节都已近在眼前。

下午四点，基地一楼异常热闹，难得所有人齐聚一堂，地上、沙发上、桌上放满了各种年货，秦北踩着梯子贴对联，凛冽的寒风吹进室内，他们只穿了单薄的毛衣，不约而同地打了个寒战。

"还没贴好啊，北哥？"赵焱忍不住说，"要不我来帮你？"

"催什么催？"秦北倒是穿着厚厚的羽绒服，鼻尖冻得通红，"这是大门，咱们基地的脸面，万一贴歪了不得让人笑话？"

江姜披了件毯子：可是冷啊。"

宁珩忍无可忍，直接过去把门关上。

秦北嚷嚷："谁关的门啊？万一我摔倒了都没人扶的！"

基地贴上了窗花，挂上了灯笼，变得喜庆起来。

要过年了。

宁珩靠在吧台边，手机一个劲儿地振动，是宁母让他回家的消息，宁父的对话框也不停地亮红点，安排一家人除夕一起吃饭。

他谁的消息也没回。

"宁珩，"乔予扬抱着一盆结满红果的冬青往楼上走，"别杵着偷懒了，一楼的卫生交给你了，把这儿收拾了。"

众人跟在后面，喜气洋洋地接着布置上面的三层。

宁珩看着满地的垃圾和包装纸，找了个大的垃圾袋开始收拾。

兜里的手机没完没了地来消息，发微信消息不够又打来了电话，宁珩烦躁地接起来："干什么？"

"我给你发的信息看到了吗？"宁父的声音传出来，背景音挺大的，似乎在外面。

宁珩一手拿着手机，用脚把所有的垃圾归拢在一起，蹲下一个个地往袋子里装，不耐烦地说："看到了，除夕跟你走，我妈怎么办？"

"她年三十那天晚上要和你叔叔和弟弟守岁，"宁父说，"我都和她商量好了，看你什么时候回来，到时候先去她家住两天，然后跟我去吃饭。我好久没见你了，除夕还是陪陪爸爸吧。"

"弟弟"两个字落在宁珩耳里特别尖锐，他眼前已经浮现出人家一家三口幸福美满的样子。

他冷笑一声，手指把塑料袋戳出一个洞，薄薄的胶纸在他手里揉成一团："你也就是因为没有其他儿子才想起我吧？"

虽然平时微信上嘘寒问暖没停过，却也不见他主动来找他这个儿子吃顿饭。

十八岁生日的时候，都过了三天才打个电话过来表达歉意，发了一个红包了事。

宁珩太了解他爸了，好面子。过年饭局多，别人都带着儿子、女儿的，他只能带个老婆，免不了被人问。

"你这小子，瞎想什么呢？"宁父不悦道，"是赵阿姨的家庭聚会。他有个远房表哥，生意做得很大，上市公司的老板。据说当年创业遇着难题的时候你赵阿姨家帮过他，今年他回国了，叫着一起吃顿饭。是你赵阿姨让我叫上你，人家把你当自己儿子，你也懂点事。"

"我从小就独立养活自己，还要怎么懂事？"宁珩怼道。

宁父不想和他纠结这个问题："你什么时候放假？"

"我只有三天假，"宁珩踹了踹地上的垃圾，又把包装纸弄得七零八落的，"年三十、初一、初二。"

宁父不满道："你们打游戏的，假期这么紧凑？春节一般不都有七天假吗？"

宁珩不想和他多扯，挂了电话，随后又给宁母回了条微信，说他没时间去她家住。

发完消息后，他把手机重重地扔在沙发上，用力地跺脚，把包装纸踩得簌簌作响，一边捡垃圾又一边踹垃圾，脸色又沉又冷，还有几分恼怒。

"你这究竟是捡垃圾还是扔垃圾？"宁珩身后突然响起一道温和的声音。

宁珩吓了一跳，猛地转身，一位气质儒雅的男人笑吟吟地看着他，一袭灰色的呢子大衣将他的身形衬得更加修长，垂在额间的鬈曲短发显得人很年轻，静静地站在那里就传递出一种平和从容的气质。

男人俯身把踩皱的包装纸拿起来，揉成一团扔进垃圾袋，打量了一番宁珩，温和地打招呼："你好，Loper。"

宁珩收敛了情绪，平静地说："您好，姚总。"

姚青昀有些意外，笑着问："我们应该是第一次见面吧？"

"有 DAR 基地的钥匙，能悄无声息地进出，除了您，我想不到别人。"宁珩说。

姚青昀赞赏道："真聪明，难怪予扬这么喜欢你。"

"倒也不是多聪明，"宁珩利落地把地上的一片狼藉收拾好，"乔予扬提前告诉过我老板要来。"

姚青昀打量了一圈："他们呢？"

"在楼上布置春节装饰。"姚青昀从他面前走过时，宁珩闻到他身上一股较为霸道的香水味，和他的气质有些不符。

"那麻烦你叫一下他们？"姚青昀说，"就说老板来请他们吃饭了。"

年末聚餐是俱乐部的传统，姚青昀向来不管战队的事，全权交给乔予扬和尤帆处理，只有一年到头才出现，领着所有人吃一顿好的。

三辆商务车驶出基地，路两侧秃秃的树枝上挂着小灯笼，别墅区的大门口也挂着中国结，流苏随风摆动，原本冷清的街道顿时喜庆起来，热烈的红色看得人心里暖暖的。

姚青昀没开车，和一队同坐一辆。

"我还是第一次见一队的两位新朋友，"姚青昀说，"光亚杯的比赛我有看，你们打得很好。"

秦北贱兮兮地问："姚总，既然打得好，那是不是……"

乔予扬嫌弃地看了他一眼："你就这点儿出息。"

"这是大事！"秦北义正词严。

姚青昀笑道："放心，一定是大红包。"

秦北春风满面："姚总大气！"

姚青昀很少参与俱乐部的事情，只是挂个名，但很舍得给DAR的人花钱。

商务车缓缓驶入地下车库，停稳后有专人为他们开车门，迎宾小姐踩着高跟鞋，优雅又干练地走在前面带路。

虽然是地下车库，可也装潢得金碧辉煌，墙上刻着精美的欧式风格壁画，在壁灯的照耀下散发着碎光，所有人都一脸惊奇地四处打量，除了乔予扬和宁珩，一个是见怪不怪，一个是想着春节回家的事儿没心情。

姚青昀带他们来的是会员制的高级会所，用餐、娱乐项目一应俱全，专属电梯将他们带到三十五层。

电梯缓缓上行，透明的玻璃让人能看到整座城市的夜景，将斑斓的霓虹灯光尽收眼底。随着楼层越来越高，人与星空好像近在咫尺地接触。一踏出电梯，空气里弥漫着一股令人神清气爽的香气，非常地舒服。

服务生带着他们往包间走，姚青昀回头说："吃完饭后可以去三十八楼泡温泉，我上次来的时候觉得他们家的水质非常不错，不想泡的也可以去……"

"方总，您好。"服务生客气的问候打断了姚青昀的话。

姚青昀一回头就对上了方昭压迫感非常强的视线，仿佛盯着猎物似的，嘴角噙着笑。

方昭身后跟着 KIK 一队的成员，冉芃就站在方昭的身旁，他看见 DAR 的人，眼里闪过一丝意外。

DAR 所有人在看到 KIK 一众的那一刻脸色都变了，包括姚青昀。

两拨人都安静下来，气氛变得诡异，好像有人按下了暂停键。

乔予扬眉头紧锁，气势悄无声息地变化，从懒散转为强硬，眼里满是戒备和警惕。

他上前一步，把曾经被方昭折磨得苦不堪言的姚青昀挡在身后。

方昭见状，嘴角的笑意更深，可眼里不见一丝温度，从始至终都盯着姚青昀，率先开口："姚总，好巧。"

姚青昀暗自深吸一口气，漠然地问："巧吗？"

"可不是巧吗，A 市这么大，我带着战队的人聚餐，偏偏和你遇上了。"方昭似笑非笑，在明亮的灯光下五官更加立体，眼中那份狠戾清晰可见，"我们，有缘。"

姚青昀扯了扯嘴角："我每天见的人很多，个个都有缘？还请方总让开，不要耽误彼此的时间。"

方昭也不恼，绅士地让开一条路，姚青昀与他擦肩而过。

有了这个小插曲，DAR 队内的气氛变得有些沉闷，宁珩静静地看着低头点菜的姚青昀，他平和从容，方才那份冰冷的抗拒已经消失，举手投足间尽是儒雅随和。

尤帆喝了口茶，有些纳闷儿："怎么遇上 KIK 了，真是晦气。"

"年底了都要聚餐吧，"江姜说，"KIK 也是一线战队，A 市就这么几家高端会所，碰见也很正常。"

"江姜说得对，只是巧合，别影响大家的心情。"姚青昀把菜单合上递给服务员，"今晚吃好喝好，这里面的所有娱乐项目都可以体验，全部算我头上。不会的就让你们队长教，他这位贵公子对这种地方可熟悉了。"

乔予扬正喝水呢，差点儿没被呛死，无奈地说："姚总，您可别诋毁我啊。"

"吁！"众人起哄。

宁珩问："你以前经常来这种地方？"

秦北煽风点火："我可以做证啊，以前经常听他说和冉芘一起出入这些高端会所。"

宁珩笑了一声，"被你这么说，倒是一点可信度都没有了。"

"我说的是实话！"秦北说，"姚总也这么说，你不听听老板的意见？队长，如实交代啊，以前都干了些啥？是不是来这儿喝花酒了？"

"滚蛋，"乔予扬笑骂道，"人家这是正经地方，怎么被你说得那么不堪？"

在众人插科打诨中，精致的菜品一道道上桌，高脚杯里摇曳着红酒，玻璃壁上留下淡淡的酒痕，像一片淡粉的薄雾。

包厢里，男生们在肆意欢笑，酒意涌上脸颊，每个人都笑容满面，那是独属于年轻人的意气风发。

姚青昀靠在床边，静静地看着近在眼前的青春，见秦北把赵焱压在地上灌酒，他的笑意更深，仰头将酒杯里的红酒喝下。

兜里的手机振动着，他掏出来看了眼来电人，脸色微变，笑意退得干干净净，迟迟没有按下接听键。

就在电话快自动挂断时，他接了起来，对面的人简短地说了几个字就挂断了。

姚青昀的喉结滚动了两下，脸色发白。

他看了一眼沉浸在欢笑中的青年们，放下酒杯，悄无声息地推门离开。

"阿嚏——"宁珩打了个喷嚏，莫名地，一股凉意蹿上背脊。

乔予扬看了看空调，问："冷？"

"不冷，暖气这么足。"宁珩揉了揉鼻子，"可能有人背后说我坏话吧，肯定是秦北。"

乔予扬失笑，"你和他的磁场很奇怪。"

"有吗？"宁珩睨了他一眼。

"这家店有个好地方，你想去看看吗？"

"干什么？我可是好孩子！"

"想什么呢？跟我来。"

酒过三巡后，乔予扬带宁珩坐电梯直奔四十层，走进了一间屋子。

房间不大，中央放着一架专业望远镜，四周全是冰冷的墙壁，没有任何光源，一片漆黑。

正当宁珩不解时，四面墙壁和屋顶的遮板缓缓打开——露出天空。

他们站在一间透明的房间里，只有月光能照进来。

乔予扬指着望远镜说："看看。"

宁珩听见指令后下意识地照办，然后就看到了满天的星辰。

"我小时候来过这个会所一次，无意中发现的。"乔予扬仰着头，感叹道，"这是 A 市最佳的观星地。"

宁珩嘴角一直弯弯的，眼睛快掉进望远镜里了，语气有些雀跃："真美！"

刚建立 YE 战队的时候，姚青昀和乔予扬闲聊时提到过自己有个从小一起长大的弟弟，和他一样在商场打拼，虽然是竞争关系，但是势均力敌，他们互相追赶，谁也不服输。

——那时候提起方昭，姚青昀的眼里有光。

今天晚上，KIK 没有再来骚扰过。DAR 和 KIK 两大战队，因为各自老板的原因终于偃旗息鼓，在外界看不到的地方维持着暂时的平静。

离春节越来越近，他们只有三天的假，二队、三队的有些队员因为打电竞这事儿和家里人闹得很僵，过年也不回家，大家凑在一起也算是热热闹闹的。

一队的所有人都要走，秦北锣鼓喧天地收拾行李，大包小包地扛着，像是来进货的。

乔予扬忍不住吐槽："你这是要把房间搬回去吗？"

"奶奶情况稳定了，今年在家里过年，"秦北有些兴奋，"我不得装点好东西回去布置一下家里吗？队长，我能提前一天走吗？"

乔予扬答应了，给他多发了一万块钱红包："今年表现不错，年终红包，回去给奶奶买点补品。"

秦北感动得哭天喊地，抱着乔予扬不松手，最后被嫌弃地一脚踹开。

其他人的行李相对简单，赵焱和江姜都带着小箱子，除了几件换洗的衣物，就是出去打比赛时给家人带的东西。

宁珩的更简单，箱子都不提，就背了个包。

他父母离婚，又各自组建了家庭，他和哪边的关系都不好。乔予扬妈妈去世，和爸爸的关系一直很疏离，回不回去都一样。

他俩同病相怜，就在基地多留了一晚，一起待到除夕才走。反正他们走一个方向，乔予扬开车送他。二人一路上神色冷静，丝毫没有过年回家的喜悦。

乔予扬把宁珩送到小区门口才离开，走之前说了一句"新年快乐"。

宁珩扯了扯嘴角，不走心地回了一句"同乐"。

乔予扬一走，宁珩看了一眼身后的小区大门，用围巾把脸遮得严实，认命地走进去。

当年他父母离婚，房子给了宁母，现在这套是宁父重新买的，宁珩来过几次，每次都只是坐坐就走。

这里不是"家"，没有他想要的归属感，这里还不如他以前当主播的时候租的几十平方米的小房子，那里至少自在。

门是宁父开的，他穿着居家服，看到宁珩后笑得很开心，态度无比热情，嘘寒问暖个不停，主动拿出拖鞋给他。

"你赵阿姨知道你来，特意给你新买的，"宁父说，"看看穿着合适吗？"

宁珩淡淡地说："凑合，谢谢赵姨。"

赵珊笑了笑："合适就好，你爸还给你买了几件新衣服，你快试试。"

宁珩被拉着进房间，看着床上三大袋的衣服，脸色缓和了些许："太多了。"

"过年嘛，以前都有给你买新衣服的。"宁父乐呵呵的，"换上试试。"

宁珩把衣服拿出来先看了一眼，眉头微蹙，然后去看尺码："小了。"

"啊？"宁父愣了愣，"你不是穿小码吗？从小你骨架就偏小，我记得很清楚的。"

宁珩把每件衣服都拿出来看了看，全是清一色的小码号，他扯了扯嘴角，讥诮道："那是我十五岁的尺码了，这些年难道我不长个子吗？"

宁父的笑容淡了下去，很是尴尬："那……我明天拿去换，你现在穿……"

"不用了。"宁珩把床上的衣服都放在桌上，没有情绪起伏，"我衣服多得穿不完，不差这两件，您的好意我心领了，我先休息一会儿，你们先出去吧。"

关门，落锁。

宁珩倒在床上，脸色苍白，还有些疲惫。

当年他们离婚的时候，宁珩才十五岁，后来他们父子相处的时间很少，他怎么会知晓宁珩穿衣的尺码？

这份亲子关系随着时间的流逝日渐疏离，形成了不可逾越的鸿沟，明明彼此不自在，还要假装出父慈子孝、关系融洽的假象。

想想就觉得恶心。

宁珩躺在床上不留神睡着了，后来被敲门声闹醒，宁父在门外说："宁珩，到点儿了，出去吃饭了。"

他抬头看了眼窗外，天色灰蒙蒙的，似乎还飘着点儿小雨，他的心情跟天气一样糟糕。

这顿年夜饭他一点儿都不想吃，还不如在基地来得痛快。

"宁珩？"宁父在外催促。

他慢悠悠地下床，头发乱糟糟的也懒得打理。

宁父和赵珊倒是穿得喜庆，同款的大红色外套，赵珊化了妆，整个人光鲜亮丽。

"大过年的，你穿黑色？"宁父不赞同，"要不换一件？"

"我没有红色衣服，也没带换的。"宁珩说，"那我不去？"

赵珊说："红不红色有什么关系？别计较这些，赶紧出门吧，叔叔伯伯们和表哥他们都到了。"

宁父不好再说什么，只能由着宁珩。

年夜饭安排在赵珊的表哥家，赵珊表哥家在郊区的别墅区，那里一栋房子占地几千平方米，环境极好，为了应景，满树挂着红灯笼。训练基地也是别墅，宁珩对这些场面早就见怪不怪了。

宁父知道这个远房表哥很有钱，但没想到这么有钱，一直向赵珊详细地询问她表哥的过去。

"他姥姥和我姥姥是亲姐妹，当年他创业失败过一次，二十多岁吧，据说被人摆了一道，精神上也受了点刺激。当时我妈妈出手帮助了他，他一直记着这点恩情，对我们家一直挺好的。"

宁父问："怎么以前没听你提起过？"

车稳稳当当地停在门口，下车后赵珊领着他们往里走，高跟鞋踩得响亮。

大门敞开着，上面分别挂着两个大大的中国结。路过玄关处，宁珩瞥见地上的一双黑色球鞋，怪眼熟的。

赵珊说："前几年他老婆没了，儿子似乎也和他关系不好，所以他就一直在外国待着，今年才回来。"

这故事情节宁珩越听越耳熟。

不会吧……怎么可能这么巧。

会客厅的大门打开，屋子里站满了人，赵珊走过去，对穿着西服的中年男人打招呼："哥，新年快乐。"

乔淙蔺看起来四十多岁，有种经历过大风大浪后锤炼出的稳重，淡淡地一瞥，让宁珩感觉到常年身居高位的凌厉。

他仅仅站在那里，就让人莫名地胆怯，不敢靠近。

宁珩一进去就看到男人旁边的青年，也是一样穿着黑衣服。他正和亲戚说着话，脸上挂着应付的浅笑，见又来了客人，转头朝门口这边看过来。

下一秒，宁珩看到了队长满是诧异的脸。

才分别了几个小时的队友就这么毫无预兆地再次见面，二人都看到了彼此眼中的诧异。

宁父跟着赵珊笑吟吟地叫乔哥，把站在一旁当桩的宁珩一把拉过来："这是你乔叔叔，这位是……"

宁父看着乔父身边的帅小伙，语气迟疑。

"他是我儿子。"乔淙蔺介绍，"予扬，这是你表姑。"

"表姑、姑父新年好。"乔予扬的目光在宁珩脸上打转，露出一个帅气的笑，"这位是……表弟？"

宁父担心宁珩的性子会冷场，赶紧笑着接话："是，算起来是表弟了。宁珩，叫哥哥。"

宁珩的嘴唇抿成一条线，完全没有开口的意思。

乔予扬揶揄道："看来表弟有点害羞？"

"他性子有点冷，"宁父干笑两声，有些尴尬，"宁珩，不许没礼貌，快叫人！"

宁珩喉结滚了两下，看着乔淙蔺开口："乔叔叔。"

乔淙蔺的目光落在他的脸上，停留了一下，颔首："你好。"

宁父催促道："还有表哥呢？"

宁珩对上乔予扬戏谑又期待的视线。

"这么难开口啊？"乔予扬似笑非笑，"我很吓人吗，表弟？"

赵珊出声解围："这孩子是有点害羞，不习惯人多，他没有……"

"我们认识，"乔予扬到底没有继续逗他，"我们是一个俱乐部的，我

231

是他的队长。"

宁珩别扭地"哼"了一声。

众人没想到他俩还有这层关系，都愣了愣，然后纷纷笑起来说有缘。

夜色浓重，烟花爆竹声此起彼伏，电视里的春节晚会喜气洋洋，长辈们饭后开始打牌、打麻将。

宁珩对这些东西完全不感兴趣，正准备开溜时，乔淙蔺突然看着他问："会玩吗？"

宁珩眨了眨眼，硬着头皮说："会一点儿。"

"予扬也一起，别想溜。"乔淙蔺一句话打断了乔予扬想帮宁珩解围的心思。

乔予扬蹙眉，很是冷淡："别了，和你玩我们究竟是该输还是该赢？"

宁父见状也跟着说："乔哥，宁珩还小，没摸过几次麻将，你想玩我陪你。"

乔淙蔺神色平静，没有说话。

宁父脸色有些难看，忍着性子说："乔哥，宁珩没见过世面，也没有正式工作，就打打游戏，怎么敢跟您玩？"

"还没开始就说输？"乔淙蔺说，"就算他不敢，他的队长也能补上。是吗，予扬？"

宁珩看了一眼乔予扬冰冷的脸色，率先在麻将桌前坐下，一副初生牛犊不怕虎的模样："是，输了有队长，我怕什么？"

话已至此，乔予扬也不好再说什么，大过年的，陪长辈打个牌无可非议。就算他们父子关系再差，当着这么多客人的面，表面关系总要维持。

乔予扬拉开凳子，在宁珩对面坐下来，似笑非笑地说："表弟，你打游戏这么厉害，可别栽到这个上面了。"

麻将机哐啷哐啷地响，码好的牌齐刷刷地从桌子下升起来。

宁珩装了一晚上的"乖宝宝"，他也懒得继续装了，轻笑一声："表哥，我才要说，你可别输了觉得丢人。"

"行啊，拭目以待。"

这其实是宁珩第一次打麻将，他口中的"会一点儿"仅仅是在电脑上玩过，知道规矩，却没有实战过。

他不算精通，可架不住手气好，上来就赢了两局。

赵珊不想得罪乔家父子，见他俩神色如常，才放下心来。

"予扬，你是不是故意放水啊？"赵珊问，"明知道宁珩在做清一色，你还是可劲儿地打万。"

"杠。"宁珩喊了一声，倒下来三张七条，把赵珊打的那张七条捡过来，"九条。"

"碰。"乔予扬打了一张八筒出来。

乔予扬说："表姑，这你误会了，那把我也想做清一色，有什么问题？"

赵珊有点怀疑乔予扬究竟会不会打牌了。

越到后面，宁珩的手气越好，基本上是他一个人在赢。

赢家越打越精神，宁珩两眼放光，精神奕奕，摸上来的每一张牌都是他想要的。

乔家父子自始至终面不改色，赵珊输得有些麻木了。

零点过后，结束牌局，宁珩是最大的赢家，朝乔予扬抛了一个得意的眼神。

乔予扬笑了笑。

散场后，乔淙蔺让宁珩一家留下来住一晚，难得过年见一次，赵珊也没拒绝。

乔家大，有很多的空房间。

宁珩独住一间，洗漱时发现二楼的浴室赵珊在用，年轻人脸皮薄不好意思下楼，不过幸好有熟人，他敲响乔予扬的房间。

门打开，乔予扬穿着睡衣站在门口："怎么？"

"我想洗漱，二楼的洗手间阿姨在用。"宁珩打了哈欠，"借一下队长的？"

乔予扬侧身让他进来，宁珩点头，走进去打量着乔予扬的房间，空而大，风格简约，色调以黑白为主，看起来生硬冰冷。

看得出来乔予扬很少回来，房间里一点生活气息都没有，只是一间睡觉的屋子而已。

衣柜的门是敞开的，他打量着乔予扬的衣架，动作突然僵住。

柜子里挂满了衣服，外套、衬衫、大衣，数量多得把挂衣杆都压弯了，其中一件宁珩无比眼熟，虽然只见过一次，却在他脑子里停留了四年—— 一件黑色流苏外套。

......

"宁珩——"秦北河东狮吼的声音在宁珩耳边炸裂开。

宁珩猛然回神，耳朵刺痛，差点儿要聋了，当即挥了一拳头回去："要死啊？"

"你才要死呢！"秦北闪躲不及，生生挨了一下，捂着肩膀咋呼，"我们叫你好几声都没反应！"

宁珩收回视线，喝了两口水，问江姜："叫我有事？"

江姜说："外面新开了一家火锅店，我们刚商量着要不要去吃，全场三折哦。"

今年才大年初四，其他行业还在休假时，他们已经回归战队，开始新一年的训练了。

宁珩露出一个怪异的眼神，看了一眼电脑上的时间："凌晨一点吃火锅？"

"说你蠢你还不乐意呢！"秦北叽叽歪歪，"当然是明天了，不对，应该今天中午！"

宁珩讥诮道："你起得来？"

秦北："我怎么起不来？给句话，去不去？"

"不想去。"宁珩心不在焉的，他嗓子充血，现在咽唾沫还有点疼，"上火了。"

"那队长呢？"秦北见乔予扬进来，赶紧问。

乔予扬在自己的机位坐下，迫于尤帆的反复催促，不情愿地开始直播："再说吧。"

秦北被他俩的态度伤到，不想再管这两人，拉着江姜和赵焱下楼去找二队的队员凑单。

训练室安静下来，只有乔予扬敲键盘和鼠标的声音。

宁珩在不训练、不直播的时候喜欢把腿盘着，或者蜷缩着，整个人陷在电竞椅子里。他心不在焉地拖动着鼠标，眼睛总往乔予扬那边瞟。

"你这件外套蛮别致的，什么时候买的？"

"几年前的款了，用第一次比赛的奖金买的，结果胳膊上的流苏影响打游戏，很少穿。"

如果之前是百分之九十九的怀疑，那么现在是百分百的肯定——Goat 是乔予扬。

他真的认错了人。

乔予扬打了多久，宁珩就看了多久，明明是同一个人，可游戏页面里"Goat"的字样让他生出一种久违的熟悉感。

他一直坐在电脑前目不转睛地看着，想尽可能地把曾经错过的东西给弥补回来。

乔予扬直播到凌晨三点，他关了直播退出游戏时，闪烁的私信吸引了他的目光。

"好久不见了，你终于回来了。"

对方账号显示着在线，乔予扬的目光停顿了几秒，双手放在键盘上。

　　Goat：是，好久不见。

"你的技术又精进了，这些年的比赛……我都看过。"

Goat：谢谢。

"Goat，你能和我见面吗？"

这句话让乔予扬有些措手不及。

Goat：你知道我不见网友，而且你不是见过我的吗？

"我知道你不见。你不是高高在上的电竞选手 Wakely，我也不是你的粉丝。我们就……以单纯的网友身份见一次。就见一面！十分钟，不，五分钟。乔神，你不想看看我究竟有没有走到你身边吗？"

乔予扬看着这条消息眉头微蹙，心里闪过一丝怪异的感觉，有种模糊的想法一闪而过，快到他没有捕捉住。

Goat：你什么意思？

"明天下午三点，夜色网吧。我会穿白色的棉服、破洞牛仔裤和一双红色的鞋。你不来我是不会走的。"

乔予扬还想说什么，对方已经匆匆下线，不给他拒绝的机会。

乔予扬退出游戏，动了动酸疼的手腕和僵硬的脖子，起身打算去洗漱睡觉时，宁珩叫住了他。

"队长，明天我想请一天假。"宁珩的手指揪着衣尾，一向坦荡的他对说谎一窍不通，有些磕巴道，"我得去妈妈家一趟，她叫我回去吃饭。"

春节还没过完，这个理由很正常，乔予扬没有多想便答应了。

翌日，乔予扬起床草草洗漱了一番，下楼吃饭，另外三人也刚到，正端着碗坐下来。

赵焱见只有他一人，问道："队长，宁珩呢？"

"他今天请假回一趟家。"乔予扬往嘴里塞了颗鸡蛋，"你们不是计划着要去吃火锅？"

江姜说："二队有两人也请假了，得晚上回来。我们约的晚上去吃，已经和老邹商量好了。"

乔予扬淡淡地说："下不为例，训练的时间还是要遵守。"

江姜点头："好，这话老邹也说了。你去吗？"

乔予扬刚想答应，脑子里想起了昨晚的邀约："你们去吧。"

吃过饭，他回到了训练室，打开电脑，游戏自动登录上一次退出的账号。

乔予扬点开私信，信息栏里的第一条是 NHSJDY 的对话框，他把消息点开，滑动着鼠标滚轮，目光再一次落在那句模棱两可的话上。

"就见一面！十分钟，不，五分钟。乔神，你不想看看我究竟有没有走到你身边吗？"

这句话给他的感觉很微妙，可他对对方的印象仍然停留在当年的小网友上。

他用的是小号，按理说根本不会暴露才对，可对方却认识他，还非常清楚这些年他的动态。

他把四年间的消息一一看过来，更倾向于对方成了自己狂热的粉丝，可昨晚这句"看看有没有走到你身边"又让他生出一股好奇。

他非常清楚自己没有见过对方，所以是哪一点出了问题呢？

还有，为什么要约在夜色网吧？那只是当年他随口推荐的地方。

乔予扬按了按眉心，有种想不明白的无力感。

他看了眼时间，大概估算了一下基地到夜色网吧的距离，回到卧室把队服换下，出了门。

寒冬凛冽，梅柳巷的蜡梅开得悠然，馥郁的香气氤氲在刺骨的冷气中，万物凋零，只有梅花绝世孤立地盛开。

过年期间几乎所有店铺都关门休息，网吧也是如此，纵然梅柳巷香气浓郁，因位置偏僻，又在新年期间，街道也是异常冷清。

乔予扬很久没来过这里了，应该说自从当年加入战队后就再也没时间去外面闲逛，他的生活变成了单一的训练和数不清的比赛。

他老远就看到街边蹲着一个人，和消息里说的一样，穿着白色的棉服，牛仔裤上的破洞很大，露出了光溜溜的膝盖，脚上那抹红色格外亮眼。

可能是太冷，那人把棉服的帽子拉起来戴着，脑袋遮得严严实实，像只被抛弃的小狗，手里拿着一截树枝在玩弄着地上的花瓣，看上去有股可怜劲儿。

乔予扬看了眼时间，已经三点半了，刚才路上堵车，迟到了半小时，他肯定以为自己不会来了。

乔予扬抬脚走过去，一步步地靠近，走到那人的跟前："你好，我是 Goat。"

青年玩弄花瓣的动作停住，被冻得通红的手松了力，干枯的树枝"啪嗒"一下掉在地上。

乔予扬见他不说话，又想接着问，可后面的话没有说出口，因为地上的人已经抬起了头。

白衣少年冲他笑了笑，鼻尖冻得通红，嘴唇也有些发白，可笑得灿烂。

乔予扬听见少年说："Goat，谢谢你能来。"

这才是宁珩钦慕了四年的偶像。

这一次，不会再错了。

许是习惯了基地里的暖气，宁珩出门穿得并不多，一件薄薄的羊毛衫、一件棉服，在接近零下的温度中冻得双手冰凉。

乔予扬是开车来的，梅柳巷不允许停车，他拉着人跑到停车场，把暖气开得很高，尽可能地帮宁珩快速回暖。

他见宁珩双手冻得通红的样子，无奈地说："出门就不能穿厚点？"

宁珩嘟囔："我忘了。"

"还冷吗？"乔予扬问。

宁珩吸了吸鼻子："不冷。"

乔予扬注视着他的脸，感叹道："怎么是你？"

难以想象，四年前的小网友竟然是他的队友。

宁珩眼睫毛颤了颤，鼻尖涌上一股酸楚，沙哑着开口："队长，有件事我要和你说。"

乔予扬猜到他要说什么："冉芄的事？"

宁珩的眼眶一下就红了，一时不知该怎么开口。

"在来的路上我一直在想为什么你会约在夜色网吧。"乔予扬开口，在见到宁珩的那一刻他就已经把所有事理顺了，"当初你来过，见到了我和冉芄，因为那件外套，是吗？"

宁珩点头，声音断断续续的："对不起……队长……我认错人了。对不起……我……我当初太笨了，会因为一件衣服认错了人。"

他的情绪很激动，语无伦次。

宁珩庆幸当初去表演赛时老天和他开了个玩笑，一次偶然的相撞，把交错的线扳回到正确的轨道。

"为什么要道歉？现在不是皆大欢喜吗？"

宁珩愣了愣："你早就猜到了吗？从我开始看你的比赛视频开始。"

"其实没有，只是有点怀疑，"乔予扬说，"你对冉芄的态度也不一样了。"

宁珩的身体渐渐回暖，小声地懊恼道："是我太没用了。"

"不用贬低自己，"乔予扬笑了笑，"宁珩，你对我，对 DAR 来说一直是个惊喜，只是没想到这份惊喜竟能追溯到那么久之前。"

说到这儿，他的笑有些无奈："要是早知道后面的事情会发展成这个样子，我倒是有些后悔当初没有和你见面。"

宁珩心情好起来，脸上也恢复了血色："没错，都是因为你。"

"不过幸好。"乔予扬说。

"幸好什么？"

乔予扬笑而不语，启动车子，在傍晚温柔的天光下朝基地行驶。

过完年后，尤帆趁着空档期没有比赛，给宁珩和江姜接了一档电竞的综艺，要去外地三天，其他三人跟着忙起来，接代言、拍广告，忙得团团转。

秦北倒在沙发上诉苦："尤老妈子，你是不是把我们当成你的艺人了啊？我一天拍俩广告，可累死我了。"

尤帆不客气地踹了他一脚："以前给你们接的时候，天天问我为什么乔予扬有你们没有，这会儿有了又嫌弃，不要的话我把后面俩给江姜，让他赚这钱。"

"别！"秦北赶紧抱大腿，赔笑道，"错了错了，尤经理，我非常乐意，哪怕辛苦我也愿意！不，根本就不辛苦！感谢您的牵线搭桥，我才有这个机会！"

DAR 战队里面商业价值最高的选手就是乔予扬，很多赞助商都是冲着 Wakely 的名号来的，他的光芒太盛，把其他几人衬得有些黯然失色了。

尤帆知道他们打电竞的需要保持手感，所以把他们拍广告的行程全部集中在两到三天内，集中拍完，然后继续训练。

"江姜，你们的行李收拾好了吗？"尤帆问，"是网络综艺节目，只录一天半，在路上耽误的时间有点多，别漏拿东西。这是宁珩第一次录节目，你多带着他点儿，什么该说什么不该说的，如果有挖坑的问题就帮他回答一下。唉，我是挺怕 Loper 这张嘴的，上次光亚杯采访闹出多少风波啊。"

江姜点头，忍俊不禁："知道，你别这么焦虑，我会和他说的。"

"哎？宁珩呢？"尤帆问。

江姜说："他在收拾东西吧。"

他们只去三天，换洗的衣服一两套就够了，宁珩在装药。

初五那天宁珩在寒风里吹了半个多小时，回来之后就头疼，一直咳嗽。

拍摄地距离 A 市有三个小时的车程，宁珩和江姜一大早就走了，没睡醒加上感冒还没完全好，宁珩跌跌撞撞地爬上车，一上去就戴着眼罩开始昏睡，和队友们一句再见都没说。

这会儿才八点，乔予扬被楼下出门的动静吵醒，打了个哈欠，觉得口渴下楼倒水喝，路过秦北房间时，没有关严的门缝泄露出断断续续的话——

"啊？我怎么知道，你知道我们和 KIK 的关系一直不好的。官宣？我没看到啊，被你电话吵醒的。"

"真的吗？冉芃能这样？当初他可是毅然决然选择了 KIK 的啊。"

"你是哪儿来的消息啊？免签约费？是你没睡醒还是我没睡醒？我咋就这么不信呢。"

三声敲门声打断了秦北絮絮叨叨的话。

秦北受了惊，猛地回头，举着手机挂也不是，说话也不是，尴尬地喊了一声："队长。"

"你刚刚说什么？"乔予扬目光很锋利，"冉芃？免签约费？"

秦北吞了口唾沫，指了指手机："虎头战队的葵仔……他跟我说冉芃退出 KIK 了，而且不知从哪儿传出的消息，说他这些年是免费在帮 KIK 打。"

乔予扬大步走过去，一把夺过秦北的手机，冲着电话那头问："你把话说清楚。"

葵仔颤颤巍巍地说："那个……就是前段时间冉芃退出了 KIK……"

"你是怎么知道的？"乔予扬沉声问。

葵仔说："上次是队长遇到了 KIK 的队员，他得到的消息……就过年那段时间的事情，然后好像还说冉芃这几年是免签约费在打……不过我只是听说，具体情况我也不知道……KIK 刚官宣，你可以去微博上看看。"

乔予扬把手机还给秦北，回房间拿过手机打开微博，一搜 KIK 俱乐部，第一条就是关于冉芃解约的微博，点赞、评论、转发都是好几万。

@KIK 俱乐部：本俱乐部与 @KIK-Wolf 的合约已到期，对于

Wolf 的退出，俱乐部表示遗憾和惋惜。感谢 Wolf 在四年间为 KIK 取得的荣誉，希望他往后更好。

乔予扬眉头紧锁，眼底不见一丝光亮，盯着 Wolf 的名字看了许久。

"乔予扬，KIK 再如何，我冉芃从没有对不起你。"

他按了按眉心，想起那晚光亚杯单人赛预选赛后冉芃的话，紧绷的神经突突直跳。

沉默半晌，他拿起外套，离开了基地。

深冬的早晨空气里弥漫着霜雾，天空灰蒙蒙的，不见一丝光亮，整个城市被压抑而沉闷的天色笼罩着。

乔予扬开着车，脸色冰冷，他注视着前方的红灯，眼里没有情绪。

乔予扬凭着记忆驶进了四年未曾来过的小区，走进单元楼，在镜面的电梯门里，他看到自己风尘仆仆的样子。

"叮"的一声，电梯门打开，他走进去，短暂地回忆了一下后，摁下了二十五层的按钮。

"叮咚——叮咚——"

他按了十分钟的门铃都没人开，最后拿出手机，拨通了多年未打过的号码，门里隐约传出音乐。

乔予扬利落地挂了电话，输入了记忆中的密码。

"咔嚓"，门开了。

乔予扬推开门，一股浓重的酒气扑面而来，还混合着其他食物的味道，非常难闻。

这套公寓是冉芃出生的时候他外公送给他的，当初他俩从家里出来时就住在这儿，正因为有这套公寓他俩才不至于流落街头。

他抬脚走进去，屋内的一切都没有变，唯一不同的是客厅里一片狼藉，各种外卖、酒瓶乱七八糟地堆着，已经快堆成了一个垃圾场。

冉芃倒在其中，身上也是乱糟糟的，手里攥着易拉罐，睡得很沉。

乔予扬冷眼瞧着，把窗户打开通风，让室内的空气清新了一些，然后去洗手间倒了杯水，冲着冉芃的脸浇下去。

刺骨的冰凉激醒了他，他打了个寒战，满脸的水痕让他睁不开眼，歪歪倒倒地坐起来，他狼狈地抹了把脸，迷茫地环顾四周，看到乔予扬的脸时竟分不清是梦境还是现实。

"醒了？"乔予扬居高临下地看着他，长款的驼色呢大衣把他的身形衬托得更加高大挺拔。

冉芃松了手，易拉罐掉在地上发出清脆的声响，他慢腾腾地挪到沙发上，宿醉后头格外疼，大脑像死机一样运转不过来，他不知道乔予扬为什么会出现在这里。

"你怎么来了？"

乔予扬开门见山地问："你退出 KIK 了？"

冉芃抬起头，反应迟钝地说："嗯……今天什么时候了……应该官宣了。"

"为什么？"

"为什么？"冉芃看向他，突然笑了起来，"乔予扬，我倒是想问问你，KIK 收买 DAR 成员打假赛的事情，你为什么不告诉我？"

乔予扬抿着唇，下颌线紧绷着。

"就因为当年我选择了 KIK，所以你就料定我和 KIK 同流合污了？"冉芃眼眶发红，神色有些狰狞，阵阵头痛让他思绪一团混乱。他心里有团火，这段时间快把他烧得体无完肤，如果再不发泄出来，他怕自己会疯掉。

"是，我是自私，为了自己选择了 KIK，没有陪着 YE、陪着你、陪着姚总共渡难关。我冉芃就算再怎么背信弃义，也不至于去拿兄弟的前程开玩笑！乔予扬，我们从小就认识了，十多年的情分，在你心里我究竟是什么样的人？我会去搞那些下三烂的手段？你压根儿就没信任过我！"

冉芃气冲脑门儿，双目猩红，顺手拿起脚边的酒瓶狠狠地朝乔予扬砸去。

"咚"的一声闷响，乔予扬没躲，任由它砸到自己的胸口，掉落在地上，滚至角落。

"我以为你知道。"

"我知道？我上哪儿知道？"冉芃情绪失控，上前一把揪住乔予扬的衣领，"金粤的事情你们避而不谈，张澜安的事情被KIK内部竭力压下。要不是年前聚会我听到了KIK高层的对话，我现在还被蒙在鼓里！"

冉芃喘着粗气，气愤的同时还有一种莫大的负罪感。他怀疑过，怎么可能没有怀疑过呢？如果说金粤的失误是个意外，那么张澜安的失误又怎么解释呢？

可是他赢过DAR战队，赢过乔予扬。

越是关系好的朋友，失意那方越是免不了要比较。

他们是一起接触的Rob，可偏偏乔予扬就是要更胜一筹。

当初在YE战队的时候，尽管他是和乔予扬并肩的地位，可乔予扬的光芒总是更耀眼。后来加入KIK，他昼夜不分地训练，为的就是向乔予扬证明，他当初选择KIK是正确的。

所以哪怕冉芃怀疑过，他还是选择下意识地回避，因为一旦面对、承认，就意味着当初令他引以为豪的世界冠军是一场笑话，他需要靠假赛才能赢得奖杯。

当真相毫无保留地摆在面前时，彻底打破了他多年来的幻想和自以为是。

难怪这么多年乔予扬对他的态度疏离又冷漠，从头到尾，他都没有超越过乔予扬，反而这些年在KIK混得更加掉价，令人不齿。

乔予扬对上冉芃愤恨的目光："你说我瞒着你假赛的事，你这些年免签约费在KIK，不是也没告诉我。"

冉芃愣怔的一瞬，捂着脸笑得好悲伤，一步步后退，坐在地上："是啊，其实本质上我们都一样，乔予扬，你不觉得可笑吗？我们都在守着自以为是的秘密，想让对方好过一点，但其实就是个笑话。"

当初他知道乔予扬和方昭立下三年赌约后，就去找了方昭，用自己当KIK的免费劳动力作为交换，让他不要再继续针对乔予扬，也算是为自己的背信弃义赎罪。如果日后乔予扬真的加入了KIK，也不至于真的一分钱都拿不到，白白为KIK卖命。

他们毕竟太熟了，认识了十多年，哪怕中途分开了这么几年，当一切都说开后，都能立马明白对方隐瞒的心思。

冉芃不提自己免签约费的事，是不想让乔予扬因为赌约的事心有愧疚。

他们都在为对方考虑，可实际上两个战队的矛盾越滚越大，二人的关系也一去不复返。

乔予扬脸色冷峻而怔然，他拿起一瓶啤酒，用酒精缓解着心里深深的无力感。

他看着地上颓丧的冉芃，一股酸涩的情绪涌上来。

年少时爽朗的笑声还萦绕在耳畔，现在短短几年过去了，他们之间的距离已宛如万丈鸿沟无法逾越。

他们怎么会变成这个样子？

窗户敞开着，冷风呼呼地吹进来，满室冰凉。

乔予扬蹲下来，星火明明暗暗，烟雾随风而散，他看着瓷砖的线条，低声问："你后面有什么打算？"

冉芃佝偻着背，声音哑得不行："没打算。"

"你就想这么待下去？"乔予扬把烟头摁灭，"成天在垃圾堆里过日子？"

"在你心里，当初我选择KIK的时候就已经是垃圾了吧。"冉芃躺在地上，双目无神地看着天花板。

"我确实怪过你，"乔予扬说，"但已经过去了，其实说到底，我们走到今天这步，是因为方昭和姚总的恩怨。"

冉芃抬起胳膊挡住了眼睛："乔予扬，你走吧，我不需要你的同情。你今天不就是来看我笑话的吗？我当初的选择是个错误，自以为是了四年，以为自己真的强过了你，沾沾自喜，结果什么都不是。"

乔予扬缓缓起身，眼底情绪复杂："冉芃，我们回不到过去了。"

过了许久，冉芃开口："我知道。"

"如果你愿意……DAR的大门向你敞开。"乔予扬说，"过去的事不重要，重要的是未来。"

冉芃没再说话，静静地躺着像是睡着了一样，屋内的气味也被冷风冲散，只剩一室冰冷。

乔予扬出去后给保洁公司打了个电话，报了冉芃家的住址。

他深吸一口气，看着远处的阴霾，脑子里不断涌现冉芃颓丧的模样，郁结之气拧在胸口，压抑又沉闷。

和冉芃见面不超过半个小时，过去四年的所有都落下帷幕。

他知道冉芃不管有多内疚，这些年发生的事一切根源还是在于方昭和姚青昀，他们被牵扯进去，随波逐流，早已谈不上对错。

乔予扬回基地时四楼空无一人，其他人都忙着去拍代言、综艺，他这个商业价值最高的人反而成了最闲的。

他脑子里很乱，回房倒头就睡，但睡得并不安稳，过去的种种像放电影一样闪过，方昭和姚青昀的恩怨纠葛、他和冉芃的分道扬镳、队友的背叛。

四年的矛盾、恩怨，纷乱如麻。

他是被电话吵醒的，额头渗出了一层薄汗，脑袋沉重。

外面天色已深，房间里暗沉沉的，他这一觉直接睡到了晚上七点，锁屏上是江姜打的第二十个电话，还有尤帆的七八个。

乔予扬太阳穴一跳，不好的预感席卷心头。他正想回拨过去，江姜的电话已经又打进来。

江姜那边是从未有过的急切："喂！队长，宁珩出事了！"

目标是世界冠军

第八章

宁玠上车后一直昏睡，身体很疲倦，好像被人蒙在麻袋里打了一顿似的，浑身酸痛，提不起劲儿。

中途江姜把他叫醒，根据乔予扬的嘱咐让他起来吃药。

"你很难受吗？"江姜见他脸色实在不太好，精神也萎靡不振，担心地问，"实在不行就让老妈子把综艺推了，有没有发烧？"

他伸手摸了摸宁玠的额头，温度是正常的。

宁玠把五六粒药丸一口闷，转动僵硬的脖子："我没事，就是普通感冒。"

"你别逞强，"江姜知道他是个爱硬撑的性子，"不舒服就及时去医院，不丢脸的。"

"我知道。"宁玠把眼罩又拉下来，怀里抱着靠枕，继续陷入昏睡。

到达目的地后，司机先送他们去了酒店，把行李放下后再去录制现场。

尤帆给他们接的是最近热度非常高的节目《争锋相对》，这档节目是邀请娱乐圈里的流量明星和职业选手组队，进行表演赛。

明星自带流量，加上宁玠和江姜的热度，录制现场围着大批的粉丝。宁玠戴着鸭舌帽和口罩，把脸遮得严严实实，但露出的粉色头发还是让人一眼就能认出他。

刚下车，两人就快被山呼海啸般的呐喊震聋了耳朵。

他俩跟着保安在工作人员的带领下走进化妆间。

江姜去卫生间了，现在化妆间就宁玠一人，他摘下帽子、口罩，看向镜子里的自己，脸色确实不好，眼下乌青，唇色苍白，没有血色，看起来非常憔悴。

他有些胸闷气短，稍稍多说几句话就开始咳嗽。

现在没人，以防万一，宁珩又给自己喷点了治哮喘的药，苦涩的药味顺着鼻腔进入呼吸道，气紧缺氧的感觉好了不少。

这时候门被推开，江姜走了进来，正好看他放下手藏什么东西，疑惑道："你怎么了？"

"没有，刚刚吃了点药。"宁珩把药揣进衣兜。

江姜见他脸色不好，关切道："不舒服一定要说啊。"

宁珩不耐烦地点了点头。

化妆间很大，没过多久又有一些职业选手进来，全是在赛场上遇到过的熟悉面孔。

狮子一进来就看到宁珩一边化妆一边昏昏欲睡的模样，问道："这不是宁神吗？乔予扬没来？"

"他咖位比我高，另有安排。"宁珩困得不行还不忘说话带刺。

虽然不中听吧，但是实话。

"你脸色怎么这样难看？"狮子瞧着宁珩煞白的小脸儿，蹙眉问，"你们家经理这么不人道？硬拉着选手赚钱呢？"

宁珩倒在椅子上快睡着了，没工夫应对他的话。

江姜解释道："已经吃过药了，可能最近有点疲惫吧，他主要是困。"

趁着化妆和做造型的时间，宁珩又睡了一觉，这次好像睡眠补足了，再睁眼时脑袋清醒了不少，再加上化妆遮盖了他憔悴的脸色，此时的他看起来神采奕奕。

造型师保留了他顺毛的造型，用卷发棒把头发夹得微卷，宁珩顶着一头卷发，桀骜不驯的气质弱化了很多，看上去颇为乖巧。

江姜问："你没事吧？有没有好点？"

宁珩的精神好多了，他喝了几口冰水："没事了，走吧，看我待会儿把他们杀得片甲不留。"

江姜见他的活力又回来了，终于安下心来，笑了笑："行，看宁神大杀四方。"

录制现场很宽敞，是专门为这档综艺搭建的，制片方下了血本，用的设备都很考究。

组队方式是通过抽签来决定的，一个职业选手带两个明星选手，这次节目合作的所有明星都有些实力，虽然比不上职业的，但也都是老玩家了。

宁珩带的是两个女生，一个是最年轻的影视演员，一个是女团出道的甜美歌手。

他一开始以为在娱乐圈里的人都忙，应该没有时间玩游戏，已经做好单人独闯龙潭的准备了。可这俩姑娘打得意外地好，意识非常优秀，操作也说得过去，虽不至于百发百中，却能跟上宁珩的节奏。

打了一局后，宁珩有意放缓节奏，收敛了冲劲儿，结果演员对他说："你不用顾及我们，我们能跟上。"

甜美歌手："对，你打你的就行了。"

好吧，宁神难得做一回绅士，人家还不领情。

宁珩一旦投入游戏就会特别专注，录制棚里会有工作人员走动，他全神贯注地盯着屏幕，根本没有留意到有人抱着花篮从他身后走过。

其间他觉得鼻子痒，打了几个喷嚏，但并未留意，直到他皮肤发痒，凶猛的窒息感瞬间席卷而来，他甚至来不及从兜里拿药，就已经从座位滑到地上。

他左右两侧的队友率先发现不对劲，见他脸色煞白、倒在地上的样子慌张地叫了紧急暂停。

所有人都被宁珩的样子吓到了，场面乱作一团，人们纷纷围上来，有好几个人掏出手机拨打120。

"宁珩，你怎么样？"江姜慌乱不已，抱着宁珩不知该如何反应。

宁珩的眼睛涌上水雾，张嘴大口呼吸却无济于事，他掐着自己的脖子试图缓解痛苦，"药……在兜里……"

江姜手忙脚乱地给他找药，拿出一个小喷雾没等他扯开盖子，宁珩就匆匆夺过去，对着自己喷。

"他这是怎么了？"有人问，"皮肤好红，是过敏吗？"

"过敏"二字让江姜想起乔予扬的嘱咐，一抬眼就看到了不远处的花篮，失控道，"怎么会有花篮？我们经理不是说了不能有花吗？！Loper对花粉过敏！不能和任何花一类的东西待在一起！"

"快快快，把花拿出去扔掉！"负责人说，"实在抱歉，这件事是我们没有对接好，我们已经打120了，救护车马上就来！"

有人在旁边说："他的反应不只是过敏吧？谁过敏会缺氧？我觉得更像是哮喘。"

话落，江姜感觉到抓着自己手臂的力道一松，宁珩的胳膊垂下，已经晕了过去。

宁珩醒过来的时候大脑还处于死机状态，他盯着雪白的天花板发愣，动了动酸软的手，才发觉手背扎着针头挂着水。

"宁珩，你终于醒了。"江姜担忧的脸出现在眼前，"你昏睡了大半天，可把我们担心坏了。"

宁珩张了张嘴，嗓子涩得像被火烤过一样，完全说不出话。

江姜会意，赶紧把准备好的水递过来，插上吸管送到他嘴边。

宁珩一口气把一大杯水喝完，喉咙得到了滋润，勉强能说出话："你们？"

"队长已经赶过来了，"江姜长叹一口气，语气颇为无奈，"这么大的事，你不该瞒着我们，你的身体素质并不好，万一出点儿什么意外，这可是会危及生命的。"

宁珩垂着眸，嘴唇微动，正要开口时，病房门被从外面推开，乔予扬走了进来。

他的手里拿着一大堆药和发票，把东西放在桌上后，他坐在病床前的椅子上，开口问："感觉怎么样？"

宁珩苍白的嘴唇抿了抿，底气不足地说："好些了。"

乔予扬瞧着青年难得温顺的样子，问道："之前为什么不和我们说实话？"

宁珩依旧低着头，看着自己贴满胶布的手背，没有回答。

"是怕我们知道后不让你加入战队？"乔予扬一语中的。

宁珩很清瘦，病号服穿在他身上很大，平添了几分无助感。

沉默在病房中蔓延，宁珩的刘海垂在额间，让人看不清他的表情。

"你为什么会这么认为？"乔予扬无声地叹了口气，"且不说我们是队友，我不会因为这个嫌弃你。就算你还没进战队那会儿，我也不会因为这个拒绝你。"

宁珩猛然抬起头，眼眶微微发红，艰难道："为什么？"

这倒把乔予扬问愣了："什么为什么？"

宁珩嗓子发紧，很是无措："我……我万一影响比赛……"

乔予扬反问："你进 DAR 之后打了那么多比赛，有影响吗？"

宁珩还是不安："万一……比赛中途我突然发病……"

江姜笑起来："宁珩，放宽心一点，自从你加入战队之后，我们就是一家人了，你有见过谁嫌弃家人的吗？"

宁珩怔怔地看着江姜，眼睛更红了一些。

"现在哮喘又不是什么大病，而且咱们这个电竞都是坐在椅子上的，又不是什么极限运动，怎么会因为这个嫌弃你？"江姜说，"你隐瞒真实情况，知不知道把我吓坏了？"

宁珩笑了笑，有些哽咽："对不起。"

"好啦，没有怪你。"江姜说，"快点养病吧，节目等着你录完，大家也都等你回去呢。"

宁珩眨了眨眼，看向乔予扬。

向来冷淡的队长此时目光温和："江姜说得对，我们是家人。"

"家人"两字烫得宁珩心口发酸，让他眼眶湿润。

这一刻他想到了当初离开月探时王辉跟他说的话。

王辉错得离谱。

宁珩终于出院，此时正坐在回基地的车上，忐忑地上网搜索有关自己的新闻。

宁珩翻了翻最近的新闻，又去 DAR 官博下面看了几眼评论，说："大家对这件事的接受度很高？"

"那是因为尤帆帮你处理了大部分不友善的评论。"乔予扬单手握着方向盘，把车里的暖气开高了些，淡然地说，"不然你以为这届网友这么好说话？隐瞒病情，欺骗队友，欺骗粉丝，如果没有尤帆的公关，说不定这事能传成什么样呢。"

江姜从后排冒出头："这么多天了，尤老妈子还没消气，我昨天和他打电话的时候，都气冲冲的。这下回去估计他得找你算总账呢。"

宁珩没说话，继续低头看手机。

车子驶入基地，三人一同下车，进门后发现平时冷冷清清的一楼异常热闹，三个队的人都到齐了，或坐或站，门一开，齐刷刷地朝门口看过来。

场面突然变得安静，所有人的目光集中在宁珩身上，却没有一个人率先开口打破这份沉寂。

宁珩这几天累得慌，体力还没恢复正常，走到沙发边坐下来，神色自若地喝了口水。

"噔噔噔——"楼上突然传出一阵匆忙的脚步声，楼梯口冒出秦北急急忙忙的身影。

从他的角度，一下来就看到了乔予扬，然后视线往旁边一挪，快一个星期没见的人此刻正静静地坐在沙发上准备接受"拷问"。

秦北看着宁珩惊呼了一声，瞪眼道："您还活着哪！"

秦北这声惊叹打破了诡异的平静，他一路小跑着过去，凑到宁珩面前仔细打量，宁珩顺手拿起靠枕砸过去，冷冷说道："滚蛋。"

"说你凶还不承认呢！"秦北灵活躲过。

"行了！"尤帆气势很足地吼了一声，指着宁珩恨铁不成钢地说，"你说你，这么大的事儿能瞒着我吗？我会因为这点事就把你踹出去？网上多少人说你对战队不负责，对职业不负责，对节目不负责？"

宁珩难得挨骂，还是当着这么多人的面，二队、三队的人默默在一旁看戏，有几位还悄悄嗑起了瓜子。

宁珩耐着性子等尤帆噼里啪啦地说完，然后点了点头。

尤帆吼得嗓子干，喝了两口水接着说："别看现在网上的风向偏向我们，你知道我花了多少功夫才搞定舆论吗？还有，选手参加比赛，如果有病史是要报备的。现在大赛负责人给各战队发通告，如果赛场上发生宁珩这种情况，就取消俱乐部的参赛资格。"

乔予扬收敛起随意的做派，问："电竞委员会怎么说？"

尤帆说："还能怎么说？口头警告，然后禁了宁珩下一次比赛的出场机会，小惩大诚。"

宁珩蹙眉道："下一次比赛是什么？"

"算起来，应该是春季赛。"老邹说。

"啊？那岂不是整个春季赛，宁珩都上不了场啊？"秦北震惊，"不是吧，至于吗？"

江姜平静地说："电竞委员会惩罚的是隐瞒病史这件事，不管如何，他们必须对选手的生命安全负责，这个惩罚是一次表态，他们也不敢轻易放过宁珩。"

"那春季赛怎么办？宁珩不上场，我们损失挺大的。"赵焱忧心忡忡地问。

"春季赛之后就是国际比赛，"老邹说，"虽然宁珩春季赛上不了，但有充分时间去琢磨国际赛事的对手，对手不熟悉宁珩，未尝不是一件好事。"

说起后面的赛程，气氛又有些沉重，一旁嗑瓜子的声音也没了。

春季赛即将开始，战队又恢复了每天十二小时的训练，这不仅仅是一个简单的比赛——只有春季赛前三的队伍才能去参加 Rob 的世界联赛。

此次比赛宁珩不参加，老邹让他专心应对后面的世界比赛。

他不参加春季赛的训练，可每天也没闲着，坐在自己的机位上看往年的比赛视频，翻来覆去地看，一帧帧地抠，势必要将每个队伍的人都烂熟于心。

五人赛的训练宁珩暂时不参加，二队的 Zero 来一队训练室时还有些不好意思，感觉是抢了宁珩的位置一样，心虚地看了宁珩好几眼，直到乔予扬说听从战队安排才作罢。

宁珩没说什么，比 Zero 更坦然，去了二队训练室看往年的世界比赛视频。

宁珩从没参加过世界比赛，他和对手们彼此都是陌生的。

所以根据老邹的要求，他必须仔仔细细地琢磨往年的录像，研究每个选手的打法、每支战队的战术，特别是去年的冠军 GYU，他们第一次参加比赛就拿了冠军，实力不容小觑。

距离世界比赛还有半年的时间，有充足的时间了解未来的对手，这对宁珩来说是件好事。

刚过零点，宁珩揉了揉酸胀干涩的眼睛，他看了将近十个小时，暂停了视频打算直播玩会儿游戏休息一下。他登录了小号，见私信不停地闪着，是很久没见的小丁。

自从他加入战队后一直沉浸在训练中，小丁好几次找他打游戏，都因为时间不凑巧推了，但小丁坚持不懈，仍一有机会就来问能否一起玩。

小丁："宁哥！终于看到你空闲的状态了，一会儿能和你双人赛吗？我们好久没玩了。"

宁珩："可以，我正好要直播，用小号。"

小丁："真好耶！"

宁珩换了个小号，把小丁拉进来，直播间人数唰唰上升，短短五分钟就突破了十万，人数还在继续增加。

Loper！终于等到你了。

Loper 注意身体呀，脸色一点都不好。

好久没见啦！之前网上说你住院了啊，身体好了吗？

这次直播这么早？不用训练吗？

哎？这个是谁？难得见你拉人啊。

"他是月探的一个主播，我朋友。"宁珩操控着游戏人物，在低分段如鱼得水，一心二用，回答着弹幕上的问题。

小丁说："宁哥，我已经不在月探了，现在在际远TV。"

"哦，那新公司的待遇好吗？"耳机里是激烈的枪响，宁珩拿到了物资枪，随口问。

小丁迟疑了一下："这个好像不能说吧？"

大家看到屏幕里宁珩一边行云流水地操作，一边冷淡地说："说出来才好帮公司拉人，哪个行业不是先问工资的？"

小丁在游戏里连杀三人，半信半疑地问："是吗？那宁哥，你的签约费是多少啊？"

宁珩没想到会被这小子反将一军。

哈哈哈，小丁干得漂亮！

这小伙子不错，去关注一波。

小弟弟好可爱，居然能让宁神吃瘪！哈哈哈哈哈，牛啊！

灵魂反问，让你欺负小孩儿！

宁珩扫了一眼弹幕，冷冷地说："丁琦，你小子学坏了。"

"跟你学的。"小丁嘿嘿一笑，"宁哥，你的技术比以前做主播的时候又精进不少，看来我更没办法超越你了。"

宁珩毫不谦虚："你知道就好。"

宁珩直播了一个半小时，丁琦跟着他，自己直播间的人数也创下了新高，短时间内收获了不少的粉丝。

下播后，宁珩跟着准备退出游戏，小丁叫住了他："宁哥，我后面还能和你玩游戏吗？"

宁珩转动着酸疼的脖子，说："看我时间。"

"哦，好吧。"小丁有些遗憾，"哎，对了，我记得你之前喜欢 KIK 的 Wolf 是吧？"

宁珩一本正经地解释："我现在不喜欢他了，而且那是以前少不更事，以后别提了。"

"这样啊……不过他现在也退出 KIK 了，不知道后面会加入哪个战队？"

宁珩愣了愣，以为自己听错了："你说什么？"

小丁挺意外的，说："你不知道吗？ Wolf 退出 KIK 了，就是在你去录节目之前的事儿吧，大概就和你的事儿差一天的样子？哦，也对，你那时候在录节目自然是不知道。"

宁珩蹙眉问道："他为什么退？"

"这个我就不清楚了，不过我听其他同事说，圈里好像在传他这些年是免签约费在帮 KIK 打。不过这个消息太离谱了，许多人是持怀疑态度的。他可是 KIK 的队长啊，不知道他走了，谁会顶替这个位置……"

后面的话宁珩都没怎么听了，大脑全被"免签约费"四个字占据。

宁珩回四楼的时候，一队的人已经结束训练了，还在复盘今天的训练，隔着门板，老邹洪亮的骂声传出来。

他先回房间洗漱，坐在床上玩手机，搜索冉芃退役的事情。

没多久，他听到乔予扬的声音，混杂在秦北和赵焱的嬉闹中，走廊很快安静下来，他的房门被敲响。

宁珩赶紧去开门，鞋都没穿，开门后见乔予扬站在门口。

258

"你找我？"乔予扬说。

不久前他收到宁珩的消息，说有事儿要聊。

宁珩探出脑袋看了看走廊："秦北他们呢？"

乔予扬有些累了，靠墙站着，打了个哈欠："下楼吃水果了。要说什么？"

"今天我直播的时候拉着丁琦打双人赛了。"宁珩说，"他告诉我，冉芄退出 KIK 了？"

乔予扬"嗯"了一声："你去录节目的当天。他偶然得知了 KIK 买通人打假赛的事。"

宁珩有些意外："他之前真不知道？"

"可能吧。"乔予扬的言语里藏着一丝叹息，"我去他家的时候，看他那样子应该已经颓废有一段日子了。"

宁珩问："那免签约费的事情……"

"应该也是真的。"

"那你会原谅他吗？"

乔予扬沉默不语，少顷，低声说："我没资格谈原谅，是是非非现在也说不清楚。我邀请他来 DAR。"

"我觉得他不会来。"宁珩说，"我关注了他四年，他也是很骄傲的人。"

"我本来就没指望他来，"乔予扬说，"这是我对他的表态。"

日子一天又一天地过去了，一队忙于春季赛的筹备，宁珩在二队训练室一待就是一整天，看往年的比赛视频、直播。

他虽然不用参加高强度的训练，但每天仍坚持练八个小时，以保持手感。

宁珩在春季赛果然没露面，这让好多粉丝大失所望，春季赛不在 A 市，宁珩跟着二队、三队的人一起留在基地。

比赛期间他开着直播，一边混时长，一边看比赛，弹幕全是心疼、安慰的话，让他别多心，下次世界比赛就能出场了。

宁珩笑了笑，难得没有冷脸，头一次和颜悦色地和网友们聊着天。

你觉得这次哪个战队的夺冠概率大？

"这不是废话吗？"第一个问题就让宁珩维持不住假装出来的和善人设，"我穿着 DAR 的队服，去支持别人的队伍夺冠？"

就是，前面的问的都是些什么问题？
笑死，问这个问题的人是想听别的答案吗？冉芷又不在 KIK 了，况且 Loper 是 DAR 的人，他能说其他战队吗？
难得 Loper 心情好，就不能哄着点？

他们在直播间插科打诨，比赛进行到紧张的时候，宁珩也会稍稍提两句："嗯，Zero 还行，之前打出过成绩，他近战不错。"

他如果发挥得好，会直接顶替掉你的位置吗？
会不会有危机感？人家好像也挺优秀的。

宁珩冷笑一声，骄傲地说："我比他更优秀，不服来战。"

你就不能谦虚点吗？真的无语了，Wakely 那么厉害都没见他这么张狂过。

"他张狂的时候你是没见过，"宁珩嘲讽道，"我有实力狂，为什么要谦虚给你看？"

现在狂有什么本事，还记得曾经预祝 DAR 世界比赛夺冠的事吗？互联网有记忆。

只知道在粉丝面前狂，拿不到冠军可就丢脸了。

　　弹幕又不出意外地吵了起来，宁珩面不改色，看起来倒是成熟了一些。

　　春季赛打了半个月，国内所有战队几乎都参加了，上百个战队，分成以英文字母为代号的小组，最后选出二十个战队进入总决赛。

　　Zero 之前参加过大型比赛，心态是稳的。虽然在综合实力和天赋上不及宁珩，但前段时间和一队的磨炼配合效果也算不错。

　　DAR 光芒很盛，最后以第二名的成绩获得银奖杯。

　　战队基地的荣誉房里，又添一个银牌，整个柜子密密麻麻地摆放着各种奖牌、奖杯，放眼望去，几乎全是象征着冠军的金色，偶尔有几枚银色点缀。

　　这些是 DAR 历年来的辉煌战绩，而最关键的奖牌，依旧空缺。

　　春季赛结束，DAR 收到了 Rob 官方寄来的世界比赛邀请函，两个月后，他们将出席在法国举办的 Rob 世界联赛。

　　法国的建筑很多是哥特式，不论是廊柱还是雕花，每一条线都精细考究，优雅华丽。巴黎是出了名的浪漫之都，街道和建筑都透着风情，这次 DAR 战队要在这样的地方征战，争夺世界冠军的头衔。

　　和往常的比赛流程一样，他们下飞机后有专门的大巴接他们去酒店，去比赛地时也会有大巴接送。

　　DAR 出国比赛次数不少，对于法国也算比较熟了，只有宁珩和赵焱是第一次来。

　　宁珩看着窗外的风景，欧洲人的面孔让他感到陌生，可街上的建筑的魅力他还是能感受到的。就像中国的古建筑，每一块砖瓦都是历史长河的见证者，每每观看时，厚重感扑面而来。

　　乔予扬见宁珩摩擦着掌心，问道："你紧张？"

　　宁珩冷淡地说："怎么可能？"

　　乔予扬看了眼他胳膊上的健康手环，每分钟的脉搏都接近一百次了，不由得问道："跳这么快？"

宁珩面无表情地回答："晕机后遗症。"

坐在前面的秦北只听到"晕机"俩字，跪在椅子上往后看："你晕机啊？谁信啊，飞机上吃得比我还多，吃了就睡，睡了就吃，我咋不觉得你有什么晕机反应？"

其他人不由得笑出声。

宁珩一记刀子眼递过去，冷冷地说："你觉得以现在的车速，把你扔下去你会怎样？"

秦北气得跳脚，江姜充当和事佬，三个人吵闹了一会儿。

和队友斗了会儿嘴，倒是让宁珩过快的脉搏平复了不少。

乔予扬笑道："别紧张。"

宁珩抿了抿嘴，看向窗外，后脑勺对着他，倔强地说："我没有紧张。"

乔予扬没多说什么，转身和尤帆、老邹沟通着比赛的情报。

因为 Rob 是一到五人都可以参与的项目，所以每年赛程都不一样，前年是单人赛、双人赛和五人赛，去年是三人赛和五人赛，而今年是单人赛和五人赛。

虽然今年只有两个项目，但是全是重头戏，而且比赛的整体时间也缩短了，让选手们不敢掉以轻心。

DAR 众人到酒店时，碰上了虎头战队，他们是国内春季赛的冠军，他们每个人的脸色都不好，个个面红耳赤的，似乎是受了气一样。

"狮子。"乔予扬叫住了他们急匆匆的步伐。

狮子脚步一顿，脸色缓和了一些："刚到？"

乔予扬颔首，看向后面人高马大的 GYU 战队："怎么了，这么生气？"

"劝你别听，你听了只会更生气。"狮子明显心里压着火。

"明天就是单人赛，调整好状态。"乔予扬拍了拍狮子的肩膀，接过尤帆递过来的房卡，朝电梯间走去。

"今晚都早点休息，明天的单人赛是一场恶战，"乔予扬看着队友们，平静地说，"虽然五人赛是重点，但单人赛也不能掉以轻心。"

众人点头，虽然比赛的重头戏全在五人赛，但他们都知道，单人赛上乔予扬的压力会更大。

世界联赛就举办了三次，Wakely连续两次夺得冠军，外界的眼睛都盯着他，想看他能否卫冕，其他选手也盯着，想从他手上抢过这份荣誉。

队员们两两组合入住房间。乔予扬和宁珩住一间，回房间后，乔予扬把行李放下，冲宁珩说："还紧张吗？要不要去稍微运动运动，放松一下？"

"不用，"宁珩拒绝，又有些懊恼，"都说了我没紧张！"

"你第一次参加国际大赛当然会紧张，"乔予扬勾唇道，"我不会笑你的。"

宁珩有些不甘地嘀咕道："当年你第一次参加国际大赛的时候比我还小一岁。"

乔予扬第一次带队参加世界联赛时面容还有几分青涩，他以强悍的实力和凶猛的打法，在单人赛的第一局就赢下了比赛，让所有人眼前一亮，记住了这位意气风发的少年。

和乔予扬第一次参加世界联赛的表现对比，宁珩暗骂自己没用。

乔予扬说："你在以我为榜样？"

宁珩没有正面回答："你那时候紧张吗？"

乔予扬回忆着两年前初次登上世界赛场的场景，那时候耀眼的灯光和震耳的呐喊随着记忆再次出现在面前。这毕竟是他第一次参加世界比赛，所以他对此印象颇深。

"紧张，也很兴奋。"乔予扬说，"但我不能让别人看出来。我是队长，如果我都透露出紧张，那队员怎么办？"他接着说，"但你不一样，你是队员，紧张是队员的权利。"

宁珩努力平复心绪，笃定道："明天的比赛，我会全力以赴的。"

乔予扬挑眉道："期待宁神大杀四方。"

几十支战队云集于此，单人赛不限战队参加的人数。单人赛打一天，激战十局，按照积分排名决出冠军。

乔予扬和宁珩自然不用说，个人实力很强，自然没得跑，赵焱也报了名，他之前做主播的时候单人赛在全亚洲能进前十。

后台休息室里的电视连接着赛场的直播，尤帆忧心忡忡地问："赵焱之前没参加过单人赛啊？他能行吗？"

"这你可就小看他了，"江姜给他倒了杯水，"老邹让赵焱苦练了一段时间单人赛，他本身实力不弱的，现在论起单人赛实力，应该比秦北还要厉害些。"

"比我还是差点儿吧！"秦北坐在沙发上，跷着二郎腿喝着咖啡，看着屏幕上各国选手进场，宁珩那头粉色的头发非常亮眼，"老邹，之前春季赛的时候你也让宁珩练了那么久的单人赛，那现在他和队长，你更看好谁啊？"

老邹说："他俩综合实力差不多，乔予扬更擅长运用战术，宁珩则常常是破釜沉舟的架势，综合考虑，我还是更倾向于乔予扬的。"

秦北切了一声："前两年问你类似的问题，你也这么说。总而言之、言而总之，还是觉得队长最强，就没点儿新奇的答案？"

"乔予扬在单人赛上的确暂时没有对手，但宁珩能否超越，这个还得看他自己了。"老邹吹了吹杯子里的热气，抿了口茶。

尤帆注意到穿着KIK队服的队员，出声道："那是KIK？他们应该是昨天晚上到的吧？冉芄离开之后他们的实力下滑严重啊，春季赛只得了第三名，不知道这次比赛表现如何。"

老邹摇头："估计悬，他们战队的打法偏向保守，以前只有冉芄一个人是激进派。现在冉芄走了，KIK那股冲劲儿应该也没了。"

在他们说话间，单人赛已经正式开始了。

第一局，所有人都选择稳扎稳打，为了避免不必要的遭遇战，放弃掉第一个物资点，全场只有宁珩剑走偏锋，落地之后直奔物资点。于是他在没有任何阻碍的情况下，率先拿到了心仪的狙击枪。

解说员 A 惊讶："天哪，我没有看错吧？第一个物资点竟然没有人争夺！"

"前期避免无意义的战斗无可厚非，但 Loper 这把狙击枪拿得也太顺利了吧，没有任何阻碍啊。"解说员 B 说，"据我所知，这位 DAR 的新成员非常优秀，可以说是第二个 Wakely，不仅近战能力很强，用起狙击枪来更是厉害。"

解说员 A 点头："那和 Wakely 相比呢？"

解说员 B 哈哈一笑："似乎是 Wakely 要更厉害一点，不过究竟谁更厉害，相信今天我们就能见分晓了。"

说话间，激烈的枪声打破了赛场的平静，系统公告提示 DAR-Wakely 连续淘汰三人。

解说员 A 惊呼："Wakely 连斩三人！他在十分钟内夺下了第二个物资刷新点！"

解说员 B："他应该拿下物资枪了，不知道是什么狙击枪。"

解说员 A 笑道："Wakely 的狙击枪也是一个很大的看点，我感觉这把他稳了。"

"这才开局十分钟，话别说太早。"

第二个物资点集结了不少的队伍，Wakely 他没有恋战，拿到枪就离开，刚走没几步，远处突然冒出一道模糊的身影，在黑暗中几乎微不可察，却还是被他敏锐地捕捉到了。

Wakely 下意识地往掩体后面一躲，几乎同时，狙击枪的声音响起，就差那么一点就被击中了，所幸他反应快。

他神色一凛，在装备很齐全的情况下完全没有避战的想法，子弹上膛，看准对方探头的时机，利落地打了一枪。

乔予扬对自己向来很有自信，基本上是百发百中，然而这枪却落空了，没有意料中的淘汰公告。

乔予扬感到一丝意外，更加提高了警惕。是谁的反应这么快？

正当他想继续确定对方位置时，近处传来了一丝微弱的脚步声，乔予扬隐隐猜到了什么，默默地将狙击枪切换成了步枪。

两秒钟后，激烈的枪响在耳机里响起，伴随着手雷爆炸的声音。

DAR-Wakely 使用步枪淘汰了 DAR-Loper。

DAR-Loper 使用手雷淘汰了 DAR-Wakely。

一个是经验丰富的老将，一个是初登赛场的后起新秀，两个最被看好的选手就这么双双被淘汰了，这样的走向让所有人都没想到。

解说员 A 震惊地问："我没看错吗？刚刚是 Wakely 和 Loper 同时淘汰了吗？！"

"你没看错……"解说员 B 说，"让我们再来看一遍刚才的回放。没错，我们能看到 Wakely 拿到物资后想撤退的，但他不知道自己遇上的是 Loper。但我更倾向他猜到了，毕竟能躲过他狙击枪的选手不多。"

解说员 A 说："Loper 借着枪声确定了对方的位置，摸黑绕后，想和对方拼近战。其实我也认为 Loper 把 Wakely 认出来了。所以他在交火之前，算好时机提前拿出手雷，已经做好同归于尽的准备了。"

解说员 B 感慨："真是一点都不留情啊。"

镜头给到 Wakely 和 Loper，Wakely 倒是没什么表情，坐在位子上喝水，神色淡淡的。Loper 皱着眉，眼里透着不甘。

Wakely 第一次在单人赛上被这么早淘汰，也算是破纪录了。没了他的威慑，后面的比赛节奏相对较快，赵焱在决赛圈略逊对手一筹，得到了第二的名次。

第一局比赛结束后，Wakely 的名字排在倒数的位置，个人积分只有六十分。

虽然比赛的开局很有戏剧性，但是后面 Wakely 依旧稳扎稳打，用实力证明了第一局就是个意外。

第二局，Wakely 淘汰十七人，夺取光源，总排名冲到第一。

第三局，Wakely 淘汰十四人，第二名，总排名第一。

第四局，Wakely 淘汰八人，夺取光源，总排名第一。

......

Wakely 再一次用实力卫冕单人赛冠军，证明了自己是当下无法撼动的强者。

宁珩也后来居上，在后面的九场比赛之中发挥得相当出色，排名紧跟在 Wakely 之后，他前期打得很稳，最后两局打得有些毛躁，获得第四名的成绩。

赵焱实力也很强，最后总排名第六。

单人赛结束后，乔予扬被拉去采访，宁珩和赵焱一同下了赛场回到休息室。

一进去，老邹就指着宁珩骂，说他后面打得急躁，没有冷静分析战况，不然完全可以进前三。

宁珩没否认，听着老邹数落，承认自己的错误。

"行了，你少说两句。"尤帆说，"明天还有五人赛呢，有什么需要改进的，等比赛结束，回基地再复盘。"

老邹承认尤帆说得有理，停止对宁珩的念叨。

尤帆问道："我们先回去还是等乔予扬？他有领奖和采访环节，估计一时半会儿完不了。"

"回去吧。"宁珩抬起胳膊擦了擦额头的汗，神色困倦，"我想回去睡会儿。"

结果还没等到回酒店，宁珩在车上就睡过去了，就连他是怎么回房间的都没印象了，他的身体很疲倦，双手又疼，这一觉睡得很沉，一场梦都没做。

宁珩醒来时天色已经黑透了，乔予扬坐在床上玩手机。

"醒了？"乔予扬头也不抬地说，"要不要吃晚饭？"

宁珩看了一眼时间，意外道："你还没吃饭？"

"我当然吃了，"乔予扬说，"见你睡得香没叫你，有时差，多休息是好的。"

这么一说宁珩还真有点儿饿了："楼下有吃的？"

"餐厅有供应，"乔予扬想起什么，问，"听说你被老邹骂了？"

宁珩"嗯"了一声。

"为什么骂你？"

"他说我最后两局没打好，"宁珩闷闷地说，"我知道没打好，不然排名能更好。"

"更好是什么程度？"乔予扬难掩揶揄。

宁珩有些恼："至少前三没问题。"

乔予扬笑了笑："总结经验，明年再战。"

宁珩轻哼一声，拿起手机继续躺在床上。

乔予扬问："你不是要去吃饭？"

宁珩不着急，慢条斯理地刷着微博说："也不是很饿，不着急。"

乔予扬下床洗澡，他刚踏进洗手间，水流声哗啦啦的，桌上的手机也跟着振动起来。

宁珩翻身拿过床头柜上的手机，见是一个国内的号码，没有备注名字，便喊道："队长，你的电话！陌生号码！"

"你接一下，看看是谁。"

宁珩划开通话键，把手机放在耳边："喂？"

对面没有声音，甚至连呼吸声都听不到。

"喂？"宁珩以为没接起来，看了看屏幕，显示在通话中，"哪位？"

那头依旧沉默。

宁珩又等了几秒，确定应该是打错了电话，准备挂断的时候，听筒里传出了一个他曾经无比熟悉的声音："宁珩吗？幸好是你接的。"

电话那头的声音很沙哑，宁珩愣了一秒才反应过来对方是谁："冉……"

"你别说话，听我说就好。"冉芃打断他。

宁珩抿了抿唇，看了一眼卫生间的方向。

正好乔予扬拿着湿毛巾走出来，见他在听电话，露出一个疑问的神色。

宁珩犹豫了一瞬，把手机的免提打开了，放在床上让乔予扬听。

"打这个电话，其实我犹豫了很久。"

冉芃的声音传出来，乔予扬的眸光深了几分，无声地在床边坐下垂着眸，看不清情绪。

宁珩不敢吱声，观察乔予扬的脸色。

"其实我不知道该怎么面对他，假赛的事……我或多或少是怀疑过，但是……"冉芃说得很沉，也很慢，能从他的字句中感受到苦涩。

宁珩看向乔予扬，他依旧面色平静，眼眸里一丝波动都没有，静静地听着。

"总之，这些年是我对不起他，这个电话拨出去的那一刻其实我就后悔了，幸好这个电话是你接的，不然我都不知道该怎么说这些东西。麻烦你转告他，务必加油，我会看着他拿回属于 DAR 的冠军。"

宁珩又看了一眼乔予扬，见他没有开口的意思，说道："好的，我会转告他。"

电话挂断前，宁珩问出自己的疑问："你会来 DAR 吗？"

冉芃沉默片刻："不会。"

通话结束后，屋内沉寂，宁珩眼巴巴地看了乔予扬一会儿，耐不住性子问："你们这算是和好了吗？"

"不知道。"乔予扬说。

宁珩不悦："这有什么不知道的？人家都主动打电话了，你还端着呢？"

乔予扬终于有了反应，抬眸问："你很期待我们和好？"

"和人吵架多累啊，"宁珩说，"你心里一直扎着一根刺不难受？"

"我和他先静静也好。"

他们之间说不上对错，一切都说开后反而让关系陷入了一种尴尬的境地，至于以后怎么样，只能顺其自然了。

"队长，"宁珩问，"你不会因为这个影响比赛吧？"

乔予扬挑眉："你未必也太小看我了。"

宁珩跟着笑起来，眸光明亮："那就让冉芄好好看看我们是怎么赢比赛的！"

五人赛是重头戏，因为队员很多，彼此之间的配合、默契、操作，都会影响到整个队伍的发挥。

DAR 战队参加了三届世界联赛，论实力，绝对是夺冠的大热门，可偏偏陪跑了两年，每次都与冠军失之交臂。

五人赛与单人赛不同，因为队伍太多，需要先打一天半决赛，选出二十强进入总决赛。

总决赛现场，观众席上传来山呼海啸般的呐喊，队伍一一上场，每个队员的脸都在大屏幕上投放，二十支队伍各有千秋，大屏幕上播放着入围总决赛的采访视频。

"入围总决赛，您有多大把握获得冠军？"

"百分之八十吧，毕竟 DAR 真的很强，GYU 更是强劲的对手，打败一个的概率比较大，要同时打败两个，确实会有困难，但我们不会放弃。"

"百分之九十，我们会全力以赴。"

"百分之九十。"

"百分之九十五吧，剩下的百分之五是给自己留的退路。"

"百分之百。"

各支队伍的队长豪气干云，纷纷放出狠话。

屏幕上出现了乔予扬那张帅气的脸，他面色平静，言语里透着一丝决绝："今年的 DAR，一定会夺冠。"

他这般气势满满的赛前豪言成功地激起了观众席里激动的呐喊和不屑的嘲讽。

解说员 A 笑道："今年 DAR 很自信啊。"

"他确实有自信的资本，一个队伍里，一个单人赛冠军，还有两个也是单人赛前十，论起个人能力，他们队伍比很多队伍都强。只不过……"解说员 B 接着说，"只不过五人赛是团体游戏，如果把队员分解成个体来计算实力，这是五人赛的大忌。我还是更好看 GYU，他们去年第一次参加联赛就获得冠军，他们的团体配合堪称一绝。"

正当他们讨论时，五人赛的总决赛已经开始了，解说员 A 笑了笑："那咱们就拭目以待，看看今年的 GYU 和 DAR 会不会给我们新的惊喜。"

游戏页面中一片漆黑，DAR 战队完全没采取前期避战的保守打法，直奔物资点而去。

五人赛不同于单人赛，有队友掩护和帮助，在黑漆漆的环境中，胆子也会大些。有不少队伍都选择了直奔物资点。

"第一个物资点的争夺很激烈啊，热门战队都在，DAR、GYU、BUYY，还有 TNSS，"解说员 A 说，"GYU 已经在埋伏了，从以往的比赛经验来看，他们未必出手争抢物资，更多的时候是集中埋伏，打对手一个措手不及。"

解说员 B："是，比起抢夺物资，GYU 更愿意守株待兔。"

这一点解说员们知道，职业选手们更知道，他们上场前把每个战队擅长的东西都摸透了，自然能想到 GYU 会伏击。

"队长，这把枪我们要抢吗？"秦北问。

乔予扬言简意赅地说："不抢。"

赵焱隐藏在掩体后替团队观察四周："为什么？"

"刚刚的淘汰公告已经暴露了 GYU 在这附近，他们伏击是很出名的，一旦我们抢夺物资，很难全身而退。与其这样，不如把周围的人淘汰光了后，绕远一点撤退，给他们一种我们已经拿到物资的假象。"

江姜笑道："好计谋。"

GYU 是想埋伏 DAR 的，无奈淘汰了两三队还没有等到 DAR，游戏有时间限制，他们只好放弃。

两个队伍再次遇上是在最后的决赛圈，DAR 有两把狙击枪，是不畏惧 GYU 的，但 GYU 知道他们狙击枪打得很好，直接放弃掉远程对轰，而是选择近战压制。

乔予扬料到了他们的战术，在他们扔到只剩一颗手雷的时候，就飞速地买了几枚烟幕弹，大概估算了一下他们过来的时机，把烟幕弹扔在原地，让队友迅速分散开。

GYU 只是冲上来三个人，决赛圈中还有四支队伍，选手们在激烈的对战中，不会刻意地去记每个战队被淘汰的人数，并以此来推算存活人数。

所以当 GYU 冲上来三个人时，DAR 理所应当地以为他们只有三人。

一阵激烈的枪响之后，DAR 刚解决掉 GYU 的三人，系统就提示游戏结束，第一局 GYU 拿下了光源，总比分排名第一。

"他们什么时候还藏了一个人啊？"秦北骂骂咧咧的，"我都没看到。"

乔予扬眸色浓重，脑中迅速打破了对 GYU 战队的刻板印象。

后面几局，DAR 将战术的变化发挥到极致，当所有人都以为他们要继续猛烈进攻，去抢物资点的时候，他们又安静下来，开始蛰伏，隐匿于黑暗中，对手连他们的一点人影都看不到。

而当所有人都提高警惕，防备路上放黑枪的 DAR 时，他们又突然雷厉风行地发起进攻，打得人措手不及。

上午半场结束，DAR 总分排名第一，暂居冠军位置，第二名的 GYU 积分咬得很近，只比他们低几十分。

老邹把他们叫去休息室，中途休息的一小时用餐时间，他占用了半个小时安排战术。

下半场比赛开始，GYU 的战术也发生了变化，一改之前避战的思路，此时的他们火力全开，别的战队见了他们都避之不及。

第六局，DAR 夺光，排名第一，总积分第一。

第七局，GYU 夺光，排名第一，总积分第二。

第八局，DAR 夺光，排名第一，总积分第一。

两个队伍的比分咬得很紧，第一名会有三百分的加持，第二名是二百分，所以他们的积分你追我赶，只差距几十分，两队人没有丝毫松懈，每一局都全力以赴。

第九局时，GYU 打得更凶，竟有些背水一战的气势，在他们默契的配合下，连端三个物资点！

解说员 A："天哪，GYU 不愧是去年的冠军，最后一把冲着奠定胜局去的！"

解说员 B："中国有一个成语叫'厚积薄发'，真的很适合 GYU，这才过了十五分钟就接连获得三个物资点，就看接下来怎么打了。不过前半程没怎么看到 DAR 的身影啊，最后一局了，他们就这么自信能稳坐第一吗？GYU 的装备可以说是很豪华的！如果遇到的话……"

解说员 A："GYU 在途中受到了 DAR 的埋伏！天哪，DAR 居然敢埋伏 GYU！他们……"

话音未落，系统的公告已经刷新：

DAR-Loper 淘汰了 GYU-Louis。

DAR-JJ 淘汰了 GYU-Noah。

解说员 A 的声音低下去，喃喃道："怎么干的……"

几秒的时间，GYU 损失两人，两队人的视野都漆黑一片，只能通过脚步声判断对方的位置。

DAR 淘汰掉对方后迅速就近找掩体，不给对方反击的机会。

"队长，要灭队吗？"赵焱一边打绷带，一边问道。

乔予扬也把状态调整到最佳，迅速购买了子弹和手雷，扫了一眼在场存活人数，通过距离光源的位置判断他们所在的位置，预估着其他队伍所在的地方。

"灭。"乔予扬只说了一个字，他和宁珩同时朝 GYU 的藏身之处扔雷，"秦北、赵焱，我需要你们吸引火力。"

赵焱说："好，我上。"

秦北干脆地答应："我擅长！"

手雷在落地的一瞬间爆炸，所有人的耳机里都出现了短暂的耳鸣声。秦北率先冲上去，朝着GYU的掩体倾泻火力，赵焱紧跟其后。

GYU早就换了位置，就等着他们冲上来，见来人果断还击。

蛰伏的三人看到了GYU枪口的火光，立刻绕后，枪声在耳机里此起彼伏，很好地掩盖了三人的脚步声，他们在对手身后发动偷袭，利落地将GYU灭队。

第九局开场十五分钟，只靠基本装备的DAR漂漂亮亮地打了个伏击战，将GYU收集的装备尽收囊中，最后顺利夺取光源，和排名第二的GYU拉开两百多分的距离。

第三名的积分和DAR相差四百分，也就是说就算DAR不夺光，也没有任何队伍能超越他们了。

冠军的宝座已经没有任何悬念了。

宁珩呼吸有些急促，眼眶发红，手都有些发抖，心脏狂跳，胜利的喜悦冲击着他的五脏六腑。

被淘汰的秦北和赵焱已经站起来拥抱了，铁骨铮铮的汉子眼眶湿润了。

江姜一边操作，一边抹眼泪。

哪怕是镇定自若的乔予扬，眼里也有淡淡的水光。

地图中心的亮光缓缓熄灭，旁边游戏中的三个虚拟人物，同时举起胳膊触碰那个被各个队伍争夺的光源。

游戏结束，DAR战队以总积分第一的成绩取得了本届世界联赛的五人赛冠军。

镜头转向比赛室，五人紧紧地拥抱在一起。

DAR五人踏上世界冠军的领奖台，每个人脸上的笑与泪都是过去三年拼搏努力的见证。

一千多个日日夜夜，这座迟到的冠军奖杯终于被他们高高举起，耀眼的灯光打在金色的奖杯上，是堪比阳光般闪耀的存在。

番外

夺冠之后

    DAR夺冠，全场沸腾，雷霆般的掌声和呐喊声持续了十几分钟。

    解说室里，各国平台同步直播，国内的直播间直接卡死了，人数飙升了好几万，弹幕挡住了画面。上一个画面还是DAR的队员们一起踏上领奖台，卡了几分钟后，画面又从获奖感言接上。

    颁奖典礼的观看体验虽然很差，但并不影响大家的热情，弹幕铺满屏幕，滚动得飞快，让人一个字都看不清，社交媒体也卡住了，"DAR是世界冠军"的话题直接冲上热搜第一。

    直接给我看哭了，我喜欢了DAR这么多年，从Wakely开始打比赛就支持他，经历过战队凋零、沉寂、队友背叛、国际比赛陪跑两年，终于实至名归！DAR牛！

    真的太感动了！特别是最后一幕，三个人同时触碰到光源的那一刻，属于DAR的时代终于来临了！

    今晚又是多少人的不眠夜。

    往年DAR被骂成什么样啊，今年终于夺冠！实至名归啊，DAR是冠军！在我心里永远是冠军！乔神牛！宁神牛！秦神牛！江神牛！赵神牛！

这个冠军迟到了两年，DAR 战队终于堂堂正正地拿到了早就应该属于他们的荣耀，今晚是属于 DAR 的辉煌之夜。

五人捧着奖杯走下领奖台，尤帆在下面抱着老邹哭得泣不成声，一把鼻涕一把泪的，情绪激动得差点昏厥，老邹扶着他，同样眼眶发红。

秦北抹了把脸上的泪，瓮声瓮气地开始嘲讽尤帆："哈！老妈子，你怎么比我们还激动啊？你还记得之前说我们获得了世界冠军要干什么吗？你打算怎么兑现？"

"滚！"尤帆哭得上气不接下气，掏出纸巾擤鼻涕，走过去摸了摸奖杯。

赵焱笑道："北哥，你怎么敢把尤经理的话当真啊？万一他以后不给你接代言了……"

"他当初自己说的，怎么能叫我当……"秦北本想强词夺理一番，听到后面代言的话立刻噤声了。

他们拿下世界冠军，身价自然是倍涨，各方面的代言和合作肯定是会比以前多。

秦北的态度一百八十度大转变，冲尤帆嘿嘿地笑："尤经理，以后还得麻烦您多'宠幸'我了。"

"你就这点儿出息吧。"江姜失笑。

"这事关咱们以后的事业，可不能马虎！"秦北咋咋呼呼地说。

尤帆翻了个大白眼，眼角还挂着泪珠，他用纸巾擦去，恢复了平日的体面，清了清嗓子："我们……"

他刚开了个口，工作人员正好走过来请 DAR 战队的五人去采访区接受专访，打断了尤帆的话。

冠军专访是必经的流程，前两年错失冠军的 DAR 战队夺冠，这场采访也备受瞩目。

乔予扬把奖杯递给老邹，跟着工作人员往采访室里走，发觉他身边的宁珩肌肉紧绷着，还有些微微发颤。

"宁珩，你还好吗？"江姜一直站在宁珩身边，留意到他颤抖的手，低声问，"你的手一直在抖。"

"没事，"宁珩淡淡地说，"情绪有点激动而已。"

五人走进采访室，主持人脸上洋溢着热情的笑，和他们打招呼，工作人员给他们分发语言转换耳机。

宁珩把手抽出来，伸手接过耳机，胳膊的肌肉处于极度紧绷的状态，手臂带动着指尖发颤，他竭力控制，但还是能看出来异样。

主持人的目光落在宁珩的手上，眼里闪过一丝深意。

乔予扬先一步拿过来，站在宁珩面前，帮他戴好。

戴好耳机后所有人依次落座，主持人翻阅着手里的小本儿，笑着问："这次DAR夺冠在意料之中，也在意料之外，之前两次遗憾错过冠军，这次的佳绩让现场支持你们的粉丝们格外激动，不少人都流下了感动的泪水，DAR有什么要对粉丝说的吗？"

集体采访时，只要不是主持人单独问某一个成员，所有问题默认由队长回答，其余四人沉默地坐着，等着乔予扬开口。

许是刚比赛完，长时间的紧绷让乔予扬有些疲倦。

乔予扬懒懒地靠着沙发椅背，慵懒的神色中露出几分不易察觉的困倦，淡淡地开口："谢谢他们一直以来对DAR的支持，不离不弃，这点我们很感动。我们会再接再厉，争取明年继续坐稳冠军宝座。"

他的语气很随意，仿佛聊家常一般，放出了蝉联冠军的豪言。

蝉联冠军，这是没有任何一支战队敢夸下的海口，他们要面对的是全球的顶尖强者，一年的时间足以让战队间的实力发生逆转。

对于任何竞技类比赛来说，荣誉是一种证明，之前有不少人质疑DAR的能力，认为连续错失两次世界冠军绝不是偶然，而恰恰是无能的一种表现。

今年DAR以绝对的优势获得冠军，不仅如此，还希望在未来几年里垄断冠军之位。

但这不全是妄想，Wakely还年轻，是电竞选手的黄金年龄，正是斩获荣誉的绝佳时间，更别说队伍里还有一个与他实力相当，年纪更小的Loper。

"Wakely很自信啊，这样一说我已经开始期待明年你们在赛场上的表现了。"主持人哈哈一笑。

他们面前有好几台摄像机，通过不同的角度、机位拍摄着，从屏幕里看，五人各有各的帅气，Wakely身为队长，哪怕懒懒地靠着沙发，强势仍会在无形中透露出来。

最令人惊艳的还得是宁珩，他的相貌偏秀气一点，五官很精致，但没有女子气，让人感觉不好惹的同时又忍不住想偷偷多看两眼。

显示器里，乔予扬一直看着主持人，认真地回答问题。

他问完了Wakely，话锋一转，把话题引向了Loper："Loper的手臂是不舒服吗？刚才我看到你拿耳机的手在发抖，是有旧伤，还是？"

"没什么，得了冠军情绪激动而已。"宁珩漠然地回答。

"大家都知道，你是有哮喘，在这么高强度的比赛中，体力不会吃不消吗？"

宁珩坦然地说："是会有点影响，但不足以影响我的比赛。"

主持人说："可你的手在发抖，已经抖了十多分钟了。"

"所以呢？"宁珩反问，"你否认我在比赛中的表现吗？"

主持人赔笑："当然没有，你表现得非常好，没有任何失误，所有的观众都看到了。"

"那不就得了。"宁珩扬了扬下巴，"我是有哮喘没错，请不要戴有色眼镜来看我，上了赛场，大家看的是实力，我既然够强，为什么不能上？"

"是的……"主持人笑着，被宁珩强势的回答搞得有些下不来台。

"我没有针对你，你别多想。"宁珩自然看到了主持人的冷汗，"我只是借着镜头表达自己的一些想法，电竞行业一直是以实力说话的，我想说的是，没有任何人能够否认我的价值，除非是我自己率先放弃。"

宁珩此话一出，在网络上掀起轩然大波，"自身价值"话题的热度在社交媒体上节节攀升。

而话题的制造者对此却一概不知，一是国内外时间不对等，采访后五六个小时，国内话题才开始发酵；二是连续高压的比赛让宁珩体力消耗严重，出了场馆，宁珩就昏睡在车里。

宁珩每次参加完比赛，都会表现得十分疲惫，这次尤为严重。毕竟是国际大赛，投入的精力也是其他比赛所不及的。

宁珩昏睡了一天，在乔予扬快沉不住气，想把人送去医院的时候，才悠悠转醒。

夺冠之后免不了要庆祝，大家顾及宁珩昏睡，都等着他苏醒后玩个昏天黑地。

宁珩醒来后，立刻加入了队内的狂欢。时间过了一天，但秦北依然激动，他抱着红酒瓶喝得满脸通红，歪歪倒倒地搂着宁珩，指控他平日的"劣迹"。

"你小子……一点都不尊重你北哥！"秦北坐在地毯上，死死地拉着宁珩，"我好歹是……是你前辈吧？再……再如何也比你早进战队几年……你……嗝——你自己反思一下对我是什么态度！"

宁珩的脸透着粉红，一样是被酒精弄的，他靠着桌角，懒懒地拿起酒瓶喝了几口，并没有搭理秦北。他的耳钉在明亮的灯光下璀璨夺目，折射出细碎的光。

未来等待他们的，是五天的法国旅行和更多的荣誉，宁珩平静地看着队友们。

在昏睡的一天一夜中，他做了一个梦，他隐约记得梦中有轮船起锚和破浪的声音，这艘名为 DAR 的舰船，终于扬帆起航，开启了征服世界的旅程。

顶峰再见

DAR 战队在出发参加春季赛的头天晚上，宁珩被教练老邹叫走说了十分钟的话，他进去时脸上带着惯有的冷漠，出来时脸色更冷了点，似乎还带了些情绪。

秦北小声地问乔予扬："他怎么了？"

乔予扬在收拾设备，闻言抬头看了一眼："我哪儿知道。"

"你是队长你不知道？"秦北看了一眼坐在电脑前的人，"瞧他脸色难看的，脸都快拉在地上了，难不成是因为白天训练的失误？不应该啊，老邹向来都是当场教训人的，从来不背地里说人。是什么事儿让宁珩这么生气？"

进战队后的磨砺成长，让宁珩的脾气不再是一点就着，性子沉稳了不少，更多的时候是顶着一张"扑克脸"，成为二队、三队队员们仰慕的对象，众人已经很少看到他这么情绪化的样子了。

秦北絮絮叨叨："大赛前，队员需要稳定情绪知不知道？我们是主力队员，打比赛可是需要全神贯注的，万一稳不住，有个什么失误，那损失可就大了。"

冷眼盯着电脑的人鼠标一顿，就这么零点几秒的停顿，宁珩的对手抓住机会，将他淘汰。

宁珩呼吸不畅，嘴唇抿成了一条线，猛地站起来，离开训练室。

另外四人看着他离开，秦北莫名其妙："他到底怎么了？"

赵焱幸灾乐祸："北哥，你话太多，把宁珩烦走的。"

"哪有！"秦北眉毛一横，"我话多？我这是在关心他好不好！"

赵焱哈哈笑道："你得了吧，你分明就是在八卦，还'拉踩'人家稳不住情绪。"

秦北一把勾住赵焱的脖子，把他夹在臂弯里，揉着他才做过离子烫的头发说："你小子，还会用'拉踩'这个词了是吧？让你好好训练，谁让你天天上网冲浪？"

"北哥，分明是你落伍了。"

"还说不是？"

江姜看了一眼门口，小声说："队长，你觉得老邹和宁珩说什么了？宁珩在这个节骨眼上情绪失控，肯定是较为敏感的事儿吧？"

乔予扬没吱声，把外设装好后，提醒秦北和赵焱收拾设备，拿着外设包走出训练室。

他先回了趟房间，把外设装备和收拾好的行李放在一起，又冲了澡，算着时间差不多了，才去敲宁珩的房门。

过了半分钟，门开了但没开全，宁珩探出脑袋，身体大半被门板挡着。

乔予扬看他这个姿势，挑了挑眉，问："干坏事呢？"

"没有。"宁珩说，"有事？"

乔予扬推了推门，问："没有不让我进去？"

宁珩没动，说："有什么话就在这里说。"

乔予扬是可以在这里说，可看到宁珩这戒备的状态，非得唱反调："我偏要进去，别让我重复第三遍。"

看来还是队长的架子好使，宁珩冷着脸不情不愿地打开门。

乔予扬进去后目光扫了一圈，最后落在桌上的酒瓶。

　　"你可以啊，"他坐在沙发上，似笑非笑，"明天就出发去比赛了，你在这儿喝闷酒。"

　　宁珩坐在地板上，拿起酒杯仰头喝下："就一点点。"

　　乔予扬晃了晃红酒瓶："这都快没了，还一点点？"

　　宁珩恼道："这点红酒连五百毫升都没有，我能醉？"

　　的确，乔予扬手中的红酒瓶小小的一个，是他上次买酒的赠品，这点酒喝不醉人，顶多算消遣。

　　"还有吗？"乔予扬说，"给我来一瓶。"

　　"刚刚你不是还训我吗？"宁珩讥讽着，侧身去柜子里拿酒。

　　乔予扬看到柜子里的瓶瓶罐罐："这些小瓶的都在你这儿？"

　　宁珩"嗯"了一声，拧开瓶盖，将红酒倒进玻璃杯里："我也喝不了多少，这一瓶刚好喝完，也不会醉。"

　　乔予扬晃了晃杯子，等着醒酒，看着宁珩的眉眼："老邹和你说了什么事儿？"

　　宁珩："没什么。"

　　"没什么让你在这儿喝闷酒？"

　　"这不是闷酒，"宁珩说，"这是在提前庆祝我们夺冠。"

　　乔予扬轻笑一声："真自信啊，宁神。"

　　宁珩眼里浮现出惯有的桀骜："必须的。"

　　"你不说我也知道。"乔予扬说，"这次春季赛是冉芄加入 Tiger 战队后的第一次正式露面，更是继上次你们赛场相遇、你失误造成队伍暂居第二后的又一次相遇。"

　　他每说一个字，宁珩扬起的嘴角就平直一些，到最后笑意完全消失。

　　乔予扬不疾不徐地说："因为你上次比赛时面对冉芄的表现，老邹对你不是很放心，所以这次特意叮嘱了你几句，对不对？"

　　"对，"宁珩的喉结动了动，对上乔予扬的黑眸，眼中迸出几分狠劲儿，"那你又是怎么样看我的呢？队长。上次我在预选赛上的失误，是我对不起大家，是我不够成熟冷静，被情绪左右了，是我的错，我认。可当时，我……导致我失误的是我把他错认成了你。现在真相大白，我也给他们解释过了这件事，也说清楚了冉芃不再是我的偶像。"

宁珩呼吸变重，因为情绪的起伏而有些语无伦次，质问道："为什么老邹还是不信任我？担心我面对冉芃再犯同样的错？"

乔予扬知道当初预选赛那次失误一直是宁珩心里的刺。

这不仅是宁珩心里的刺，也是DAR战队所有队员心里的刺。

毕竟宁珩崇拜了冉芃四年，冉芃是他整个青春时代的精神支柱，也是让他走上电竞这条路的引路人。

虽然是认错了人，但付出的感情不是假的，这点是不争的事实。

自从他知道认错人之后，对冉芃的态度更为微妙，说不上厌恶，冉芃的实力在那儿，也是一个不容小觑的对手。可是在外界看来，宁珩与冉芃依旧是粉丝与偶像的关系，这场比赛没有开始，围绕着两人的种种话题已经将两个战队抛到风口浪尖。

"我会向老邹和他们证明同样的错误我不会犯第二次。"宁珩冷漠的语气里有着不服输的狠劲儿。

乔予扬喝了口酒，沉默了一会儿才开口道："老邹并非不信任你，现在网上的消息铺天盖地，你又是我们一队里年纪最小的，容易受到外界的影响。"

"我们知道你对冉芃没了心思，可别人不知道，"乔予扬嗓音平和，带着安抚的意味，"从明天我们到机场以及正式比赛前，他们会把你和冉芃捆绑在一起，说多了你会烦乱，一旦烦乱就会生出抵触的心理，越是抵触越是想证明什么，这种时候最容易自乱阵脚，出现失误。我相信老邹也是这个意思，所以才会把你叫去单独谈话。"

"我不会自乱阵脚，我什么都不想要，不要赛前的安抚、更不要你来做什么心理辅导，我没那么娇弱！我需要的是队友的信任！"宁珩紧盯着乔予扬，"队长，你信任我吗？"

外界的风言风语从不停歇，不足畏惧。

他唯一担忧的是队友心生芥蒂。

"当然。"

宁珩的神经松懈下来，眼里闪着光："我不会被任何流言影响，只要你们信我，我就能打好。"

乔予扬勾了勾唇，举着手里的酒杯："就按照宁神说的，让我们提前预祝夺冠。"

二人的杯子相碰，发出清脆的响声，红酒摇曳，是属于胜利者的颜色。

第二天，DAR 一队和替补队员坐着飞机到外省参加春季赛，他们是下午的飞机，又赶上飞机晚点，到酒店时已经是晚上了。

一行人从大巴车走下来，在酒店大堂遇到了正在办理入住的 Tiger 战队，冉芃穿着队服，在人群中很显眼，正在和队友说话，嘴角挂着微笑。

"哎，真巧啊。"狮子走过来，有点同病相怜又有点幸灾乐祸，"你们不会也是车子在半路抛锚了吧？"

乔予扬说："飞机晚点，在贵宾休息厅里睡觉，比你们幸福一点。"

冉芃不服道："你这欠揍的毛病一点没变，但愿你明天在赛场上也能这么狂。"

"明天好像是单人赛？"乔予扬露出笑容，"如你所愿，单人赛能让我不狂的对手还没出生。听说你在 Tiger 苦练了很久？要是刚上场就被我淘汰，可太丢脸了。"

冉芃扯了扯嘴角，扫了一眼他身边低头玩手机的宁珩，神色同样是骄傲的，说道："在这儿掰扯没意思，是骡子是马，拉出来遛遛。太久没上赛场，乔予扬，我可是很期待这次和你的对决。"

尤帆办完入住手续过来分房卡，Tiger 那边同样办理好入住，酒店很大，分为东西两个区域，他们在战队经理的带领下走向各自的休息区。

秦北说："队长，冉芃很狂啊！明天单人赛，你可得给他点儿颜色瞧瞧，不然他以为自己世界第一了呢。"

"就是！"尤帆附和，"哎，宁珩，之前个人赛的成绩，冉芃比你高，这次争取压过他啊！第一名、第二名都得是咱们 DAR 的！"

宁珩"嗯"了一声："能压我的只能是队长！"

乔予扬回头看了宁珩一眼，心情很好地拍了拍他那掉成了粉色的头发。

不只是冉芃，他也期待着明天赛场上的相遇。

多年的误会尽数解开，在早已数不清的日夜里所经历的离合悲欢、迷茫抉择全都化成了身后的风，将懊悔与烦恼尽数吹散。

好在一切未晚，结局终是顶峰相见。

夜色深沉，世界将又一次目睹如骄阳一般的青年们的热血和他们创造的荣耀。

编后记

本书版权由北京长佩网络科技有限公司授权，由北京宏泰恒信文化传播有限公司出品，由中国言实出版社出版。

在此真挚地感谢在《夺光》出版过程中参与策划、创作的贡献者。北京宏泰恒信文化传播有限公司参加过本书选题策划、封面设计、插图等工作的人员有：连慧、罗盛、冯宇轩、小乔设计等。

2023 年 8 月